133 STUNDEN

ZACH ABRAMS

Übersetzt von
JOHANNES SCHMID

0 STUNDEN

Ich trete vor in die Haupthalle des Hauptbahnhofs Glasgow, wo sich mir das vertraute Bild eines feuchten, schmierigen Bodens bietet. Als ich nach vorne eile, rutsche ich auf den Fließen aus und für ein, zwei Sekunden taumle ich und versuche, mein Gleichgewicht zu halten. Für einen Moment schwelge ich in Gedanken an Glasgow, eine Stadt, aufgebaut auf Wissenschaft, Kunst und Kultur, bei der es sogar eines Genies bedurfte, auf dem Hauptbahnhof Fließen zu legen. In meiner Jugend hatte ich jahrelang Ballettunterricht, der sich aber jetzt als nutzlos erweist, als eine Gruppe Passanten eilig vorbei eilt. Mit der einen Hand presse ich meine Handtasche fest gegen die Brust, die andere strecke ich aus, will mich an einem Arm, einer Schulter... irgendetwas, das mir Halt gibt, festhalten, was aber misslingt. Ich jaule auf, als ich mit der Hüfte auf eine Bank stürze, sich mein Knöchel verdreht und ich mit dem Oberkörper auf dem Boden lande. Ich stelle fest, dass ein Absatz meiner Stöckelschuhe seltsam verdreht ist.

Da rennen scharenweise Passagiere an mir vorbei, ich versorge notdürftig meine Verletzungen und rapple mich wieder auf. Ich merke, dass ich mir den Schenkel aufschürfte, was mir aber mehr Sorgen bereitet, ist mein schmerzender Knöchel. Kaum habe ich mich davon überzeugt, dass nichts gebrochen ist, massiere ich sanft den Knöchel, um den Schmerz zu lindern, dann versuche ich, mich wieder aufzurappeln.

„Sind Sie in Ordnung?", höre ich eine männliche Stimme, mit starkem Akzent und kurz darauf hält er meinen Ellbogen und hilft mir hoch. Noch ehe ich antworten kann, ist er wieder weg. Hier kann man von zu wenig Hilfe und verspäteter Hilfe sprechen, denke ich.

Ich kaue auf meiner Lippe, um mich von meinem schmerzenden Bein abzulenken und schaffe es ein kleines Stück vor. Ich fühle mich seltsam und kann mich nicht orientieren. Es liegt nicht am Sturz. In meinem Kopf ist alles verschwommen und ich scheine nicht klar denken zu können. Es ist nicht nur mein schmerzender Knöchel, all meine Glieder schmerzen, die Gelenke sind fast ausgekugelt und auch im Unterkörper habe ich Schmerzen. Ich brüte wohl etwas aus.

Ich schaue hoch, auf die riesige Anzeigentafel. Zuerst sehe ich nur flackernde Lichter, habe zu große Schmerzen, um mich zu konzentrieren, aber dann sehe ich die Zeit auf der Digitaluhr: 8:56. Ich komme zu spät.

Noch etwas stimmt nicht. Ich komme niemals zu spät. Ich bin gewissenhaft. In den vier Monaten, die ich nun schon bei Archers International arbeite, kam ich meistens mehr als 15 Minuten zu früh. Mr. Ronson, der Regionalleiter, ließ mich wissen, er sei beeindruckt von meiner Arbeit und meinem Engagement. Er sagte, ich hätte in der Firma eine große Zukunft vor mir. Nun stehe ich da, fünf Minuten vom Büro entfernt, wenn ich mich beeile, und ich kann kaum laufen.

1 STUNDE

Es ist fast 9:40 Uhr, als ich im siebten Stock aus dem Fahrstuhl steige. Ich zwänge mich durch die Schiebetür, betrete das ausladende Stockwerk und taumle auf meinen Schreibtisch zu. Als sie mich sieht, tritt Margaret aus ihrem Büro. Sie fragt: „Wo hast du gesteckt, zum Teufel?"

Ich merke, wie mich alle im Büro anstarren. Dann senken sie die Köpfe. Sie tun so, als hören sie nicht zu, spitzen aber die Ohren. Man spürt die Anspannung. Margaret Hamilton ist meine Vorgesetzte. Seit ich in der Firma anfing, verbindet uns eine Art Hassliebe. Es ist nichts Persönliches, sie hasst es, wenn Mr. Ronson die Arbeit von jemandem lobt, es sei denn, es ist ihre eigene und sie lässt keine Gelegenheit aus, andere runter zu putzen, egal wen. Besonders, wenn es eine der jüngeren oder neueren Frauen im Team ist, von denen sie meint, sie könnte sie schikanieren. Margaret ist groß, schlank und an guten Tagen, sieht ihr Gesicht aus wie dreimal durchgekaut. Die Mädchen im Büro machen schon Witze darüber, dass sie die Wiedergeburt ihrer Namensschwester, der Bösen Hexe des Westens, aus *Der Zauberer von Oz* ist. Grausam, aber so ist sie halt. Margaret ist Mitte 50, verheiratet und ihre erwachsenen Kinder sind ausgezogen. Mir kam zu Ohren, dass sie ein hartes Leben lebt, mit einem grausamen Ehemann, und sie ihre Angst nur beherrschen kann, wenn sie diese an ihren Untergebenen auslässt. Wenn das stimmt, dann sollte ich ihr dieses Ventil sicher nicht verdenken, vorausgesetzt, es trifft nicht mich. Leider hat sie es jetzt gerade auf mich abgesehen.

„Tut mir leid. Ich weiß, ich bin zu spät, aber auf dem Weg hierher hatte ich einen kleinen Unfall. Ich knickte um, verstauchte mir den Knöchel und auch mein Schuh ging kaputt. Ich kam her, so schnell ich konnte." Ich lächle etwas, hoffe, mein Schmerz und meine Not wecken ihr Mitleid.

„Rede keinen Unsinn, Briony", herrscht sie mich an und nimmt mir den Wind aus den Segeln. „Wärst du nur ein paar Minuten zu spät gekommen, dann hätte ich es bei einer Verwarnung belassen, aber dein Verhalten kann ich dir nicht durchgehen lassen. Du hast uns im Stich gelassen. Nicht nur mich. Auch Mr. Ronson ist stinksauer."

Das hat gesessen. Ich verstehe nicht, woher sie das hat. Vielleicht ist es ein Trick, um mich aus der Reserve zu locken. „Was meinst du? Ich ließ euch nie im Stich. Ich liebe meine Arbeit. Sag mir, was du meinst."

„Das ist jetzt aber nicht dein Ernst. Du hast drei Tage unentschuldigt gefehlt. Du sagtest uns nicht, warum oder wo du warst und ans Telefon bist du auch nicht gegangen. Am Dienstag hast du die wichtigste Präsentation für einen Kunden verpasst. Dein Team hat sich zur Vorbereitung dieses Termins krumm gearbeitet. Seit 3 Monaten hofieren wir diesen Kunden, er springt vielleicht ab und du denkst, wir lassen dies durchgehen?" Sie schaut mich von oben bis unten an. „Jetzt schneist du hier rein und siehst aus wie ein Landstreicher. Dein Make-up ist verschmiert, deine Haare zerzaust und du siehst aus, als hättest du in diesen Klamotten geschlafen." Sie schaut mich kalt an. „Du siehst aus, als hättest du ein ausgiebiges Besäufnis hinter dir. Oder bist du auf Drogen und dein Trip lässt gerade nach? Ich weiß nicht, was du dir dabei dachtest und es ist mir auch scheißegal." Was meint sie nur? Ich nehme keine Drogen. Zugegeben, im Studium rauchte ich ein paar Mal Gras, aber das war vor Jahren und es war nichts für mich. Was den Alkohol angeht, so trinke ich manchmal ein oder auch drei Gläser Wein, aber nur in Gesellschaft. Ich überschreite vielleicht hin und wieder das, von der Regierung vorgegebene, gesunde Maß an Alkohol, aber ich bin nie betrunken und war sicher nie so betrunken, dass ich die Kontrolle verlor und will es auch nie sein.

In meinem Kopf dreht sich alles und ich habe das Gefühl, gleich in Ohnmacht zu fallen. Was sie gerade sagte, ergibt für mich gar keinen Sinn. „Drei Tage? Aber, aber...das stimmt nicht. Ich...ich...Moment mal...", versuche ich zu sagen, stammle aber nur. Ich bringe keinen ganzen Satz heraus. Ich suche Halt an der Stuhllehne, denn ich befürchte, ich falle sonst um.

„Mr. Ronson ist in einer Besprechung, er hat jetzt keine Zeit für dich. Ich glaube kaum, dass er deinen Vertrag verlängert, denn du bist ja noch in der Probezeit. Jetzt mach erst mal eine Pause. Ich schlage vor, du gehst nach Hause, machst dich frisch und kommst um 14:00 Uhr wieder. Deine persönlichen Sachen haben wir bereits aus dem Schreibtisch genommen und in eine Schachtel gepackt, denn wir hatten keine Ahnung, ob du wiederkommst und wir brauchten den Platz. Wenn du willst, kannst du alles mitnehmen." Margarets Gesicht ist eiskalt, aber ich glaube, unter dieser teilnahmslosen Maske lächelt sie selbstzufrieden.

Nach dieser Standpauke überrascht mich das nicht, aber dass ich vielleicht meinen Job verliere, ist wie ein Schlag ins Gesicht. Dies sollte der Grundstein für meine Karriere sein.

Nach vier Jahren fleißigen Studiums, einem Abschluss mit Auszeichnung und zwei Jahren Berufserfahrung, ergatterte ich einen Job als Junior Marketingleiterin bei Archers International. Ich halte kurz den Atem an. Dass mir die Tränen in die Augen steigen, weiß ich, aber ich zwinge mich, nicht zu weinen, nicht vor dieser Schlampe. Ich renne den Flur hinunter. Sie dreht sich um und geht wieder in ihr Büro. Ich bin erleichtert.

Taumelnd eile ich aus dem Hauptbüro. Zu meiner Linken befindet sich die Damentoilette. Ich drücke gegen die Tür und eile hinein. Nun ist mir richtig schlecht und mir dreht sich der Magen um. Gerade noch rechtzeitig öffne ich eine Toilettentür, sacke auf dem Boden zusammen, beuge mich über die weiße Porzellanschüssel und würge. Meine Brust hebt sich und Speichel tropft mir aus dem Mund. Mein Gesicht ist schweißgebadet. Ich will mich übergeben, meinen Körper von allem befreien, was mich vergiftet. Nichts kommt. Ich bin verzweifelt. Ich muss dafür sorgen, dass ich mich besser fühle. Zwei Finger stecke ich mir in den Hals. Ich muss wieder würgen, diesmal heftiger, dass wenigstens ein bisschen was kommt, aber nichts tut sich.

Ich bin fix und fertig. Im Mund und im Rachen habe ich einen ekligen, sauren Geschmack und am ganzen Körper unangenehme Schmerzen. Ich habe Schwierigkeiten, die Toilettenspülung zu drücken, richte mich vom Boden auf und richte mich am Sims vor dem Waschbecken auf. Meine Hände fülle ich mit kaltem Wasser, das ich dann trinke, um den sauren Geschmack zu verdrängen. Ich würge, als das Wasser in meinen Rachen gelangt und versuche es nun langsamer zu trinken.

Nun betrachte ich mich im Spiegel. Nein, das bin doch nicht ich. Das Gesicht, das mir entgegen schaut, sieht wesentlich älter aus als ich, mit meinen 25 Lenzen. Sollte Margaret das gemeint haben, dann kann ich ihr schlecht einen Vorwurf machen. Ich sehe grauenhaft aus; das sagte sie und nicht nur das. Meine Wangen sind hohl, meine Augen eingefallen, meine Pupillen wie Stecknadeln und meine Haut ist wie Pergament. Die Wimperntusche ist verschmiert und insgesamt gebe ich ein lächerliches Bild ab. Meine Regenjacke ist dreckig, vermutlich vom Sturz, und meine restliche Kleidung ist so zerknittert, man erkennt sie fast gar nicht mehr. Wie konnte ich nur so zur Arbeit kommen? Ich achte und bin stolz auf mein Äußeres und bin gewöhnlich tadellos herausgeputzt. Was ist nur mit mir geschehen?

Ich muss krank sein. Margaret sagte, ich hätte drei Tage unentschuldigt gefehlt. Das konnte doch nicht sein, oder? Ich war doch nicht krank und hatte die ganze Zeit geschlafen. Das hätte ich doch gemerkt, nicht? Wie dem auch sei, dagegen muss ich jetzt was tun. Ich nehme mir ein paar Papiertücher aus dem Spender, befeuchte sie, wische mir damit das Make-up ab, versuche, mich zu waschen und die verschmierte Schminke los zu werden. Ich möchte wieder wie ein Mensch aussehen. Mit den Fingern fahre ich mir durchs Haar, in der Hoffnung, mich irgendwie sammeln zu können. Ich wühle in meiner Handtasche und suche nach Lippenstift, dann höre ich Schritte. Die Tür geht auf und Alesha kommt rein.

Alesha hat ein oder zwei Monate vor mir in der Firma angefangen. Sie ist Sekretärin und hat nicht Marketing studiert, wie ich. Sie ist jung, 21, meine ich, und sehr hübsch. Eine perfekte Haut mit einem dunklen Teint, fast schwarz. Sie ist etwas größer, hat schulterlanges, ganz glattes, pechschwarzes Haar und eine traumhafte Figur. 90-60-90, wenn ich nicht irre. Sie hätte Model werden sollen. Sie mag es, wenn man sie wahrnimmt und trägt kurz geschnittene Oberteile. Alle Männer, die für die Firma arbeiten oder sie besuchen, einschließlich Mr. Ronson, schauen ihr unauffällig in den

Ausschnitt. Zum Teufel hätte ich mich so vorgebeugt, hätte es mir was ausgemacht. In der ganzen Zeit, die ich nun schon bei Archers arbeitete, hatten Alesha und ich nur die gewöhnlichen Höflichkeiten ausgetauscht.

Kaum sieht sie mich, eilt sie auf mich zu und legt mir den Arm um die Schulter. „Briony, was ist dir nur zugestoßen? Wir haben uns alle schreckliche Sorgen gemacht."

Bei dieser netten Geste bekomme ich schon wieder feuchte Augen. Ich überlege mir eine Antwort. „Keine Ahnung. Nicht die geringste Ahnung", antworte ich.

„Beachte Margaret nicht. Jeder weiß, was für ein Miststück sie sein kann. Sag mir, was ist passiert."

Ich überlege. So sehr ich jetzt eine Freundin gebrauchen kann, ich misstraue ihr wirklich. Ich kenne Alesha kaum und jetzt kommt sie und bietet mir ihre Freundschaft an. Ich weiß nicht, ob sie von sich aus so nett ist, oder ob sie Themen für Klatsch und Tratsch sucht. Dessen ungeachtet, habe ich nichts zu verlieren. „Ich verstehe kein Wort. Ich kam zur Arbeit und dachte, alles wäre in Ordnung. Ich konnte mich noch nicht mal rechtfertigen..."

„Nimm Platz. Lass uns reden und sehen, wohin das führt", meint sie und führt mich zu einem Stuhl. Für mich besteht kein Anlass, ihrem Wunsch nicht zu entsprechen.

„Erst mal, was kannst du mir über den heutigen Tag sagen?", fragt sie.

Ich denke nach, finde aber keine schnelle Antwort. Das erste, an das ich mich erinnere ist, dass ich am Hauptbahnhof war und merkte, dass ich zu spät komme."

„Was war vorher? Du warst am Bahnhof, aber wie kamst du dort hin? Wo warst du letzte Nacht? Warst du zu Hause oder bei jemand anderes? Gingst du zu Fuß zum Bahnhof und hast einen Zug oder Bus genommen?"

Die Fragen machen Sinn, aber so sehr ich mir den Kopf

zerbreche, ich finde keine Antworten. Ich erinnere mich, am Hauptbahnhof gewesen zu sein, weiß aber nicht mehr, wie ich dort hinkam.

Sie sieht meinem Gesicht an, wie fertig ich bin und drückt meine Schulter. „Keine Sorge. Es fällt dir schon wieder ein. Was ist das letzte, woran du dich erinnern kannst, bevor du am Hauptbahnhof zu dir kamst?"

Ich versuche, einen klaren Gedanken zu fassen und mich zu erinnern. Meine Erinnerung will nicht wiederkehren. Ich überlege noch etwas und antworte schließlich: „Das letzte, an das ich mich erinnere, ist, dass ich am Freitag noch ziemlich lange gearbeitet habe. Ich hatte keine Zeit, nach Hause zu gehe und mich umzuziehen. Ich war mit meiner Freundin Jenny bei Alfredos verabredet. Wir wollten ein paar Drinks nehmen, ehe wir zu Abend aßen. Wie geplant ging ich in die Bar."

„OK, das ist ein Anfang", antwortet Alesha. „Was ist mit der Freundin, mit der du dich trafst? Wieso nimmst du nicht mit ihr Kontakt auf? Sie könnte vielleicht etwas Licht ins Dunkel bringen. Sie weiß vielleicht, wo du warst."

„Natürlich! Klingt logisch. Ich weiß nicht, warum mir das nicht selbst eingefallen ist", antworte ich und weiß es wirklich nicht. Ich bin doch nicht auf den Kopf gefallen. Ich habe alles so verschwommen vor mir und kann nicht klar denken. „Um 20:00 Uhr hätte ich mich mit Jenny treffen sollen. Ich versuche, sie jetzt anzurufen." Ich öffne meine Handtasche und suche nach meinem Handy.

„Nur ein Gedanke. Weißt du noch, was du am Freitag getragen hast?"

Schweigend schließe ich die Augen und versuche, mich zu erinnern. „Ja, mein blaues Leinenkleid von Jaeger. Ich hatte es angezogen, weil ich ein wichtiges Treffen mit dem Geschäfts-führer von Caron's, einem neuen Kunden, hatte und ich gut aussehen wollte."

Alesha bleibt der Mund offenstehen und ich folge ihrem Blick. „Oh, mein Gott! Das trage ich gerade. Ich trage dasselbe Kleid wie letzten Freitag und habe keine Ahnung, wo ich war oder was ich in der Zwischenzeit gemacht habe."

Meine Knie werden weich und wieder denke ich, ich falle gleich in Ohnmacht. Ich verliere mein letztes bisschen Würde, als Alesha mir hilft, aufzustehen, mich dann in eine Kabine führt und den Toilettensitz herunterklappt, damit ich mich setzen kann.

„Das geschieht doch nicht wirklich. Es ist bestimmt ein Albtraum. Ich kann mich an nichts, was seit Freitagabend geschah, erinnern."

„Das wären...fünfeinhalb Tage...142 Stunden", rechnet Alesha, „vielleicht mehr."

„Vielleicht bin ich krank und irgendwo ohnmächtig geworden. Ist es möglich, dass ich in dieser ganzen Zeit ohnmächtig war? Gott, vielleicht haben mich Außerirdische entführt, was weiß ich." Mein jämmerlicher Versuch schwarzen Humors macht die Stimmung auch nicht besser.

„Oder Schlimmeres." Die Worte platzen aus Alesha heraus, dann hält sie sich den Mund zu, denn sie ist schockiert, dass sie ihre Gedanken aussprach.

Keiner von uns spricht, denn ihre Worte hängen schwer in der Luft. Ihr Gesichtsausdruck ist todernst und ich nehme an, dass sie, wie ich auch, überlegt, wieso man mich entführt hat. Ich drehe nicht durch. Ich fühle mich so seltsam abwesend, fast so, als wäre ich auf einem Dach und schaue von oben zu, wie Alesha und ich dieses Gespräch führen.

In Gedanken schweife ich ab. Dann stelle ich fest, dass ich nackt daliege. Hände berühren mich, viele Hände, berühren mich überall, streicheln, liebkosen, kraulen mich. Bilde ich mir das ein oder ist das eine Erinnerung? Ich fühle mich schmutzig, so schmutzig. Mir kommt die Galle hoch.

„Aber warum kann ich mich an nichts erinnern?", frage ich.

„Keine Ahnung. Vielleicht hast du ein Trauma. Vielleicht bist du krank. Ich weiß es nicht. Es könnte dich auch jemand betäubt haben."

„Ich muss nach Hause. Mich duschen." Vielleicht hilft dies auch meinem Geist auf die Sprünge.

„Nein, warte. Das darfst du nicht. Du musst zuerst mit der Polizei reden", antwortet sie. „Vielleicht ist ja gar nichts. Ich hoffe echt, es ist nichts, aber du wirst ihre Hilfe brauchen, um es herauszufinden."

„Du hast Recht. Mir wird nichts anderes übrigbleiben." Mir kommen wieder die Tränen, die ich diesmal nicht zurückhalten kann. Es überkommt mich und in Sekunden krampfe und schluchze ich nur noch. Alesha kommt her, drückt mich fest an sich und streichelt meinen Kopf. Ich umarme sie so fest, als würde mein Leben davon abhängen. Vielleicht ist es so. Zunächst dreht sich mein Kopf wie wild und ich sehe Bilder, grauenhafte Bilder von Dingen, zu denen ich vielleicht gezwungen wurde. Ich zittere am ganzen Körper und kneife die Augen fest zu, aber die Bilder quälen mich noch immer. Ich schlucke, atme tief ein und merke, dass ich zur Ruhe kommen muss, weil mich sonst die nackte Angst überkommt. Allmählich atme ich wieder regelmäßig, ich finde mich mit meinem Dilemma ab.

Alesha sagt nichts, drückt mich aber fest an sich und streicht mir über den Kopf. Es vergeht viel Zeit, ehe ich sie loslassen kann. Ich weiß, ich muss stark sein, um das durchzustehen. Jetzt fühle ich mich stärker und gewappnet, für das was vor mir liegt.

2 STUNDEN

„Alesha, ich weiß, was ich jetzt zu tun habe. Für deine Hilfe kann ich dir gar nicht genug danken, aber ich will nicht, dass du meinetwegen Ärger bekommst. Du sitzt schon eine ganze Weile nicht mehr an deinem Schreibtisch. Am besten, du gehst zurück."

„Ich lasse nicht zu, dass du das allein mit dir ausmachst. Du brauchst jemanden, der dir beisteht, und wenn du keinen besseren Vorschlag hast, würde ich das übernehmen, zumindest vorerst. Aber du hast Recht, ich kann nicht einfach aus dem Büro spazieren, ohne etwas zu sagen und ich muss auf jeden Fall meine Tasche und die Jacke mitnehmen. Kommst du damit klar, wenn ich dich für ein paar Minuten allein lasse, um der Hexe zu sagen, was vor sich geht?"

Ich nicke.

„Mir egal, ob es ihr gefällt oder nicht, ich begleite dich", sagt sie noch. „Geh also nirgends hin, bis ich zurück bin. Es dauert nicht lange."

„OK, danke, das weiß ich wirklich zu schätzen", sage ich und zwinge mich, etwas zu lächeln. Das sollte ihr eigentlich

Mut machen, aber ich fürchte, mein Gesicht sieht aus wie eine Fratze, was genau das Gegenteil bewirkt. „Solange du weg bist, versuche ich Jenny anzurufen und herauszubekommen, was sie weiß."

Alesha drückt leicht meine Schulter und eilt dann zur Tür hinaus.

Ich stehe wieder auf, stelle meine Handtasche auf den Waschtisch und durchsuche sie nach meinem Handy. Ich öffne die Hülle und merke, dass das Handy zerlegt wurde. Die hintere Abdeckung wurde entfernt und sowohl der Akku als auch die SIM-Karte liegen lose in der Hülle. Ich zähle zwei und zwei zusammen und merke, was das zu bedeuten hat. Krank zu sein, irgendwo in Ohnmacht zu fallen und die nächsten paar Tage krank zu sein, ist keine ernsthafte Option mehr. War es vorher auch nicht, aber immer noch besser als die Alternative. Jemand hat mein Handy auseinandergenommen und dies bedeutet, was mir die letzten paar Tage widerfuhr, hat jemand geplant. Damit ich nicht darüber nachdenken muss, was sie wohl sonst noch getan hatten, versuche ich herauszufinden, warum sie das Handy zerlegten. Vielleicht deshalb, weil jemand verhindern wollte, dass ich jemanden anrief oder eine SMS verschickte, oder dass ich welche erhielt. Aber hätten sie das nicht auch geschafft, indem sie es einfach ausgeschaltet hätten? Nein, sie waren überlegter vorgegangen, es musste also einen Grund haben. Natürlich, so meine ich, würde es das GPS-Signal stören, sodass man das Handy oder seinen Standort nicht mehr zurückverfolgen kann. Sollte das der Plan gewesen sein, warum wurde es dann nicht einfach kaputt gemacht oder weggeworfen? Das ergibt wenig Sinn.

Als ich die SIM-Karte und den Akku wiedereinsetze, höre ich den üblichen Startton. Gut, es scheint zu funktionieren. Als nächstes sehe ich die Symbole. Der Akkustand ist niedrig, aber ich sehe auch vier Sprachnachrichten, neun SMS, sechs

WhatsApp-Nachrichten und unzählige E-Mails sowie diverse Nachrichten von Facebook, Twitter, Pinterest und LinkedIn. Letztere fünf interessieren mich nicht wirklich, da ich normalerweise von diesen Seiten täglich haufenweise Nachrichten erhalte. Fast eine Woche lang hatte ich mich nicht angemeldet, also mussten es hunderte sein. Ich muss die anderen Nachrichten beachten; vielleicht erfahre ich durch sie, was geschah.

Ich möchte Jenny anrufen, zunächst muss ich aber dies erledigen. Ich tippe auf die Nachrichten und gehe sie chronologisch durch. Den Anfang mache ich bei allem, was seit Freitag eingegangen ist.

Die ersten drei auf der Liste sind alles Sprachnachrichten von Jenny.

Von Freitag, um 19:55 Uhr. *Entschuldigung, verspäte mich, erkläre es später, sollte gegen 20:30 Uhr hier sein.*

Nächste Nachricht, 20:42 Uhr. *Wo bist du?*

Dann, 21:03 Uhr. *Schaute überall, du bist nicht hier! Was ist, bist du sauer, weil ich zu spät kam? Ich rufe morgen an, wenn du dich beruhigt hast.*

Hilft das weiter? Das frage ich mich. Das bestätigt nur, dass ich Jenny treffen muss und, nach allem was sie sagte, wusste ich, sie kam spät, ich war bereits gegangen, was aber nicht beweist, dass ich tatsächlich hier war. Ich versuche, mich zu konzentrieren und mir vorzustellen, was passierte. Ich sehe mich allein an einem Tisch sitzen mit einem Glas Merlot in der Hand. Oft genug war ich bei Alfredo, kann mir also ein klares Bild machen. Aber was wird da von mir verlangt? Ich bin mir nicht sicher, ob es eine Erinnerung an Freitag ist oder ich mich an etwas erinnere. Wäre ich mir nur sicher, dann hätte ich einen echten Anhaltspunkt.

Die nächste Nachricht ist von meinem Papa, Samstag, 09:21 Uhr.

Mama und mir geht es blendend. Wir feierten gestern

unseren Hochzeitstag und an Bord gab es ein herrliches Abend-
essen. Danke für den Champagner und die Blumen, lecker und
schön zugleich. Heute Morgen legten wir in Neapel an und
werden dann an der Küste entlangfahren, um Pompei und den
Vesuv zu besuchen. Wir halten dich auf dem Laufenden.
Arbeite nicht zu viel. In Liebe, Mama und Papa.

Es freut mich, dass ihnen der Urlaub gut gefällt. Seit
Monaten haben sie ihn geplant, um ihren 30. Hochzeitstag zu
feiern. Ich erinnere mich an etwas. Online habe ich jemanden
beauftragt, an ihrem Hochzeitstag Blumen und Champagner in
ihre Kabine zu bringen, dann merke ich aber, dass es mich
nicht erfüllt, da ich schon Tage zuvor alles arrangiert hatte.

Um 22:27 Uhr geht ein Spam ein und teilt mir mit, dass ich
ein Update machen muss.

Am Samstag, um 22:51 Uhr, schrieb Jenny wieder. *Sie hat*
versucht anzurufen und eine Nachricht hinterlassen. Bist du
noch sauer? Entschuldige. Bitte, rede mit mir!

Ich muss sie zurückrufen, denke ich. Ich glaube, sie meint,
ich ging nicht ran, weil sie mich im Stich ließ. Seit der Ober-
schule sind wir beste Freundinnen. Ich muss zugeben, in den
vielen Jahren, die wir befreundet sind, kam es immer wieder
vor, dass ich die Geduld mit ihr verlor und wütend auf sie war.
Sie denkt wohl, deshalb meldete ich mich nicht bei ihr. Ich
muss ihr sagen, was geschah oder, besser noch, sie soll mir dabei
helfen, herauszufinden, was geschah. Der Akku zeigt nur noch
2%. Jetzt kann ich sie nicht anrufen. Ich muss das Handy
wieder aufladen, sobald ich kann. Zu Hause muss ich mein
Ladegerät holen. Frische Klamotten muss ich mir auch unbedingt anziehen. Ich sollte wohl besser schauen, ob ich Geld für
ein Taxi habe.

Wieder wühle ich in meiner Tasche und hole meinen
Geldbeutel heraus. Als ich ihn öffne, merke ich, dass irgendetwas anders ist. Ich sehe keine Geldscheine im Geldbeutel

und im Münzfach nur einen kleinen Geldbetrag, insgesamt 2 Pfund und 33 Pence. Der Fünf-Pfund-Schein, den ich immer hinter meinen Visitenkarten verstecke, ist noch da und auch meine Fahrkarte, mein Führerschein, die Karte vom Fitness-studio und die Mastercard, aber meine EC-Karte ist weg. Die habe ich immer an derselben Stelle und sie fehlt. Oh Scheiße, habe ich sie verloren oder hat sie jemand gestohlen? Gewöhn-lich habe ich zwischen 20 und 60 Pfund in bar bei mir, wo ist dieses Geld? Gab ich es aus oder hat es jemand gestohlen? Ich fühle mich wackelig auf den Beinen und schmecke wieder meine Magensäure. Ich stütze mich am Waschtisch ab, während ich diese neue Information sacken lasse. Das wird immer schlimmer und schlimmer.

Ich höre die Tür, denn Alesha ist wieder da

„Ich habe eine Überraschung für dich", sagt sie fröhlich.

„Ich glaube nicht, dass ich noch mehr Überraschungen verkrafte", antworte ich mit bitterer Stimme, denn ich kann ihre Freude nicht teilen.

Davon unbeeindruckt fährt sie fort: „Diese wird dir gefal-len. Ich betrat Hamiltons Büro, um ihr zu sagen, dass ich frei brauche, um nach dir zu sehen. Ich konnte mich durchsetzen und akzeptierte keinerlei Widerspruch. Sie sagte mir, ich solle mich setzen und ihr sagen, worum es geht." Alesha lächelte. „Das wirst du nicht glauben. Natürlich sagte sie mir, ich müsse gehen! Sie sagte, sie wäre gerne selbst gekommen, aber sie käme zu spät zu einem Termin mit einem Kunden, den sie nicht mehr absagen könne.

Sie sagte, ich solle sie auf dem Laufenden halten und sie würde dich später anrufen. Diese Karte gab sie mir für dich. Auf ihr steht ihre private Handynummer und sie sagte, sie sei immer erreichbar. Außerdem gab sie mir zwanzig Pfund und sagte, du könntest es fürs Taxi oder sonst etwas ausgeben. Dann meinte sie noch, ich solle nichts von alledem zu jemandem im Büro sagen." Alesha hebt die Augenbraue. „Was denkst du, ist die Schneekönigin aufgetaut?"

„Ich weiß nicht, was ich sagen soll". Haben wir Margaret falsch eingeschätzt oder versucht sie nur, sich zu schützen, falls ich mich beschwere? Es ist mir egal, denn in meinem Zustand bin ich für jede Hilfe dankbar.

„Verschwinden wir hier", schlägt Alesha vor und führt mich aus der Toilette hinaus zum Fahrstuhl.

„Ich versuchte, auf mein Handy zu schauen, aber der Akku ist fast leer. Ich muss nach Hause und es ans Ladegerät hängen, dass ich die anderen SMS lesen kann. Ich habe gerade erst angefangen."

„Wo wohnst du denn? Diese Frage kam mir nie in den Sinn. Kann dir deine Familie helfen?", fragt Alesha.

„Ich mietete mir eine Wohnung im Süden. Sie befindet sich in Langside. Vor ein paar Monaten, als ich anfing, hier zu arbeiten, zog ich ein. Bis dahin lebte ich bei meinen Eltern. Meine Mama, mein Papa und meine Großmutter sind meine ganze Familie. Sie hat Demenz und braucht rund um die Uhr Betreuung. Jetzt lebt sie in einem Altenheim. Meine Eltern sind großartig, aber sie sind gerade nicht da. Gestern hatten sie ihren 30. Hochzeitstag und letzte Woche gingen sie auf eine Mittelmeerkreuzfahrt, um das zu feiern. Bis Sonntag, eher bis Montag, sind sie nicht zu Hause. Sie hatten sich seit Monaten auf diese Reise gefreut, deshalb will ich ihnen nichts sagen, bis sie zu Hause sind. Vermutlich hätte ich sie ohnehin nicht erreicht, denn sie schalten ihre Handys die meiste Zeit aus und Papa hat mir gesagt, dass es dort oft keinen Empfang gibt. Ich muss tapfer sein, bis sie zurück sind."

Ein paar Sekunden denke ich nach, dann fahre ich fort: „Vielleicht könnte ich für ein paar Tage wieder bei ihnen einziehen. Ich weiß, mein Zimmer hat sich kein bisschen verändert, seit ich ging."

Alesha schaut nachdenklich drein. „Bist du sicher? Denkst du nicht, sie sollten es besser früher als später erfahren?"

Daran hatte ich nicht gedacht. Ich weiß nicht, was ich tun soll. Mama und Papa brauchen diesen Urlaub, mehr noch wegen Vaters Herzinfarkt im letzten Jahr. Sie haben es sich verdient. Sie sollten ihren besonderen Tag feiern können, ohne dass ich alles verderbe. Andererseits, wüssten sie, dass ich in Schwierigkeiten stecke, wären sie vielleicht lieber hier bei mir. Sie würden schnurstracks nach Hause eilen und alles in Ihrer Macht tun, um bei mir zu sein. Es verletzt sie vielleicht, wenn ich sie nicht informiere oder sie meinen, ich vertraute ihnen nicht, was aber nicht stimmt. Um nichts in der Welt würde ich ihnen weh tun wollen.

Im Hinterkopf habe ich auch noch, dass ich nicht weiß, wie sie reagieren werden, wenn sie hören, was passiert ist und ich will sie nicht enttäuschen, weder dadurch, dass sie es erfahren, noch dadurch, dass ich ihnen etwas verschweige. Scheint, als wäre ich verdammt, wenn ich es tue, aber auch, wenn ich es nicht tue. Auch wenn ich nicht mehr weiß, was mir zugestoßen ist, was immer es ist, es geht mir jetzt gut. Zumindest glaube ich, dass es mir jetzt gut geht.

Ich entschließe mich, es ihnen nicht zu sagen. Ich sage mir, dass sie sich Vorwürfe machten, wenn sie erfahren, dass ihrer Tochter etwas zugestoßen ist, während sie im Urlaub waren und die Zeit genossen. Würden sie erfahren, dass ich entführt oder vergewaltigt wurde, dann wären sie traumatisiert. Der Schock könnte ihr Tod sein. Vielleicht wären sie wütend, wenn ich bis nach ihrer Rückkehr warte, um es ihnen zu erzählen, sie könnten mich aber wenigstens sehen und wüssten, es geht mir gut. Außerdem können sie nichts tun, außer meine Hand zu halten und sich Sorgen machen und dann wäre der Rest ihres Urlaubs versaut?

„Du hast Recht, Alesha, sie werden es vermutlich wissen

wollen. Aber wägt man alles ab, können sie nichts tun und es würde ihnen mehr schaden als nutzen, wenn sie es jetzt erfahren."

Alesha kaut auf ihrer Lippe, so gar nicht überzeugt, aber sie sagt nichts mehr zu dem Thema.

„Ich schaute mir die Textnachrichten durch, würde gerne noch die restlichen Nachrichten prüfen oder zumindest so viele, wie ich kann, ehe mein Akku leer ist."

„Was hast du bisher herausgefunden?" fragt Alesha.

„Nicht viel", antworte ich. „Mir fiel nur wieder ein, dass ich mich um acht Uhr mit Jenny treffen wollte. Sie tauchte bis zum späten Abend nicht auf und ich war schon weg."

„Zumindest weißt du, dass du hier warst, du hast also einen Anhaltspunkt."

Darüber denke ich nach, bevor ich antworte: „Nicht wirklich. Ich weiß, ich hätte hier sein sollen, aber kann bis jetzt noch nicht sagen, ob ich überhaupt ankam."

3 STUNDEN

Auf der anderen Seite des Gebäudes, im Eingangsbereich, öffnet sich die Tür des Fahrstuhls. Ich atme tief ein, die frische Luft, die mir entgegen weht, als Leute von der Straße aus durch den Vordereingang kommen, tut mir gut. „Ich setze mich ein paar Minuten", sage ich und deute auf das Sofa in der Haupthalle. Ich halte mein Handy und meine: „Ich will sehen, was ich sonst noch herausfinde. Während ich das tue, könntest du doch mit dem Mann in der Sicherheitszentrale reden und herausfinden, ob es eine Aufnahme von mir gibt, als ich am Freitag das Gebäude verließ."

„Gute Idee. Ich mach mich gleich dran."

Die letzten drei Textnachrichten kommen von Verwandten und sind nicht weiter wichtig. Ich schalte die Mailbox ein. Von den vier Nachrichten ist die erste Spam und völlig unwichtig, ein Angebot bei unverschuldeten Unfällen. Ich bin diese Anrufe so leid. Ob ich sie wohl beantworten und sie fragen soll, ob sie mir bei meinem jetzigen Dilemma helfen können? Ich spüre, wie ich eine Grimasse ziehe, als ich denke, dass ich noch nicht meinen ganzen Sinn für Humor verloren hatte.

Die zweite Nachricht ist viel beunruhigender. Sie ist vom Vermittlungsbüro, bei dem ich meine Wohnung gemietet habe, und man fragt mich, warum die Miete, die am Montag fällig gewesen wäre, nicht eingegangen ist. Seltsam, denke ich, denn ich zahle per Dauerauftrag und es sollte mehr als genug auf meinem Konto sein, um die Zahlungen abzudecken. Dem muss ich nachgehen. Sobald ich kann, werde ich meine Bank, aber ein paar Dinge haben Vorrang.

Die dritte Nachricht ist von Jenny. Sie lässt fragen, ob ich mich soweit beruhigt habe, um mit ihr zu reden und sie bittet mich, zurück zu rufen.

Die vierte Nachricht ist von Mama und Papa, die von Palermo, Sizilien, aus anrufen, wo sie während ihrer Kreuzfahrt einen Ausflug machten. Als ich ihre Stimmen höre, wünschte ich, sie wären hier. In diesem Augenblick wünsche ich mir nichts sehnlicher, als meine Familie zu umarmen und mich bei ihnen in Sicherheit zu fühlen. Ihre Stimmen klingen fröhlich und sie genießen ihren Urlaub sichtlich. Sie haben mich zu Kraft und Unabhängigkeit erzogen und dieser Gedanke bestärkt mich, ihnen nichts zu sagen, bis sie wieder zu Hause sind. So kommt es, dass ich nur den Anfang ihres Anrufs höre, ehe das Handy dann verstummt, weil der Akku leer ist.

Alesha kommt zurück und hat bestätigt, dass ich das Gebäude um 19:23 Uhr am Freitagabend verließ. „Bist du bereit, aufzubrechen?", fragt sie.

„So bereit, wie ich nur sein kann."

Sie drückt ein paar Knöpfe an ihrem Handy, schaut dann hoch und teilt mir mit, dass das Taxi in fünf Minuten an der Vordertür stehen wird.

„Gehen wir gleich zur Polizei. Die nächste Station ist in der Baird Street", meint sie.

„Ich würde lieber zuerst nach Hause gehen, mein Ladegerät holen. Ich muss Jenny anrufen und würde mich gerne umziehen."

„Ich denke, je eher du mit dem Unangenehmen fertig bist, desto besser. Du kannst deine Freundin jetzt mit meinem Handy anrufen, wenn du willst. Alles andere kann warten", antwortet Alesha.

So sehr ich nach Hause will, alles erscheint mir logisch. Wäre ich erst wieder in meinem Haus, würde ich nicht wieder raus wollen. Ich nicke zustimmend.

Alesha reicht mir ihr Handy, da kommt das Taxi. Wir steigen ein und ich wähle Jennys Nummer. Gerade höre ich es klingeln, da fällt mir ein, wie leicht ich mich an ihre Nummer erinnern konnte, obwohl ich sie kaum wählte, weil das mein Handy ja automatisch macht. Mein Gedächtnis funktioniert, also kann mein Geist nicht allzu verwirrt sein.

Vor dem vierten Piep höre ich eine Frauenstimme: „Jenny Douglas." Sie klingt vorsichtig, denn sie erkennt offenbar die Nummer nicht.

„Jenny, ich bin es, Briony."

„Briony, tatsächlich. Endlich bist du von deinem hohen Ross heruntergekommen und erachtest mich als würdig, wieder mit dir zu sprechen."

„Jenny, halt; so ist es nicht. Ich war nicht sauer und ich ging dir nicht aus dem Weg. Es...es...es ist nur...", ich finde nicht die richtigen Worte.

„Es ist nur was?"

„Jenny, ich bin in Schwierigkeiten. Ich kann mich an nichts erinnern, was mir seit Freitag passierte."

„Ist das ein Witz, Briony? Was willst du eigentlich?"

„Es ist kein Witz, Jenny. Ich wünschte, es wäre einer. Es ist mehr ein Albtraum. Ich glaube, ich wurde entführt."

„Ist das dein Ernst?"

„Mein voller Ernst."

„Oh, mein Gott! Was ist passiert? Wo bist du? Von wo rufst du an? Ich erkenne die Nummer nicht."

„Ich weiß nicht, was passiert ist, das ist das Problem. Ich bin in einem Taxi, zusammen mit Alesha, aus dem Büro. Ich rufe von ihrem Handy aus an, denn bei meinem ist der Akku leer. Wir sind auf dem Weg zum Polizeirevier, um zu sehen, ob sie uns helfen können."

„Du kannst dich nicht erinnern, ob du jemanden gesehen hast?"

„Nein, zwischen Freitagabend und heute Morgen erinnere ich mich an nichts."

„Mein Gott. Das ist fast eine Woche! Ich weiß nicht, was ich sagen soll. Wissen deine Eltern davon?"

„Hör zu, Jenny, ich brauche deine Hilfe. Ich weiß nur, dass ich am Freitag etwa um 19:30 Uhr das Büro verließ und dich um 20:00 Uhr bei Alfredos treffen sollte. Ich sah deine Nachrichten. Ich las sie, ehe der Akku meines Handys leer war. Ich muss wissen, was du mir sonst noch sagen kannst."

„Natürlich. Ich helfe dir, so gut ich kann, weiß aber nicht, ob ich noch was sagen kann. Ich verspätete mich und war erst da, ich weiß nicht wann, zwischen 20:30 Uhr und 21:00 Uhr, du aber warst nicht da. Ich dachte, du hättest genug vom Warten und ging."

„Das ist alles? Du hast mich weder gesehen noch mit jemandem gesprochen, der wusste, wann ich ging oder ob jemand bei mir war?"

„Tut mir leid, Briony, nein. Ich habe mir nur meinen Teil gedacht. Ich war schon zu spät dran und halb verhungert, also kaufte ich auf dem Heimweg einen Döner. Hätte ich das nur gewusst."

Ich atme tief ein. Ich bin enttäuscht und außer mir, als ich merke, dass ich von ihr nichts mehr erfahren werde.

„Zu welcher Polizeiwache gehst du? Ich komme und leiste

dir Gesellschaft. Ich muss nur dem Chef sagen, dass ich mir frei nehme."

„Das ist nicht nötig. Alesha ist bei mir."

„Ich möchte helfen. Ich tue alles, was ich kann. Sag mir, wohin du gehst und wir treffen uns da, sobald ich wegkann."

Ich denke kurz nach. „Du kannst doch etwas für mich tun. Wir sind auf dem Weg zur Baird Street. Könntest du mich dort treffen, damit ich dir meine Schlüssel geben kann, um mir in meiner Wohnung frische Klamotten zu holen? Außerdem das Ladegerät für mein Handy?"

„Kein Problem. Ich helfe dir gerne. Bin so schnell es geht dort."

Ich fühle mich wieder etwas sicherer, da ich weiß, bald treffe ich Jenny. Obwohl Alesha großartig war, ein Fels in der Brandung, ist es nicht dasselbe. Jenny stehe ich schon so lange sehr nahe, dass sie fast wie ein Familienmitglied ist.

Die Fahrt vergeht wie im Flug. Ich höre, wie der Fahrer etwas kommentiert, einen Nachrichtenbeitrag, aber ich kann es nicht verarbeiten. Als wir vor der Polizeiwache ankommen, bezahlt Alesha die Rechnung, nimmt meinen Arm und führt mich durch den Eingang in einen großen Raum.

Eine junge Assistentin in Zivil kommt auf uns zu. „Hallo, mein Name ist Cynthia. Was kann ich für Sie tun?", fragt sie.

Ich werde nervös und finde keine Antwort. Alesha merkt, wie ich zögere und springt wieder mal in die Bresche. „Meine Freundin braucht Hilfe", meint sie. „Sie kann sich an nichts erinnern, was ihr zwischen Freitagabend und heute widerfahren ist und wir denken, sie wurde entführt, vermutlich betäubt..." Sie schaut mich an, ehe sie fortfährt: „Es ist gut möglich, dass sie vergewaltigt wurde."

„Ich verstehe", sagt Cynthia ruhig. „Bitte folgen Sie mir und nehmen Sie dort drüben Platz." Sie führt uns zu einer Sitzecke. „Zunächst brauche ich allgemeine Informationen über

Sie." Sie nimmt einen Tablet-PC und notiert meine Daten: Vor- und Nachname, Adresse, Geburtsdatum, Nationalität, Telefonnummer, E-Mail-Adresse und mein Beschäftigungsverhältnis. „Ich schicke einen Kollegen, der das Gespräch fortführt."

Sie entfernt sich ein paar Schritte und ruft jemanden an. Ich kann nicht genau hören, was sie sagt, meine aber ein paar Worte zu hören... Code Sechs Zwei...Solo. Sie nickt mir zu. Dann fragt sie: „Was ist Ihnen lieber? Wollen sie lieber mit einer Kollegin oder einem Kollegen reden?"

Zuerst denke ich, dies spielt keine Rolle, dann meine ich aber, dass vielleicht ein paar intime Fragen kommen und denke, die mit einem Mann zu besprechen, wäre mir unangenehm. Unangenehm wäre es für mich auf jeden Fall, aber der Gedanke, an einen fremden Mann schreckt mich noch mehr ab. „Mit einer Kollegin, bitte", antworte ich.

4 STUNDEN

Es dauerte sicher nur wenige Minuten, aber mir kommt es wie eine gefühlte Ewigkeit vor, ehe die Polizistin kommt. „Hallo, ich bin die Wachtmeisterin. Paula Fleming. Ich bin Verbindungsbeamtin bei der Sitte. Ich möchte Sie erst durch den, wie wir es nennen, angenehmen Teil führen, dass wir eine möglichst vollständige Aussage von Ihnen bekommen. Das können wir entweder unter vier Augen tun oder Ihre Freundin kann dabei sein, wenn Ihnen das lieber ist."

Noch ehe ich antworten kann, sehe ich Jenny kommen. Sie schaut unruhig hin und her, dann sieht sie uns. Schließlich eilt sie auf mich zu und drückt mich ganz fest.

„Oh Briony, geht es dir gut? Es tat mir so leid, dies zu erfahren und ich tue alles, um dir zu helfen." Ich krame die Hausschlüssel aus meiner Handtasche und gebe sie ihr. Es sieht so aus, als hätte sie Tränen in den Augen und ich kann kaum Haltung bewahren.

„Es dauert nicht lange", sagt sie. „Du sagtest, du brauchst ein Ladegerät und frische Kleidung. Ich schätze etwas Legeres wie Jeans, T-Shirt und Unterwäsche. Sonst noch was?"

„Ja, Turnschuhe bitte und vielleicht noch eine Fleecejacke, falls es mich friert. Vielen Dank."

„OK, ich beeile mich. In einer halben Stunde, höchstens einer, bin ich wieder da", sagt Jenny und eilt davon.

„Ich fragte: Wären Sie lieber allein hier oder mit Ihrer Freundin?", wiederholt Paula.

„Ich möchte Alesha dabeihaben, bitte", antworte ich und schaue Alesha an, dass sie mir beisteht. Sie bekräftigt ihre Zustimmung. „Kann Jenny auch mit rein, wenn sie wieder zurück ist?"

„Ja, kein Problem."

„Werden Sie in dem Fall ermitteln?", frage ich.

„Nein, ich bin die Verbindungsbeamtin. Ich nehme Ihre Aussage auf, danach entscheiden wir, welche weiteren Schritte wir unternehmen. Es gibt eine spezielle Untersuchungseinheit für Vergewaltigungen, die sich um derlei Fälle kümmert. Die befindet sich nicht in diesem Büro, denn sie behandelt andere Fälle. Ich erledige alles, soweit ich kann, dann entscheiden wir, ob wir sie hinzuziehen."

„Eine Sekunde", unterbricht Alesha. „Soll das heißen, sie wollen keine weiteren Untersuchungen anstellen?"

„Nicht im Geringsten", antwortet Paula. „Sobald ich Ihre Aussage aufgenommen habe, gehen wir Ihre Möglichkeiten durch und ich erkläre, was weiter passiert. Es liegt ganz bei Ihnen, ob wir weiter ermitteln. Jedenfalls stehen Sie unter keinerlei Druck."

Da ich noch nicht genau weiß, was bei so einer Untersuchung passiert, bin ich nicht sicher, was sie meint, aber sie klingt freundlich und ermutigend und ich höre mich sagen: „OK."

4,5 STUNDEN

Paula führt uns durch einen langen Gang. Es kribbelt in meiner Nase, ich rieche Desinfektionsmittel. Es soll wohl den natürlichen Körpergeruch überdecken, was aber nicht gelingt. Ich würge, werde wieder benommen und schlucke die Galle runter. Wir gehen durch eine zweite Tür und einen zweiten Gang, ehe Paula eine Tür aufschiebt und uns bittet, einzutreten. Im Raum ist es warm und gemütlich. Schwach scheint Licht von der Decke auf die pastellfarbenen Wände. Fenster gibt es keine, ich sehe aber Schalter für die Klimaanlage in der Ecke einer Küchenzeile. Ein dicker Teppichboden befindet sich im Raum, auf dem stehen vier gepolsterte Stühle, aufgereiht um einen Beistelltisch.

Ich mache es mir auf einem Sessel bequem. Alesha sitzt rechts von mir, Paula mir gegenüber. Paula beginnt damit, alle Informationen zu sammeln, die vorhin Cynthia aufgenommen hat. Als nächstes meint sie: „Ich muss unser Gespräch aufzeichnen." Sie schaltet ein Tonbandgerät ein und will von mir alles, was mir widerfahren ist, in meinen eigenen Worten hören. Sie schaut Alesha dauernd an, ein klares Signal, dass sie zwar froh ist, dass sie dabei ist, aber sonst will, dass sie während der Aussage schweigt.

„Das ist echt schwierig", meine ich.

„Ich weiß, versuchen Sie aber ihr Bestes", antwortet Paula.

„Nein, Sie verstehen nicht", sage ich. „Es ist schwierig, denn ich weiß nicht, was geschah."

Paula hebt eine Augenbraue. „Wir müssen irgendwo den Anfang machen. Können Sie mir bitte sagen, was Sie sicher wissen?"

„Mein Problem ist, dass ich mich nicht erinnern kann, was mir in der letzten Woche passierte. Das letzte, woran ich mich erinnere, dass ich letzten Freitag noch im Büro war und arbeitete. Das nächste, dessen ich mir sicher bin, ist, dass ich am Hauptbahnhof war, auf dem Weg zur Arbeit." Ich hole Luft. „Ich schaute nach, besser gesagt, Alesha schaute für mich nach. Am Freitag verließ ich um etwa 19:30 Uhr das Büro. Ich war mit Jenny um 20:00 Uhr bei Alfredos zum Essen verabredet. Sie verspätete sich und ich war nicht mehr da. Soweit ich weiß, sprach ich mit niemandem und habe auch niemanden getroffen und seither hat mich auch keiner gesehen bis heute Morgen."

Paula überlegt kurz. „Woher wissen Sie, dass Jenny zu spät kam?", fragt sie. „Hat sie Ihnen das gesagt?"

„Ja, hat sie, was ich aber erst bemerkte, als ich die SMS auf meinem Handy las. Sie hat mir Nachrichten geschrieben."

„Verstehe", sagt Paula. „Wenn Sie uns ihr Handy geben würden, dann können wir all Ihre Nachrichten überprüfen und unsere Telematik-Experten können sie analysieren. Sie können vielleicht daraus auf Ihren Aufenthaltsort schließen."

Ich hole mein Handy aus der Tasche und reiche es ihr. Sie steckt es in einen Plastikbeutel.

„Als ich heute Morgen meine Tasche öffnete, stellte ich fest, dass jemand sich an meinem Handy zu schaffen gemacht hat. Das Gehäuse war geöffnet und die SIM-Karte und der

Akku entfernt worden", erkläre ich. „Ich setzte es wieder zusammen, um die Nachrichten prüfen zu können."

Sie schaut düster drein. „Sieht so aus, als hätte da jemand nichts dem Zufall überlassen", sagt sie, sonst aber nichts. Stattdessen nickt sie mir zu, dass ich fortfahre.

„Wie gesagt, das erste, an das ich mich von heute Morgen erinnere, war, als ich am Hauptbahnhof zu mir kam und mich ganz und gar nicht fühlte wie sonst. Ich fühlte mich krank, benommen und orientierungslos. Mir tat alles weh. Mir tat alles weh, an manchen Stellen noch mehr", sage ich, während ich auf die Brüste und den Intimbereich deute.

„Bitte erklären Sie das noch detaillierter für die Aufnahme", sagt Paula.

Nachdem ich mit der Beschreibung meiner Schmerzen fertig bin, fahre ich fort: „Mir fällt nichts mehr ein, was ich Ihnen noch sagen kann."

„Verstehe", antwortet Paula, ich kann aber an ihrem nachdenklichen Blick sehen, dass sie mir die Geschichte nicht abkauft. „Es ist nicht ungewöhnlich, dass Menschen ohnmächtig werden oder das Gedächtnis verlieren. Aus vielerlei Gründen kann das passieren. Das Gehirn ist ein äußerst komplexes Organ", sagt sie und tippt auf ihre Schläfe, als würde ich das nicht ohne visuelle Unterstützung begreifen. Ich mag traumatisiert sein, sie behandelt mich aber, als wäre ich schwer von Begriff, was mir missfällt. Ich muss meine Lippen gespitzt haben, ohne es zu merken. Sie deutet meine Geste falsch und fährt einfach fort. „Ich will es anders ausdrücken. Das Gehirn speichert vieles, ohne dass Sie überhaupt merken, dass es passierte."

Ich möchte ihr sagen, dass sie mich nicht bevormunden soll. In Biologie hatte ich eine glatte Eins, ich denke aber, ich sollte meine Kräfte sparen. Mir ist auch bewusst, dass ich sie auf dem Laufenden halten muss, wenn ich etwas erreichen will. Ich ziehe eine Grimasse und nicke.

„Es ist gut möglich, dass Ihr Gedächtnis zurückkehrt, zumindest ein Teil davon, aber lediglich nach und nach." Paula lächelt mir ermutigend zu. Alesha, der mein Unbehagen nicht entgangen ist, drückt meine Hand.

„Ich will mich erinnern, zumindest glaube ich das. Es nicht zu wissen, zerreißt mich innerlich", sage ich und meine es so. Wie soll ich mit etwas zurechtkommen, wenn ich nicht weiß, mit was.

„Was ich sagte, meinte ich so. Es ist nichts Ungewöhnliches, für Entführungs- oder Vergewaltigungsopfer, dass sie an Amnesie leiden. Ein Fall, wo jemand eine solch lange Gedächtnislücke hat, ist mir aber noch nicht untergekommen.

„Ich habe nicht das Bedürfnis, als Vorlage zu dienen, ich habe mir diese Situation nicht ausgesucht", sage ich.

Paula nickt verständnisvoll. „Ich habe noch mehr Fragen, Briony. Wir müssen so viel über Sie wissen wie möglich, dann besteht die beste Chance, dass wir die Wahrheit herausfinden. Damit Sie mich richtig verstehen, wir zweifeln nicht an, was Sie uns bereits sagten, aber wir müssen uns ein klares Bild verschaffen, damit wir alle Beweise, auf die wir stoßen interpretieren können."

„Schon OK. Ich habe erwartet, dass Sie mehr über mein Privatleben erfahren wollen."

„Wenn wir mit der Befragung fertig sind, ist der nächste Schritt, Sie zum Arzt zu schicken, wegen einer forensischen Untersuchung. Direkt neben der Sandyford Klinik." Paula beurteilt meine Reaktion, sie ist zufrieden, weil ich scheinbar zuhöre und fährt fort. Wir wollen alle Kleidungsstücke, die Sie trugen, untersuchen. Ich nehme an, Sie haben sich bereits umgezogen?"

Ich schaue auf meine zerknitterte Kleidung und lächle. „Sie haben Recht. So laufe ich gewöhnlich nicht herum. Dies ist die Kleidung, die ich trug, als ich letzten Freitag zur Arbeit ging. Soweit ich weiß, trage ich sie seither. Ich wollte mich unbedingt umziehen, hielt es aber für das Beste, zuerst zur Polizei zu gehen und meine Aussage zu machen. Jenny ist bald zurück und bringt frische Kleidung mit, die ich anziehen kann."

„Die Ärzte werden Sie außerdem am ganzen Körper untersuchen. Sie werden Blutproben nehmen, Sie nach Schnittverletzungen, Hämatomen und Stichverletzungen untersuchen und Fotos machen. Auch nach DNS werden sie suchen. Ist dies für Sie in Ordnung?"

Dieser Gedanke jagt mir einen leichten Schauer über den Rücken. „Ich kann nicht sagen, dass mir das gefällt, aber ich verstehe, dass es notwendig ist", antworte ich.

„Gut", sagt Paula. „Schön zu sehen, dass Sie sich imstande sehen, zu kooperieren. Jetzt weiß ich, Sie haben sich nicht umgezogen, aber haben Sie sich, seit Sie das Gedächtnis verloren haben, geduscht oder sich gewaschen?"

„Nein", antworte ich. Ich selbst hätte es getan, aber Alesha riet mir, es nicht zu tun. Nicht, bevor Sie die Chance hatten, mich zu untersuchen."

„Das ist gut. Alesha hatte Recht. Ich verstehe, dass man sich nach so etwas so schnell wie möglich waschen will. Es sollte nicht lange dauern. Haben Sie irgendetwas gegessen oder getrunken?"

„Nein, noch nicht. Vor etwa einer Stunde war mir so schlecht. Ich trank etwas Wasser, sonst nahm ich nichts zu mir."

„Auch das ist gut. Etwas Wasser sollte keinen Unterschied machen. Sie sind sicher halb verhungert. Wir könnten Ihnen etwas Tee und Toast bringen, wenn wir mit der Untersuchung fertig sind."

„Danke." Vorhin hatte ich es nicht gemerkt, aber nun, da sie Toast erwähnt, fühle ich mich, als würde ich verhungern.

„Wenn Sie an letzten Freitag denken, an die Zeit, an die Sie sich erinnern, haben Sie da in irgendeiner Form Alkohol oder Drogen zu sich genommen?", fragt Paula.

„Nein, ich war bei der Arbeit. So viel vertrage ich nicht und bei der Arbeit trinke ich nie. Ich hatte vor, am Abend etwas Wein zu trinken. Was Drogen angeht, ich nehme keine. Dafür habe ich nichts übrig."

„Nehmen Sie irgendwelche Medikamente? Nehmen Sie regelmäßig verschreibungspflichtige Medikamente?"

„Nein, nichts dergleichen", antworte ich schnell und denke nochmal nach. „Eine Sekunde. Da ist etwas. Ich habe eine Sportverletzung an der Schulter. Es ging wieder los, nachdem ich Badminton spielte, letzte Woche Mittwoch, und ich nahm etwas gegen Erkältung, am Donnerstag und am Freitagmorgen."

„Das ist ein starkes Schmerzmittel", sagt Paula.

„Ja, aber ich brauchte es. Spielt es eine Rolle?", frage ich.

„Könnte es", antwortet Paula. „Erkältungspillen enthalten Kodein. Es ist ein Opiat. Zusammen mit anderen Medikamenten kann sich die Wirkung verstärken, manchmal gibt es auch Nebenwirkungen."

„Aber sonst nahm ich nichts", antworte ich.

„Soweit Sie wissen, nichts", antwortet Paula. „Gut möglich, dass jemand anderes Ihnen etwas verabreichte, ohne dass Sie es wussten. Wieviel davon nahmen Sie?"

„Jeden Morgen zwei Tabletten. Ich glaube, die Pillen enthalten 500 mg Wirkstoff."

„OK, notiert. In der Vergangenheit irgendwelche Ohnmachtsanfälle oder Amnesie gehabt?"

„Nein, nie."

„Wie gut ist Ihr Gedächtnis, für gewöhnlich?"

„Ich würde sagen, sehr gut. Im Studium musste ich viel lernen und riesige Datensätze behalten. Ich kann mir gut Namen und Gesichter, Adressen und Telefonnummern merken. Ich schätze, wie bei allen anderen, kommt es hin und wieder vor, dass ich einen Geburtstag vergesse oder wo ich die Schlüssel oder das Handy habe, aber sonst gab es diesbezüglich niemals Probleme."

„Was ist mit Ihrer Familie? Irgendwelche Fälle von Demenz oder Alzheimer?"

„Nein, ich glaube nicht, nur bei meiner Großmutter. Bei ihr wurde vaskuläre Demenz festgestellt, aber erst vor zwei oder drei Jahren, und sie ist schon Mitte 70."

„Und die mentale Verfassung? Gibt oder gab es bei Ihnen jemals etwas?"

Noch ehe ich antworten kann, klopft es an der Tür. Ein Polizist steckt seinen Kopf durch die Tür. „Hallo, Paula. Hier ist Jenny Douglas, sie möchte mit Briony Chaplin reden."

„Ja, wir haben sie schon erwartet. Schick sie rein", antwortet Paula.

Jenny kommt mit einer großen Tasche rein. „Ich glaube, ich habe alles, worum du gebeten hast. Ging schneller, als ich dachte. Eine Mischung aus Schneckentempo und halsbrecherischer Geschwindigkeit", sagt sie und wägt alles neu ab, als sie sich erinnert, wo wir sind. „Ich fuhr nicht zu schnell, ganz ehrlich."

„Recht herzlichen Dank, ich fühle mich schon besser, weil ich weiß, alles ist vorbereitet", sage ich.

Jenny lächelt mir vorsichtig zu, nimmt links von mir Platz und legt umgehend ihre Hand in meine. Sie schaut zu Alesha und sagt: „Ich bin wieder da, wenn du gehen willst."

„Nein, schon OK", antwortet Alesha. „Ich bleibe gerne hier."

Jenny zuckt.

„Sie können bleiben, wenn Sie wollen. Das liegt ganz bei Briony", sagt Paula.

Auch wenn ich Alesha noch nicht lange kenne, wenn ich recht überlege, ist es tröstlich, sie und Jenny hier bei mir zu haben. „Danke, dass ihr bleibt", sage ich.

„Geht es dir gut?", fragt Jenny und schaut mich an.

„Vorerst ja, meine ich. Paula hat gerade gefragt, ob es bei mir oder meiner Familie Fälle von Geisteskrankheit gibt." Ich schaue wieder zu Paula. „Glücklicherweise hatte ich derlei Probleme nie.

„Und was ist mit Ihrer Familie?"

„Nein, nichts."

„Bist du da ganz sicher?", unterbricht Jenny und schaut mich mit düsterer Miene an.

„Was?", frage ich und merke dann, worauf sie hinauswill. Ich kneife die Augen fest zu. Damit will ich mich nicht auseinandersetzen. Ohne es zu merken, presse ich meine Fäuste fest zusammen und ohne es zu wollen, bohren sich meine Nägel in Jennys Hand. Das merke ich erst, als ich spüre, wie sie sich plötzlich wegzieht. „Entschuldige", sage ich teilnahmslos.

„Wollen Sie mir etwas sagen?", fragt Paula.

Ich schaue auf den Boden, will ihr nicht in die Augen schauen, meine Stimme ist ein lautes Flüstern. „Wenn Sie es unbedingt wissen wollen, als Baby wurde ich adoptiert. Als ich ein paar Monate alt war, kam ich zu meinen Adoptiveltern. Sie waren immer meine einzige Familie."

„Was können Sie mir über Ihre leiblichen Eltern sagen?"

„Sehr wenig. Alles, was sie mir sagten, war, dass meine Mutter mich allein gebar. Bei ihr hat man kurz nach meiner Geburt eine tödliche Krankheit festgestellt, so wurde ich zur Adoption freigegeben."

„Haben Sie je nachgeforscht, wer Ihre leiblichen Eltern waren oder ob Sie noch andere Verwandte haben?" fragt Paula.

Ich fühle mich gekränkt, was nicht nur an ihren Fragen liegt. Die Art, wie sie sie stellt, kommt mir angriffslustig und aufdringlich vor. Wie kann sie es wagen, Mutmaßungen zu stellen oder zu versuchen, mir ihre eigenen Wertvorstellungen aufzudrängen? Auch bin ich wütend auf Jenny. Wie kann sie mich mit all dem allein lassen, wenn sie doch bereits wissen muss, was ich darüber denke?

„Ich weiß, wer meine *wirklichen* Eltern sind...sie sind diejenigen, die sich um mich kümmerten und mich die letzten 25 Jahre aufzogen. Ein Mann und eine Frau werden nicht automatisch zu Eltern, weil sie einen Akt vollzogen, bei dem eine Eizelle befruchtet wurde. Jedenfalls nicht zu *meinen* Eltern. Es gibt für mich keinen Grund, weshalb ich mehr über meine biologischen Eltern herausfinden will oder muss."

Ich weiß, dass das für mich ein heikles Thema ist und ich sollte es nicht an mich heranlassen. Vielleicht sind es Schuldgefühle, denn, wenn ich ehrlich bin, dachte ich oft, dass ich herausfinden will, woher ich stamme, aber ich will Mama und Papa nicht aufregen. Sie haben mich nie entmutigt, aber ich habe die Sorge, sie könnten es als Verrat deuten. Das geht niemanden außer mich was an, also werde ich niemanden, sei es nun die Polizei, Freunde oder sonst wen, mir sagen lassen, was ich hätte tun sollen.

„Entschuldigen Sie", sagt Paula. „Ich wollte Sie nicht aufregen. Ich fragte, um herauszufinden, ob es vielleicht..."

„Vielleicht was?" Ich versuche, mich zu beruhigen, kämpfe aber innerlich.

„Wenn wir wirklich gute Nachforschungen anstellen sollen, was mit Ihnen geschah, dann müssen Sie ganz ehrlich mit uns sein. Wir brauchen so viele Informationen wie möglich, sodass wir keine Zeit verschwenden, weil wir im Dunkeln tappen *und* alles, was wichtig ist, berücksichtigen. Das mögen Sie vielleicht für unmöglich halten, aber wir müssen herausfinden, ob Ihre Adoption für die Untersuchungen relevant ist."

„Falls ich schlechte Gene geerbt habe", sage ich in scharfem Ton.

Jenny legt mir die Hand auf den Arm. Ob als Unterstützung und Trost oder um mich zurückzuhalten, kann ich nicht sagen. Ich bin intolerant und schüttele sie ab.

„Ich werde mich nicht zurückhalten", antwortet Paula. „Ja, es ist unsere Aufgabe, alle Möglichkeiten in Betracht zu ziehen. Es lässt sich nicht leugnen, dass Ihre Beschwerde vielleicht frivol ist. Wir müssen außerdem in Erwägung ziehen, ob etwaige Familienmitglieder beteiligt sind, seien sie nun blutsverwandt oder adoptiert. Statistisch gesehen werden prozentual sehr viele Verbrechen von Familienmitgliedern begangen, deshalb wollen wir Ihren leiblichen Verwandten auf den Zahn fühlen. Was das angeht, so glaube ich, was Sie mir erzählten. Jedoch habe ich auch die Pflicht, mich an das Standardprozedere zu halten."

Ich atme tief ein und lasse mir ihre Worte durch den Kopf gehen. „Verzeihung, ich habe überreagiert. Meine Nerven liegen blank."

„Das ist sehr verständlich in Ihrer Situation." Sie fährt fort: „Ich halte es für das Beste, wenn wir weitermachen."

„Ja", stimme ich zu und nicke.

„Sind Sie derzeit oder waren Sie kürzlich in einer Beziehung?", fragt Paula.

Ich verziehe das Gesicht und schüttle den Kopf.

„Bitte antworten Sie verbal wegen der Aufnahme."

„Nein, nichts Ernstes."

„Können Sie mir von Ihrer letzten sexuellen Begegnung erzählen?"

Jenny greift meine Hand und diesmal lasse ich sie nicht los. Sie kennt die Antwort, weil ich ihr davon erzählte. Mit dieser

Frage hätte ich rechnen müssen. Ich hatte erwartet, zu meinem Privatleben befragt zu werden, aber dennoch fühlt es sich aufdringlich an, mit jemandem, den ich nicht kenne, solch persönliche Dinge zu besprechen.

„Samstagabend", antworte ich. „Der Samstag, vor letztem Freitag", korrigiere ich. Ich will noch mehr darüber sagen. „Michael und ich waren seit über einem Jahr in einer Beziehung. Wir standen uns sehr nahe. Ich dachte, das wird was, aber dann bekam er ein gutes Jobangebot in Newcastle. Das ist ein halbes Jahr her und etwa zur selben Zeit wurde ich bei Archers eingestellt."

Ich seufze und fahre fort. „Ich sagte Ihnen die Wahrheit, als ich sagte, dass ich in letzter Zeit keine Beziehung hatte. Als Michael wegzog, waren wir beide der Meinung, dass wir etwas Zeit für uns brauchten...um zu sehen, wie eine Fernbeziehung funktioniert. Zuerst sprachen wir täglich miteinander, mit der Zeit aber immer weniger. Er rief letztes Wochenende an, um mir zu sagen, er käme nach Glasgow. Wir trafen uns an diesem Samstag, als wären wir niemals getrennt gewesen. Wir aßen zusammen und tranken eine Flasche Wein. Er übernachtete an diesem Tag bei mir und ja, wir hatten „sexuellen Kontakt", aber am nächsten Morgen gestand er mir, dass er eine Neue in Newcastle hat. Ich war außer mir, denn er hatte mich ausgenutzt und so getan, als wären wir ein Paar, mir aber nicht gesagt, dass es nur ein One-Night-Stand war. Ich warf ihn raus und sagte ihm, dass ich ihn nie mehr sehen will."

Obwohl ich mir geschworen hatte, dass ich mich nie mehr von Mistkerlen aus der Fassung bringen lasse, laufen mir Tränen über die Wangen. Jenny hält mir tröstend die eine Hand, Alesha die andere.

Obwohl ich den Sinn dahinter nicht verstehe, schreibt Paula Michaels Adresse auf.

„Ich rufe auf der örtlichen Polizeiwache an und sage, sie

sollen mit ihm sprechen", sagt sie. Zu wissen, dass er vielleicht belästigt wird, macht mir nicht das Geringste aus.

„Wissen Ihre Eltern von Michael?" fragt Paula.

„Ich sagte ihnen nichts vom letzten Wochenende. Sie wussten aber, dass wir eine Zeit lang ein Paar waren. Sie regten sich überhaupt nicht auf, als er das Weite suchte, denn sie mochten ihn nicht wirklich. Sie dachten, er wäre nicht gut genug für mich", sage ich und lächle gezwungen und halbherzig.

„Nachdem, was Sie mir sagten, denke ich, sie hatten Recht", antwortet Paula. „Können Sie mir noch sagen, ob Sie mit jemandem Streit hatten oder mit wem Sie sich in der jüngsten Zeit arg in der Wolle hatten? Gibt es jemanden, den Sie kennen, der es Ihnen aus irgendeinem Grund heimzahlen will?"

Ich schüttle den Kopf. „Mir fällt niemand ein. Manchmal kann ich Berufliches und Privates nicht trennen, aber es bleibt im Rahmen. Es können kleinere Machtkämpfe entstehen, das ist es dann aber."

„Sonst noch was, außerhalb der Arbeit?", bohrt Paula nach.

„Nein, nichts. Mir fällt nichts ein."

„Irgendetwas, das noch älter ist oder jemand, der einen Groll gegen Sie hegt?"

Ich denke nach, mir fällt aber nichts ein.

„Eine letzte Frage: Haben Sie in Ihre Taschen und ihre Handtasche geschaut? Wenn ja, war dort etwas Ungewöhnliches...fehlte etwas oder war etwas da, das vorher noch nicht da war?

Ich erzähle ihr von dem fehlenden Geld und der verschwundenen EC-Karte. Sie schaut beunruhigt und nimmt mir meine Kreditkarte ab, um zu prüfen, ob damit unbekannte Einkäufe getätigt wurden. Ich erinnere mich an meine Bankdaten und sie meint, sie werde auch dort etwaige Transaktionen prüfen.

„Wenn sonst nichts mehr ist, dann würde ich vorschlagen, wir schaffen Sie in die Klinik, wo man Sie untersuchen wird", sagt Paula. „Sie nehmen auch die Fingerabdrücke und die DNS ihrer Freunde, nur um auf alles auszuschließen.

Bei dem Gedanken läuft es mir kalt den Rücken runter.

Sowohl Jenny als auch Alesha bestehen darauf, mitzukommen, denn sie wollen mich nicht allein lassen.

5 STUNDEN

Jenny und Alesha werden gebeten, im Eingangsbereich zu warten, dann sagt man ihnen, man nimmt ihre Fingerabdrücke und sie sollen Speichelproben abgeben. In der Zwischenzeit nimmt sich Paula meiner an und stellt mich der Ärztin und ihrem Team vor, die mich untersuchen werden. Das alles will ich unbedingt hinter mich bringen und obwohl ich all ihre Namen erfahre, kann ich mir keinen merken.

Paula reicht mir ihre Visitenkarte und sagt noch, ich solle sie anrufen, wenn wir noch irgendetwas Wichtiges einfällt oder ich meine Aussage ergänzen will. Sie sagt mir außerdem, ich solle sie nutzen, wenn es für mich noch einen Grund gibt, sie zu kontaktieren. Zusätzlich gibt sie mir noch ein Pamphlet mit Telefonnummern von örtlichen Beratungsstellen bei Vergewaltigung und auch anderen Selbsthilfegruppen. Beiläufig schaue ich es an, dann stecke ich es in die Handtasche, denn ich möchte nicht, dass jemand glaubt, ich bin nur deswegen hier. Sie sagt mir, dass sie einen Anruf oder einen Besuch von jemandem der Untersuchungseinheit für Vergewaltigungen erwartet.

„Aber ich habe mein Handy nicht. Wie können Sie mich erreichen?"

„Man wird Sie anrufen oder jemand kommt zu Ihnen nach Hause. Wir haben Ihre Festnetznummer, sodass wir sie anrufen können. Wenn Sie nicht zu Hause sind, rufen Sie mich doch an und teilen mir mit, wo Sie sind und wie wir sie erreichen. Schon bald werden wir Ihnen Ihr Handy zurückgeben können, vielleicht schon morgen. Noch etwas: Die KTU möchte sich noch Ihre Wohnung ansehen. Ist Ihnen das recht?"

Ich sehe darin keinen Sinn, nicke aber zustimmend.

Sie erklärt mir das alles ausführlich, denn mehr kann sie gerade nicht tun, und lässt mich allein zurück.

6 STUNDEN

Ich will unbedingt kühl wirken. Ich ziehe mir meine Schuhe und das Kleid aus und die Technikerin stopft alles in Plastikbeutel. Ich knöpfe meinen BH auf und reiche ihn weiter, erstarre aber, als ich meinen Slip ausziehen soll. Das ist mir nicht recht.

„Stimmt etwas nicht?", fragt sie.

Ich starre sie an, dann schaue ich wieder auf meine Unterwäsche, mir bleibt der Mund offenstehen und mir fehlen die Worte.

„Was ist los?", fragt sie.

„Diese Unterwäsche gehört mir nicht", sage ich.

Sie schaut mich fragend an.

„Diese Art Unterwäsche kaufe ich nie. Ich trage immer Designerunterwäsche oder welche von Marks and Spencer's. Als ich mich letzten Freitag, den letzten Tag, an den ich mich erinnern kann, anzog, trug ich einen Slip von Victoria's Secret, das weiß ich noch genau. Dieser Slip ist strahlend weiß." Ich ziehe am elastischen Hosenbund hinten, um die Marke zu sehen. Genau, wie ich dachte. Auf dem Slip steht *George*; der ist von Asda. Von Asda kaufte ich nie Unterwäsche.

Mich überkommt Panik. Ich weiß nicht, wieso es einen solch großen Unterschied für mich macht, wenn ich bereits aussagte, dass ich vermutlich betäubt und vergewaltigt wurde. Jedoch geht es mir doch zu weit, wenn ein Mensch, den ich nicht kenne, mir die Unterwäsche auszieht und mir eine andere anzieht, die ich normalerweise nie tragen würde. Ich überlege, wieso. Hat man mir vielleicht den Slip vom Leib gerissen? Oder vielleicht wurde er auf irgendeine Weise schmutzig. Der Täter könnte ihn auch als Trophäe behalten haben. So sehr ich mir den Kopf zerbreche, auf eine denkbar unschuldige Erklärung komme ich nicht. Mit zitternden Händen ziehe ich vorsichtig den Slip aus und reiche ihn dem Techniker. Jetzt bin ich völlig nackt. Sie gibt mir einen Einmal-Anzug aus Papier. Im Raum ist es nicht kalt, eher warm und stickig, aber ich stehe da und zittere.

Trotz des Anzugs komme ich mir nackt vor. Ich fühle mich noch verletzlicher und entblößter, als die Untersuchung beginnt. Obwohl die Schwester freundlich und gesprächig ist, kann ich ihren Worten nicht folgen. Während der Untersuchung, versuche ich, an etwas anderes zu denken. Ich stelle mir vor, ich bin gar nicht da, sondern irgendwo anders, und schaue zu, was vor sich geht. Sie führt mich zu einem Tisch, wo sie eine Blutprobe nimmt, sticht mir in den Arm und bringt die Spritze an. Anschließend führt sie mich zurück, in den Haupt-raum, wo sie mich bittet, mich auf den Untersuchungstisch zu legen und mich auf Wunsch zu drehen und zu wenden, dass die Untersuchung ordnungsgemäß vorgenommen werden kann. Die Ärztin begutachtet meinen Körper ganz genau und hin und wieder macht sie ein Foto. Hätte ich dem nur als Beob-achterin beiwohnen können, nicht als Opfer, wäre es faszinie-rend für mich gewesen; so professionell und detailliert.

Sie spricht die vorgenommenen Schritte und ihre Befunde auf Band. Mir ist, als hätte ich das schon in Thrillern oder Fernsehdokumentationen gesehen, wenn der Gerichtsmediziner einen Leichnam untersucht. Mit zwei großen Unterschieden. Erstens: Es passiert mir, nicht irgendeiner Leiche. Zweitens: Ich bin noch am Leben. Sie untersucht mich nach Hämatomen, Schürfwunden und Kratzern und nach etwaigen Spuren von DNS oder Wollfasern, die der Entführer auf Möbeln oder Kleidung hinterlassen haben könnte. Ich höre, dass sie aufzeichnet, Wunden an meinen Handgelenken gesehen zu haben, die vielleicht auf eine Fesselung hindeuten. Am Hals und an den Schenkeln habe ich Hämatome, aber offenbar nichts Ernstes.

Sie bittet mich, meinen Kopf über einen Tisch zu beugen und bürstet mir das Haar, um Partikel zu sammeln, die auf steriles Papier fallen. Dann entschuldigt sie sich, falls sie mir weh tut, ehe sie mir ein paar Haare, voller Follikel ausreist und auch ein paar Schamhaare. Sie nimmt eine Hautprobe von mir und dann einen Abstrich unter meinen Finger- und Fußnägeln, zwecks Hautproben, die unter die Nägel gelangt sein könnten, als ich jemanden festhielt oder kratzte. Hin und wieder steckt sie Sachen in Plastikbeutel und beschriftet sie. Sie nimmt meine Fingerabdrücke und bittet mich, eine Urin- und eine Speichelprobe abzugeben. Ich bekomme mit, dass sie nach Fesselspuren oder Einstichstellen von Nadeln sucht. Sie macht Abstriche, um an etwaige DNS eines Angreifers, durch Sperma, Haare oder Speichel, zu kommen. Sie bittet mich, ruhig stehen zu bleiben, während sie mich sorgfältig mit einem Schwamm abtupft. Ich muss meine Schreie und meinen Fluchtreflex unterdrücken, denn das Gefühl fremder Hände, die mich überall berühren und streicheln, kenne ich nur zu gut. Ich tue so, als passiert das alles nicht wirklich und versuche, das Gefühl von Gewalt zu unterdrücken, als sie mich innen und außen untersucht, es hat aber keinen Sinn. Tränen laufen mir über die Wangen.

Was für eine Tortur, aber als sie vorbei ist, wird mir gesagt, ich könne duschen und mir die frischen Sachen anziehen, die mir Jenny mitbrachte. Ich bezweifle, dass Schottland genug Wasser hat, dass ich mich je wieder sauber und frisch fühle. Das Angebot nehme ich dankend an und stelle mich unter den prasselnden Wasserstrahl, was jedoch wenig hilft. Mir ist nicht wohl dabei, zu wissen, wo ich bin und dass andere Menschen auf der anderen Seite der Tür auf mich warten, bereitet mir Unbehagen. Ich möchte nach Hause, ausgiebig duschen. Schnell und oberflächlich wasche ich mich, um alles, was von diesem frischen Eingriff noch da ist, weg zu bekommen, dann ziehe ich mich an, denn ich will unbedingt weg hier.

6,5 STUNDEN

In dem Moment, in dem ich durch die Tür, zurück in den Eingangsbereich, gehe, springen Alesha und Jenny auf, kommen zu mir und jede nimmt einen meiner Arme.

„Bist du OK? Was konnten sie dir sagen?", fragt Jenny.

„Ich bin OK, meine ich", antworte ich. „Sie sagten mir nichts. Vermutlich hätte ich fragen sollen, aber ich bin gerade nicht auf der Höhe, also kam es mir nicht in den Sinn."

„Willst du wieder rein und fragen? Oder, wenn es dir recht ist, frage ich stattdessen", meint Jenny.

„Ich glaube nicht, dass sie etwaige Informationen an Dritte weitergeben, aber wenn du wieder rein willst, kann ich dich begleiten ", meint Alesha.

„Ja, bitte", antworte ich.

„Wir gehen alle", sagt Jenny noch.

Schon bald finde ich die Schwester, die den Ärzten bei der Untersuchung half. Ich frage sie, ob sie etwaige Informationen für mich hat.

„Momentan nicht viel", antwortet sie. „Wir nahmen Blutproben und Abstriche und vieles andere haben wir für die

Analyse identifiziert. Auch ihre Kleidung werden wir untersuchen. Es wird etwas dauern, bis uns die Ergebnisse vorliegen. Die Polizei bekommt einen vollständigen Bericht."

„Sie haben mich aber auch von oben bis unten untersucht. Was haben Sie gefunden? Ich kann mich nicht erinnern und muss es wissen. Es zerreißt mich förmlich, wenn ich mir vorstelle, was jemand mir angetan hat, ohne dass ich es mitbekam."

„Ich weiß nicht, inwiefern ich da helfen kann", antwortet sie. „Es gibt keine Beweise für besonders groben Sex. „Der Täter ist nicht sehr brutal vorgegangen, was aber nicht heißt, dass Sie nicht vergewaltigt worden sind, besonders, da Sie sich an fast eine ganze Woche nicht erinnern. Wir hoffen, wir wissen mehr, wenn uns die Testergebnisse vorliegen."

Ich lasse mir ihre Worte durch den Kopf gehen. Ich habe nicht das Gefühl, groß weitergekommen zu sein. „Bitte sagen Sie mir, wenn Ihre Tests etwas ergeben", verlange ich mit zitternder, flehender Stimme.

Sie spitzt die Lippen und nickt.

Wie oft sie wohl um so etwas gebeten wird? Das frage ich mich.

7 STUNDEN

Es ist schon nach Vier, als wir gehen. Da Jenny ihr Auto draußen geparkt hat, bietet sie mir an, mich nach Hause zu fahren. Sie sagt mir, dass sie nicht bleiben wird, da sie heute Abend nicht von der Arbeit weg kann, aber noch vorbei schaut, wenn sie fertig ist. Neben ihren Tagesschichten, arbeitet Jenny oft noch abends und geht ihrem Bruder, Philip, zur Hand, der eine Spezialklinik eröffnet hat, wo man Menschen hilft, Phobien zu überwinden und mit dem Rauchen oder anderen Süchten aufzuhören. Alesha besteht darauf, dass sie mit mir kommt und sagt, dass sie mich nicht allein lässt. Jenny meint, dass sie froh ist, dass jemand mit mir kommt, und dass sie später noch vorbei schaut. Sie hat aber so einen Unterton in der Stimme. Ich bemerke eine gewisse Feindseligkeit zwischen ihr und Alesha.

Es geht schleppend vorwärts, was am Feierabendverkehr und am Schulschluss liegt. Als wir über die Kingston Bridge fahren, klingelt Aleshas Handy. Sie schaut auf den Bildschirm und flüstert mir zu: „Die Schneekönigin". Dann hebt sie ab. Ich höre ihren Teil des Gesprächs: „Nein, du kannst sie nicht anrufen, die Polizei hat ihr Handy." Sie erklärt dann Margaret, wo wir waren und was bisher passierte, dann wendet sie sich an mich. „Sie möchte dir was sagen."

Ich zucke und greife zum Handy.

„Hallo, Margaret. Ja, ich bin auf dem Heimweg."

„Ich möchte dich besuchen kommen", sagt sie.

„Warum?", frage ich. Das ist ein und dieselbe Frau, die mich heute Morgen noch entlassen wollte!

„Ich glaube, ich kann helfen", sagt sie.

„Was? Weißt du irgendwas?", frage ich. Jenny und Alesha starren mich beide an.

„Nein, hier kann ich nicht behilflich sein, erkläre es aber, wenn ich dich sehe."

Ich verstehe nicht, aber gerade scheine ich ohnehin nicht viel zu verstehen. Ein Nein akzeptiert sie nicht und für einen Streit fehlen mir die Nerven. „OK, gib mir aber etwas Zeit, dass ich zu Hause duschen kann." Wie sehr ich mich nach einer ausgiebigen Dusche sehne.

„Ich komme in ein bis zwei Stunden. Die Adresse habe ich aus der Personalakte und ich kenne die Gegend." Auf eine Diskussion lässt sie sich nicht ein.

„Was soll das?", fragt Jenny.

Alesha und ich schütteln den Kopf.

Wie immer gibt es keinen freien Parkplatz, also setzt uns Jenny im Sinclair Drive, nicht weit von meiner Wohnung entfernt, ab. Alesha und ich gehen die Treppe hinauf und ich schließe die Vordertür auf.

8 STUNDEN

Das ist meine Wohnung, mein privater Zufluchtsort. Das Haus ist, für Glasgow typisch, aus rotem Sandstein, erbaut vor gut hundert Jahren, im viktorianischen Zeitalter. Es wurde modernisiert und verfügt nun über eine rechteckige Eingangshalle, von der aus man in die Wohnungen gelangt. Meine, eine 2-Zimmer-Wohnung, verfügt über ein ausladendes Wohnzimmer, mit Blick auf die Bucht, eine Küche mit Essbereich und ein großes Badezimmer, mit Sitzbereich und einer elektronisch gesteuerten frei liegenden Dusche. Ich wohne noch nicht lange hier, habe aber bereits alles umgestellt und dem Ort meine persönliche Note verpasst.

Manchmal fühlt es sich seltsam an, ich weiß nicht, warum. Ich gehe von Zimmer zu Zimmer, aber alles ist an seinem Platz. Vielleicht bilde ich mir das ein, vielleicht auch nicht, ich habe aber das Gefühl, dass jemand hier war. Meinem Wunsch entsprechend kam Jenny, um Sachen zum Wechseln für mich zu holen, irgendwas ist aber anders...als wäre jemand hier gewesen, der nicht hätte hier sein sollen. Vermutlich werde ich kindisch; wohl paranoid. Nach allem, was ich heute durchmachen musste, ist es nur natürlich, dass ich alles und jeden verdächtige, aber vielleicht, nur vielleicht, ist meine Angst berechtigt.

Soweit ich weiß, konnte, während ich unentschuldigt fehlte, jeder an meine Tasche gegangen sein, meine Schlüssel genommen und aufgesperrt haben. Ich weiß, es gibt auch Nachschlüssel. Sowohl der Vermieter als auch der Immobilienmakler haben einen Nachschlüssel, dass sie im Notfall in die Wohnung können. Wer sagt mir, dass nicht vielleicht ein Vormieter Nachschlüssel anfertigen ließ? Ich merke, dass diese Gedanken ziemlich lächerlich sind. In all den Monaten, seit ich jetzt hier lebe, hatte ich nie ein unangenehmes Gefühl dabei, dass der Immobilienmakler und der Vermieter Nachschlüssel haben, warum jetzt? Es ist offensichtlich, warum und was mir wirklich Angst macht, hat nichts mit dem Vermieter oder dem Immobilienmakler zu tun. Wer auch immer mich entführte, hat Zugang zu meinen Schlüsseln und könnte in der Wohnung gewesen sein. Weiß der Himmel, was sie sonst noch hätten tun können.

Verwirrt nehme ich meine Post. Die üblichen Prospekte, eine Betriebskosten-abrechnung und ein Gemeindesteuerbescheid. Gerade will ich die Post zur Seite legen, da fällt mein Blick auf einen Umschlag, auf dem dick und fett mein Name steht. Ich öffne ihn. Es ist eine Nachricht meines Vermieters, dass meine Miete nicht einging und sie überfällig ist.

So sehr ich die Wohnung liebte und auch weiß, dass ich ein halbes Vermögen investierte, um sie nach meinem Gusto einzurichten, jetzt fühle ich mich unwohl in ihr und ich meine, mein Unbehagen ist nicht nur vorübergehend. Was mit den Mietzahlungen geschah, konnte ich zwar nicht prüfen, komme aber zu dem Schluss, dass es keine Rolle spielt. Fühle ich mich hier nicht sicher und behaglich, muss ich sagen, dass ich ausziehen will, bedenkt man, was ich mir gerade für Sorgen mache. Ich weiß noch, man gab mir einen neuen freifinanzierten Mietvertrag, den ich mit einer Frist von 28 Tagen kündigen kann. Ich muss zunächst das Problem mit der Miete regeln, sehe mich aber außer Stande, das Mietverhältnis fortzusetzen.

Alesha sagt, sie wartet gerne, während ich dusche. Ich führe sie in die Lounge, in der zwei große Ledersofas stehen. Auf einem nimmt sie Platz und blättert ein paar Zeitschriften durch, die auf meinem Beistelltisch liegen. Inzwischen gehe ich ins Badezimmer und ziehe mich aus. Die Temperatur stelle ich kochend heiß ein, gehe in die Dusche und stelle mich unter den Wasserstrahl. Seit meiner letzten Dusche ist gerade mal eine Stunde vergangen. Ich habe den Drang, mich zu waschen, schmiere mich mehrmals am ganzen Körper mit Duschgel ein und spüle es ab.

Danach stehe ich still da und lasse das Wasser auf mich fließen. Die Augen kneife ich fest zu. Ich versuche, einen klaren Gedanken zu fassen...Ich will mich erinnern, zumindest glaube ich das. Plötzlich habe ich ein Bild im Kopf, ich weiß nicht, warum. Ich sehe ein Mädchen, das nackt auf einem Bett liegt, um sie herum stehen drei Männer. Ich kann sie klar und deutlich sehen; sie detailliert beschreiben. Dann ziehen sie sich aus, langsam und bedächtig. Sie scheint die Männer und was sie tun, gar nicht wahrzunehmen, bis der erste ihre Beine spreizt, seinen steifen Penis in sie steckt und sie vergewaltigt und nach ihm tun es auch die anderen beiden. Sie ist nicht ansprechbar, das Gesicht schal, abwesend, teilnahmslos.

Zunächst frage ich mich, ob sie vielleicht tot ist, dann aber sehe ich sie blinzeln und merke, sie atmet. Mir wird schlecht, als ich das alles vor meinem geistigen Auge sehe. Warum nur habe ich solche Bilder im Kopf? Bin ich dieses Mädchen? Durchlebe ich erneut, was mit zugestoßen ist? Ich versuche, mich auf das Aussehen des Mädchens zu konzentrieren. Keine Frage, sie ähnelt mir nicht nur ein bisschen. Ihr

Gesicht ist etwas kantiger, sie hat aber fast meine Figur. Sie ist gepflegt, braun gebrannt, hat dieselbe Figur und eine ähnliche Frisur, glatte, mit einem Seitenscheitel, sie ist aber blond, ich habe kirschrotes Haar mit Strähnchen. Das bin nicht ich, ganz sicher. Ich versuche, mich auf die Bilder in meinem Kopf zu konzentrieren. Die Szene wiederholt sich, ist aber nicht genau gleich; das Mädchen reagiert kaum. Diesmal sind die Abläufe anders. Mir bietet sich ein grausiges Bild: Sie liegt auf dem Bett und jeder der Männer dringt unterschiedlich in sie ein.

Mein Gesicht ist nass, aber nicht vom Duschen. Ich merke, dass ich weine. Das bin doch nicht ich. Bitte, bitte, lass es nicht mich sein. Es kann keine Erinnerung sein. Bitte, bitte, es muss ein Traum sein, Fantasie, ein Albtraum. Meine Beine werden weich und ich falle auf die Knie, dann noch tiefer, bis ich im Bad liege, die Schenkel an die Brust gepresst, die Arme darum geschlungen. Mache ich mich nur klein genug, kann ich vielleicht verschwinden. Quälende Seufzer überkommen mich und das Atmen fällt mir schwer. Das Wasser läuft weiter über mich.

In der Ferne höre ich jemanden meinen Namen rufen, dann ein Hämmern und einen Schlag, als werde Holz gespalten. Ich stelle fest, dass das Wasser nicht mehr läuft und öffne die Augen. Alesha steht da. Sie legt mir ein Handtuch um die Schultern, zieht mich an sich und drückt mich ganz fest.

„Ist gut, alles OK", sagt sie. „Du bist in Sicherheit. Ich bin hier, um dich zu beschützen."

Ich schaffe es nur mit ihrer Hilfe aus der Dusche, trockne mich ab, dann ziehe ich mich an und verlasse das Badezimmer. Aleshas Kleid ist nass, was sie aber scheinbar nicht merkt. Ich sehe, sie ist erleichtert. Tränen laufen ihr übers Gesicht.

„Ich hörte, dass du weinst", erzählt sie mir. „Ich klopfte an, du aber hast nicht reagiert. Die Tür war abgeschlossen, so drückte ich sie ein. Tut mir leid, wenn sie dabei kaputt ging. Geht es dir jetzt besser?"

Ich erzähle ihr, was ich sah, von den Visionen, meinen Zweifeln, meinen Ängsten.

„Ich bin sicher, dein Verstand spielt dir einen Streich", sagt sie. Sie versucht, mich zu beruhigen und mir Mut zu machen, kann mir dabei aber nicht in die Augen schauen und ich weiß, sie selbst glaubt ihren Worten nicht. „Du sagtest, du konntest die Männer genau sehen. Hast du einen von ihnen erkannt? Hast du sie je zuvor gesehen?", fragt sie weiter.

„Nein, ich bin sicher, ich kenne sie nicht. Ich habe sie noch nie gesehen."

„Wenn dem so ist, meine ich, du solltest sie genau beschreiben, so genau, wie du kannst, und damit zur Polizei gehen."

Ich sage Alesha, wo ich Stifte und Papier habe. Sie nimmt einen Block und notiert sich etwas, während ich die Beschreibung wiederhole.

Alle drei älter, vielleicht Mitte 30. Der erste ist überdurchschnittlich groß, vielleicht 1,85 m, stämmig, nicht korpulent, sondern muskulös, mit breiten Schultern, sportlich, rundliches Gesicht mit Glatze. Er hat eine große Nase mit einem Knick in der Mitte, die vermutlich mal gebrochen war...ein Boxer oder Rugbyspieler, vielleicht. Blasse Haut; gerade, aber gelbe Zähne, vermutlich Raucher.

Der zweite Mann ist kleiner, aber nicht sehr, dünn aber nicht dürr, mehr drahtig. Dunkelblondes Haar, Sommersprossen, schmales Gesicht, Augen eng beieinander, blau, meine ich, vielleicht grau. Schmaler Mund, markanter Kiefer; Kinnbärtchen, kann man kaum Bart nennen.

Der dritte sah älter aus; etwas kleiner, etwas über 1,50 m, schätze ich. Brauner Teint, südländischer Typ, dünnes, dunkles Haar, Dreitagebart. Sehr dunkle Augen, fast schwarz. Er lächelte und ich sah, dass vorne zwei Zähne abgebrochen waren.

„Sehr gut. Damit kann die Polizei sicher viel anfangen",
sagt Alesha. „Ich denke da an Krimis, die ich sah. Was werden
sie fragen? Hatten sie einprägsame Merkmale?"

So sehr ich es hasse, ich schließe meine Augen und stelle
sie mir wieder vor. Da stoße ich sauer auf, was ich versuche, zu
ignorieren. „Ja, der erste hatte zwei große Tätowierungen, eine
auf dem rechten, die andere auf dem linken Arm. Eine
Schlange, die sich um ein Schwert wand."

„Auf beiden Armen dieselbe?"

„Ja, ich glaube schon, zumindest ähnelten sie sich sehr. Der
zweite Mann trug am Mittelfinger seiner rechten Hand einen
großen Siegelring und um den Hals eine massive silberne
Kette. Oh, der erste Mann hatte in einem Ohr einen Diaman-
tohrring." Ich kneife meine Augen fester zu. „Am linken Ohr.
Der dritte Mann hat zerkaute Fingernägel, kurz und unschön."

„OK, mir ist nichts entgangen", sagt Alesha. „Ich schätze,
du könntest jetzt eine Tasse Tee vertragen, oder vielleicht
etwas Stärkeres?"

„Ein Tee wäre schön", antworte ich. Jetzt gerade ist mein
Hirn so vernebelt, da kann ich es nicht noch mehr strapazieren.

„Ich hole dir einen. Bleib einfach entspannt hier sitzen."

„Ich würde dich den Tee gerne aufgießen lassen, aber ich
komme mit dir nach nebenan. Ich kann dir zeigen, wo alles ist."

9 STUNDEN

Ich ziehe einen Stuhl vom Esstisch aus Pinie weg und setze mich. In der Küche gibt es haufenweise Regale und Geräte. Ich sage Alesha, wo sich alles befindet. Während der Tee zieht, öffnet sie den Kühlschrank und führt eine Milchflasche an ihren Mund. Sie rümpft die Nase und verzieht angewidert ihren Mund. „Puh, ich fürchte, diese Milch ist nicht mehr ganz frisch." Sie hält die Flasche von sich weg und schaut auf das Etikett. „Die ist schon lange abgelaufen. Ich schütte sie weg." Sie schaut sich um und sagt dann noch: „Auch das Brot ist verschimmelt, ich könnte aber auch Toast machen. Kannst du deinen Tee schwarz trinken? Das macht mir nichts aus."

„Kann ich, es muss aber nicht sein." Ich zeige auf einen Küchenschrank. „Hier drin sollten noch ein zwei Kartons H-Milch sein, wenn's dir nichts ausmacht. Gerade habe ich keinen Appetit, habe aber noch etwas Brot im Gefrierfach, wenn du was essen willst."

Wir sitzen uns am Tisch gegenüber, die Teetassen in der Hand. Alesha legt freundlich und tröstend ihre Hand in

57

meine. Wenn ich darüber nachdenke, kann ich kaum glauben, dass ich sie bis zum heutigen Tag nicht kannte. Ich habe das Gefühl, als seien wir schon seit Jahren befreundet. In den letzten paar Stunden wurde sie in alles eingeweiht und war bei meiner Befragung dabei, hörte einige meiner intimsten Geheimnisse und wurde Zeugin meiner Ängste. Sie war eine unglaubliche Stütze und liebevolle Vertrauensperson. Der heutige Tag war ein einziger langer Albtraum, den ich ohne ihre Hilfe wohl nicht durchgestanden hätte. Jetzt gerade bin ich froh, dass ich neben ihr sitze und nichts tue.

„Als wir in der Klinik auf dich warteten, sprach ich mit Jenny", beginnt sie. „Sie sagte mir, ihr kennt euch seit der Schule."

„Ja, wir kennen uns vom Gymnasium. Es ist jetzt...", ich überlege, „vierzehn Jahre her. Mit den Jahren wurden wir gute Freunde. Es ist fast so, als wären wir Verwandte. Unsere Familien kennen sich auch sehr gut. Seit unserer frühesten Jugend fuhren wir zusammen in den Urlaub. Jenny durfte mit, wenn meine Eltern mit mir in den Urlaub fuhren und ich manchmal, wenn sie mit ihrer Mama und ihrem Bruder in den Urlaub fuhr. Das hieß, wir reisten doppelt so oft wie die meisten anderen.

Alesha lächelte. „Hattet ihr ein Glück."

„Hatten wir. Wir machten alles zusammen. Unser Freundeskreis war sehr klein. Unsere kleine Gang bestand aus Tony, eigentlich Antoinette, und Karoline und noch Freida, Jenny und ich standen uns besonders nahe." Ich versuche mich zu erinnern. „Wir bildeten eine tolle Truppe, denn Jenny war echt schlau und ich war wagemutig."

„Was meinst du mit wagemutig?", fragt Alesha.

„Oh, nichts Bestimmtes. Es war nur so, dass wir gerne Streiche aushecken. Wir spielten unseren Lehrern und Klassenkameraden allerhand Streiche. Wir dachten sie uns zusammen aus, aber meistens führte ich sie aus."

„Warum das?"

„Wie gesagt, Jenny war schlau. Sie wollte nicht erwischt werden."

„Also wurdest du erwischt?", fragt Alesha und lächelt.

„Nein. Eigentlich kaum. Sie war vielleicht schlau, aber mich zog die Straße auf. Ich entkam fast immer, ohne dass jemand wusste, dass ich es war. Selbst wenn sie mich verdächtigten, konnte ich mich fast immer irgendwie herausreden."

„Klingt nach gutem Training für eine Karriere im Marketing", spottet Alesha.

Gerade will ich mich rechtfertigen, da merke ich, sie hat vielleicht recht. Bei diesem Gedanken muss ich lachen und merke, es ist das erste Mal, dass ich an diesem Tag überhaupt was zu lachen hatte.

„Was habt ihr so alles ausgeheckt?"

„Nichts Besonderes. Ein paar Leute aufgezogen oder in die Irre geschickt. Einmal machten wir die ganze Klasse glauben, ein Nachrichtenbeitrag wäre gekommen, dass Island droht, wegen der Erderwärmung im Meer zu versinken. Wir schmückten die Geschichte noch aus, indem wir Sachen dazu erfanden und sagten, Bjork wäre im Fernsehen gewesen und hätte zu Spenden aufgerufen." Ich muss kichern, als mir das alles wieder einfällt. „Weil Jenny bei der Geschichte mitspielte, glaubte sie jeder. Wie du siehst, war Jenny, was die Theorie anging, sehr glaubhaft. In Naturwissenschaften war sie immer Klassenbeste und man hielt sie sonst aber für etwas zurückgeblieben. Weil Jenny sagte, es sei die Wahrheit, glaubte es jeder.

„Wie seid ihr damit durchgekommen?"

„Ziemlich leicht, denn es gab zu der Zeit haufenweise Gerüchte über den durch die schmelzenden Polkappen steigenden Meeresspiegel. Es klang recht glaubhaft. Wir behaupteten beide, jemand hätte uns Nachrichten aus dem Internet gezeigt, um die Geschichte zu untermauern, was man heute, glaube ich, als Fake News bezeichnen würde. Als der Tag vorbei war, glaubten fast alle in der Klasse, selbst Augenzeugen der Geschichte geworden zu sein."

Alesha lacht. „Ihr beide müsst in der Schule recht beliebt gewesen sein."

Ich denke einen Moment nach. „Ich war es, schätze ich. In der Hinsicht hatte ich Glück. Wenn ich zurückdenke, hatte ich eine gute Zeit. Obwohl ich nicht viel lernte, war mein Notenschnitt recht gut. Meine Eltern waren finanziell auch recht gut bestückt, sodass ich immer die neuesten Geräte und angesagte Klamotten hatte. Uns nannte man die In-Gruppe. Jenny hatte nicht so viel Glück. Ihr Vater starb, als sie noch ganz klein war und ihr Mutter hatte Schwierigkeiten, beide Kinder allein groß zu ziehen. Mit dem Geld mussten sie sparsam umgehen.

„Außerdem gönnt sie sich manchmal überhaupt nichts. So schlecht sieht sie gar nicht aus. Sie hat ein hübsches Gesicht und bis vor kurzem hatten waren wir gleich groß und hatten dieselbe Figur. Sie hat sich oft Klamotten von mir geborgt. Wir haben vieles geteilt. Ich glaube, in den letzten Monaten hat sie etwas zugenommen und dir ist sicher auch aufgefallen, dass sie sich nicht mehr schminkt. Da sie sehr fleißig war, hielt man sie für eine Streberin und deshalb wurde sie oft schikaniert. Dass sie Teil unserer kleinen Gruppe war, half ihr, denn wir passten aufeinander auf, aber als Jugendliche hatte sie es nicht leicht."

„Gibt es einen Grund, warum sie kein Make-up trägt?" fragt Alesha.

„Sie meint, es ist eine allergische Reaktion, will aber nicht darüber sprechen. Das geht schon seit Jahren so, seit der Schulzeit. Ich versuchte, sie zu überzeugen, dass sie nachforscht, ob es Mittel gibt, die sie besser verträgt. Nun wäre es für sie leicht, sie zu bekommen, denn sie ist jetzt Apothekerin, sie hatte aber kein Interesse. Ich persönlich meine, sie will es schwerer haben."

„Vielleicht hat es mit Religion oder Moral zu tun, du weißt, wie wenn jemand gegen Tierversuche ist", sagt Alesha.

„Nein, so ist es nicht, da bin ich sicher. Sie hat sich manchmal richtig in ihr Studium verbissen, auch wenn sie ihren Kommilitonen meilenweit voraus war. Es scheint sie nicht zu stören, dass andere dachten, sie sei eine Streberin."

„Wie traurig. Machte sie das sehr unglücklich?"

„Ich glaube nicht. Das tat sie von sich aus und oft hatten wir beide großen Spaß. Immer noch. Sie ist sehr nett, großzügig und eine gute Freundin."

Als es an der Tür klingelt, wird unser Gespräch jäh unterbrochen.

Ich gehe an die Sprechanlage und als ich Margarets Stimme höre, lass ich sie rein.

10 STUNDEN

Wir drei sitzen in der Küche, trinken Tee und plaudern. Warum Margaret sich selbst einlud, will mir nicht in den Kopf. Ich zögere jedoch, zu fragen, denn unsere kurze Unterhaltung, im Büro heute Morgen war nicht wirklich angenehm. Lange dauert es nicht, da wird ihre Miene ernster, dann eröffnet sie das Gespräch.

„Ich schätze, der heutige Tag war eine ziemliche Tortur für dich. Wie fühlst du dich jetzt?"

Ich weiß nicht, was ich darauf antworten soll. Wie ich mich fühle, weiß ich nicht wirklich. Alles ist so surreal. Schmerzen habe ich keine mehr, aber mein Körper fühlt sich fremd an. Das, was ich vorhin beschrieb: Eine außerkörperliche Erfahrung. Den ganzen Tag beantwortete ich eine Frage nach der anderen und versuchte, mich zu erinnern und mir vorzustellen, was mir zustieß. Man hat mich herum geschubst und geschoben, alle möglichen Proben genommen und jetzt fühle ich mich einfach nur benommen. Statt das zu erklären und zu riskieren, völlig dumm zu wirken, sage ich nur: „OK, schätze ich."

Margaret schenkt mir einen Blick, der tief in meine Seele zu dringen scheint. „Du musst meinetwegen nicht tapfer tun", meint sie.

Mir fällt ihr Anruf wieder ein. „Du sagtest, du könntest mir vielleicht helfen", sage ich.

„So war es", bestätigt sie. „Ich möchte, dass du weißt, dass du nicht allein bist und dass es Menschen gibt, die dich unterstützen."

„Danke, ich habe wirklich gute Freunde, solltest du aber nur das gemeint haben, hättest du es am Telefon sagen können." Ich beiße mir auf die Zunge, als ich meine Gedanken sortiere, ich spreche immerhin mit meiner Chefin.

Sie wirkt nicht eingeschnappt. „Da ist noch was", sagt sie. Sie senkt den Blick, denn sie kann mir nicht in die Augen sehen. „Als ich sagte, du bist nicht allein, bezog ich das auf das, was du durchmachen musstest. Das bleibt jetzt unter uns dreien, aber ich habe etwas Ähnliches hinter mir. Nun, inwieweit man es ähnlich nennen kann, weiß ich nicht, aber vor ein paar Jahren wurde ich sexuell belästigt."

„Echt?", frage ich erstaunt und schaue sie wieder an. Ich weiß nicht, was mich mehr überrascht, dass das Margaret passierte oder dass sie es ausgerechnet uns anvertraute.

„Schaut nicht so schockiert drein", sagt sie leicht humorvoll. „Ich war auch einmal jung und außerhalb der Arbeit bin ich bei weitem nicht so streng."

„Tut mir leid. Ich wollte nicht..."

Margaret hebt die Hand, denn ich soll nichts mehr sagen. „Alle Einzelheiten will ich jetzt nicht ausbreiten und es muss reichen, dass ich sage, ich weiß genau, wie du dich fühlst. Es ist hart, wirklich hart, aber da musst du durch, wobei ich dir helfen will, so gut ich kann."

„Darf ich fragen, ob sie den Täter erwischt haben?", frage ich.

„Nein, haben sie nicht. Er wurde nie zur Rechenschaft gezogen. Er kam ungeschoren davon und das ist zum Großteil meine Schuld, weil ich ihn nicht anzeigte. Es ist etwas, das ich am meisten bedaure."

Ich sehe, wie Margaret die Augen weit aufreißt.

„Das ist schon sehr lange her und damals war alles anders. Das war vor der Zeit, als ich meinen Mann kennen lernte. Auf meine Familie war kein Verlass und ich fühlte mich einsam, weil niemand mich tröstete. Damals hatten die Polizei und die Gerichte noch weniger Verständnis für die Opfer. So selbstsicher war ich nicht, die Kraft aufzubringen, das alles über mich ergehen zu lassen, auszusagen und mich untersuchen zu lassen. Das Schlimme ist, dass ich weiß, wer es war und ich bin fast sicher, dass er damit immer wieder durchkam, weil sich niemand gegen ihn wehrte."

Margaret schweigt und sagt dann: „Lass dir gesagt sein, ich bin stolz auf dich, Briony."

„Lobe mich nicht zu früh. Jetzt gerade fühle ich mich nicht besonders stark und bin nicht sicher, ob ich das durchstehe." Ich spüre, wie mir Tränen über die Wangen laufen. „Es ist so schwer, damit umzugehen, weil ich nicht weiß, wie es genau geschah. Ich hoffe, die Polizei findet Anhaltspunkte. Ich machte meine Aussage und sie ermitteln jetzt."

Margaret nickt. „Du konntest schon mehr tun als ich", sagt sie. „Macht es dir was aus, mir zu sagen, was du weißt?"

Ich erzähle nochmals von diesem Tag, erkläre alles, was ich durchmachen musste, was gesagt wurde, von meinen Visionen und meinen Ängsten. Als ich die Bilder eines geschundenen Mädchens beschreibe, sehe ich, dass Margaret die Augen schließt.

Was hast du jetzt vor?", fragt sie mich.

„Darüber habe ich mir noch keine Gedanken gemacht. Ich war nicht dazu imstande. Außerdem hatte ich keine Zeit dazu."

Ich versuche, meine Gedanken in Worte zu fassen. „Wären meine Eltern nicht noch das ganze Wochenende verreist, wäre ich wohl eine Weile zu ihnen gegangen. In meiner Wohnung fühle ich mich gerade überhaupt nicht wohl und möchte nicht allein sein."

„Ich kann bei dir bleiben, wenn du willst", bietet Alesha an. „Ich würde dir ja anbieten, dass du zu mir ziehst, aber das wäre schon seltsam, ich lebe ja noch bei meinen Eltern."

„Bei Jenny ist es gleich, denn sie lebt bei ihrer Mama", sage ich. „Ich könnte bei ihr bleiben, aber würde nicht alles erklären wollen."

„Wenn es dir nichts ausmacht, könnte ich mit ins Haus deiner Eltern kommen. Ich muss nur Kleidung zum Wechseln mitnehmen und meinen Eltern sagen, was ich vorhabe", meint Alesha.

„Ich weiß was Besseres", sagt Margaret. „Du kannst zu mir nach Hause. Ich ziehe solange in einen Bungalow in Clarkston, ganz in der Nähe. Du natürlich auch, Alesha. So kannst du Briony trösten. Jetzt, da meine Kinder groß sind und auf der Universität sind, habe ich viel Platz."

Ihr freundliches Angebot rührt mich so sehr, dass ich, ohne nachzudenken frage: „Was ist mit deinem Mann? Wäre er nicht..."

„Jeffrey? Ich bin sicher, er freut sich über Gesellschaft."

„Aber ich dachte...", beginne ich, weiß aber nicht, was ich sagen soll. Was ich über ihren Mann hörte, kann ich ihr wohl kaum sagen.

„Zu viele Gedanken, zu viel Gerede", sagt Margaret. Sie spitzt die Lippen. „Denkst du echt, ich weiß nichts von diesen lächerlichen Gerüchten, die im Büro kursieren?" Mindestens vier unterschiedliche Versionen hörte ich. Die Leute reden, ich sei verheiratet mit einem Schwein, Kriminellen, Verrückten und ich versuchte, zu erklären, wieso man mich außerhalb des Büros selten sieht."

Ich merke, wie ich vor Scham rot anlaufe und aus dem Augenwinkel sehe ich, dass es Alesha ebenso geht.

Margaret kichert. „Jeffrey ist ein Goldstück. Ich glaube nicht, dass ich je einen netteren Mann traf."

„Aber wenn du weißt, dass Gerüchte die Runde machen, warum sorgst du dann nicht für Klarheit?", fragt Alesha.

Margaret zuckt. „Zunächst will ich mich nicht gezwungen fühlen, vor anderen mein Privatleben auszubreiten. Ich bin niemandem eine Erklärung schuldig sein. Natürlich sagte ich Jeffrey, was man sich über ihn erzählt und er denkt, es sei lustig."

„Ich verstehe nicht", sage ich.

„Ich sage dir das, weil du es eh herausfindest, wenn du zu mir kommst." Margaret scheint die Möglichkeit, dass ich ihr Angebot ausschlage, nicht in Betracht zu ziehen. „Jeffrey war einmal Polizist. Er war 20 Jahre lang Hauptmann der Abteilung für Schwerverbrechen. Nachdem er im Dienst verletzt wurde, hatte er eine Operation, die verpfuscht wurde. Er kann nicht mehr gehen und einen Arm kaum mehr bewegen. Deshalb muss er die meiste Zeit des Tages im Rollstuhl verbringen. Er ist invalide, nicht mehr im Dienst und verlässt jetzt kaum noch das Haus."

„Oh, wie traurig", meint Alesha. Ich will mein Beileid ausdrücken, finde aber nicht die richtigen Worte. Ich weiß nicht, was ich sagen soll.

„Wagt es jetzt ja nicht, ihm euer Mitleid zu zeigen, sonst reißt er euch den Arsch auf. Wenn er eines nicht ertragen kann, dann das Mitleid anderer. Deshalb weiß im Büro niemand davon. Außer Stuart Ronson natürlich. Auch wenn Jeffreys Körper nicht mehr so will, sein Geist ist fit, wie eh und je. Mehr noch."

„Verzeihung, ich habe das nicht so gemeint...", beginnt Alesha.

Margaret winkt die Entschuldigung ab. „Jeffrey ist ein Ass am Computer. Er erhielt ein Spezialtraining und lernte viel, als er Teil des Ermittlerteams war, aber seit er aufgehört hat, hat er mehr Zeit, seine Fähigkeiten zu verfeinern." Sie lächelt und man kann deutlich sehen, wie sehr sie ihn bewundert. „Vor ein paar Jahren eröffnete er seine eigene Detektei, nachdem ihn ein paar Privatdetektive baten, ein bisschen was zu arbeiten. Durch seine Computerkenntnisse und seine Kontakte, die er durch seine frühere Arbeit hatte, war es ihm möglich, beeindruckende Ergebnisse zu erzielen. Er arbeitet jetzt direkt mit Firmen, Detekteien und Privatkunden zusammen und ist so beschäftigt, dass er hin und wieder Klienten ablehnen muss. Dass er ein Handicap hat, hält ihn nicht zu Hause, sondern der Umstand, dass er über das Internet so viel in Erfahrung bringen kann."

Das fasziniert mich. Ich möchte nicht allein sein und Alesha hat zwar angeboten, bei mir zu bleiben, mir gefällt aber der Gedanke nicht, in meiner Wohnung zu bleiben. Das Haus meiner Eltern wäre zwar zu bevorzugen, ideal ist es aber nicht. Insbesondere habe ich mir noch nicht überlegt, wie ich ihnen erklären soll, dass ich es ihnen nicht früher gesagt habe. Ich bin sicher, Jenny wird ihre Hilfe anbieten, weiß aber nicht, wann sie ankommt oder was sie tun kann. Die Aussicht, dass Alesha mit mir bei Margaret bleibt, ist schon verlockend.

„Briony, wieso packst du dir nicht eine Tasche voller nützlicher Dinge, dann kommst du mit mir mit und ich kann dich Jeffrey vorstellen, bevor es noch später wird? Ich kann auch vor deinem Haus halten, Alesha, wenn du noch was holen willst."

„Für mich geht das klar", sagt Alesha. „Ich rufe jetzt meine Mama an, damit sie weiß, was los ist."

Margaret schaut mich an und da sie keinen Widerspruch sieht, nickt sie. „Gut, abgemacht."

Die Entscheidung wurde mir abgenommen und ich bin nervös und erleichtert zugleich. „Ich sollte besser Jenny anrufen und ihr sagen, was ich vorhabe. Auch Paula muss ich anrufen. Sie sagte, sie teile der Polizei mit, wo ich bin, falls mich jemand kontaktieren will."

Zuerst rufe ich bei Paula an, sie ist aber nicht zu erreichen. Margaret gibt mir ihre Adresse und Telefonnummer, die ich dann dem Polizisten gebe, der den Anruf entgegennahm. Er sagt mir, dass er alles in meine Akte schreiben wird.

Ich wähle Jennys Nummer und beim dritten Ton nimmt sie ab. „Gute Nachrichten. Ich habe mir für morgen frei genommen, so kann ich den Tag mit dir verbringen und das ganze Wochenende habe ich keinen Dienst oder Bereitschaft. Ich kann zu dir kommen, wenn du willst. Wenn du irgendwohin musst, kann ich dich fahren. Ich mache hier nur noch alles fertig und bin bald da. Es dauert nur eine halbe Stunde."

Ich erkläre Jenny meine Planänderung. Sie schweigt kurz, dann fragt sie: „Bist du sicher, du willst das tun? Du kennst diese Leute kaum." Wieso willst du mit ihnen den Abend verbringen? Bist du nicht schon fertig genug?"

Ich fühle mich unsicher. Könnte Jenny Recht haben? Mute ich mir nicht zu viel zu?

Margaret ruft uns zu: „Möchte Jenny auch übernachten? Lade sie ein. Wir haben genug Platz."

Jenny überhört das freundliche Angebot. „Nein, danke", antwortet sie. „Ich möchte, dass du weißt, dass ich für dich da bin, Briony, will aber nicht in einem fremden Haus übernachten, bei Leuten, die ich nicht kenne."

„Du hast sie bereits kennen gelernt. Du kamst, als ich ein paar Mal nachts arbeiten musste. Dort musst du Alesha begegnet sein und ich glaube, ich habe dich Margaret vorgestellt, als du mich von der Arbeit abgeholt hast."

„Ich meine, du hättest ihre Namen schon einmal erwähnt. Ich bin nicht sicher, du kennst sie bestimmt nicht wirklich. Dennoch erinnere ich mich an ein paar deiner Kollegen, glaube aber nicht, Alesha schon einmal gesehen zu haben. Was Margaret angeht, hast du mir nicht gesagt, sie sei die Schlampe erster Klasse? Nein, ich glaube nicht, dass es eine gute Idee ist, die Nacht mit ihnen zu verbringen."

Das verwirrt mich, dieses Dilemma. Jenny hat Recht, bis zum heutigen Tag kannte ich Alesha kaum und meine Meinung von Margaret war nicht gerade die beste. Vor kurzem entschied ich mich, zu gehen, jetzt bin ich mir aber nicht mehr so sicher. Wieder gehe ich die Alternativen durch, was mir hilft, mich zu entscheiden. „Ich habe mich entschieden, Jenny. Heute übernachte ich bei Margaret. Über morgen machte ich mir noch keine Gedanken. Du könntest kommen, selbst wenn du nicht bleibst."

Ich will meine Freunde um mich haben. Vielleicht sollte ich noch was sagen, verkneife mir es aber.

„Wenn du es so willst, es liegt ganz bei dir. Mach, was du für das Beste hältst. Rufe mich morgen früh an, ich kann kommen." Jennys Worte klingen plakativ und aufbauend, ich höre aber einen Missklang in ihrer Stimme. Sie klingt nicht begeistert.

„OK", sage ich. „Ich habe kein Handy, weiß aber deine Nummer noch."

Nachdem ich auflege, merke ich, mein Gespräch mit Jenny hat mich mehr mitgenommen, als ich dachte. Ich bin unsicher und verletzlich. Auf wackligen Beinen stehe ich auf. Ich mache keine Anstalten, mich zu bewegen.

„Brauchst du Hilfe, wenn du deine Tasche packst?", bietet Alesha an.

„Ich glaube, das schaffe ich allein", antworte ich, klang dabei aber wohl wenig überzeugend, denn Alesha folgt mir ins Schlafzimmer und hilft mir, als ich den Reisekoffer von der Garderobe nehme und ein Nachthemd, Kleidung zum Wechseln und etwas Waschzeug hineinstopfe.

Margaret hat ihren Volvo in der Nähe meiner Wohnung geparkt. Ich lege meine Tasche in den Kofferraum, wir steigen ein und fahren die kurze Strecke nach Simshill, wo Alesha wohnt. Margaret und ich warten im Auto, während Alesha in ihre Wohnung geht, um Sachen für eine Nacht und für die morgige Arbeit einzupacken.

Nur ein paar Minuten später fahren wir durch Clarkston Toll und nehmen die Ausfahrt Mearns Road. Wir fahren nicht ganz einen Kilometer weiter, biegen links ab, dann fahren wir noch ein Stück und biegen in die Einfahrt ein. Die Reifen knarren auf dem roten Kies, ein Zeichen, dass wir angekommen sind.

Wir gelangen zu einer niedrigen Rampe, die sich vor den drei Stufen, die zur Eingangstür führen, befindet, gelangen dann zu einer breiten, mit PVC verkleideten, Vordertür, die zu einem rechteckigen Gang mit mehreren Türen, rechts und links, führt. Margaret zeigt auf alle Räume im Untergeschoss. Direkt rechts von uns ist eine Lounge, dahinter ein Ess- und ein Arbeitszimmer, das Jeffrey als Büro nutzt. Das erste Zimmer links ist Margarets und Jeffreys Schlafzimmer, dann kommt ein großes Badezimmer, ein Treppenhaus, das ins obere Stockwerk führt und ein kleines Foyer. Direkt danach kommt eine Tür, die in eine große Küche mit Essbereich führt, die sich stark von der ursprünglichen Wohnung abhebt, erklärt Margaret. Sie erzählt uns, dass das Haus gebaut wurde, als ihre Kinder klein waren und sie den damaligen Dachboden nach hinten ausweiteten, Dachfenster einbauten und so im oberen Stockwerk drei Schlafzimmer und eine Dusche schufen.

Dann bietet sie uns an, unsere Taschen nach oben zu bringen, aber noch ehe wir uns rühren können, hören wir einen Elektromotor und sehen einen Rollstuhl aus Jeffreys Büro kommen. Jeffrey, der uns die Hand entgegenstreckt und uns anlächelt, sieht sehr adrett aus in seinen modischen Chinohosen und seinem weit geschnittenen Hemd. Er wirkt gelassen. Er hat ein heiteres, rundes Gesicht, eine Brille mit breiten, schwarzen Rändern und sein Dreitagebart, mit den braunen Stoppeln, ist gepflegt.

Enthusiastisch drückt er unsere Hände, stellt sich vor und sagt, er freue sich, dass wir zu Besuch kommen.

Jeffrey fragt, ob wir Hunger haben, sagt aber, wir sollen es uns gemütlich machen und dann in die Küche kommen, wo es dann Kaffee und Sandwiches gibt.

Das lasse ich mir nicht zweimal sagen, denn ich habe noch nichts gegessen.

„Ja, bitte", sagt Alesha noch.

Margaret führt uns nach oben. Es gibt ein großes Schlafzimmer, mit einem Doppelbett, in den anderen Schlafzimmern stehen Einzelbetten.

„Würdest du dich wohler fühlen, wenn ich im selben Zimmer schlafe wie du?" fragt Alesha.

Außer romantischen Allüren und Ferien mit Jenny, war ich noch nie mit einer anderen Person in einem Schlafzimmer.

Momentan habe ich Angst, die Nacht allein zu verbringen. „Ja, bitte", sage ich.

Wir verstauen beide unsere Taschen im größeren Zimmer und gehen dann wieder in die Küche.

Noch bevor wir eintreten, weht uns das Aroma von frisch gebrühtem Kaffee in die Nase. Wir gehen in die Küche, in der ein Tablett voller Brötchen und Sandwiches steht und daneben steht eine große Schüssel Kartoffelchips.

„Kommt, greift zu", sagt Jeffrey lächelnd, als er sieht, wie wir reagieren.

Noch ehe ich mich setzte, hatte ich schon ein Sandwich in der Hand. Ich will nicht ungehobelt erscheinen, aber mir läuft das Wasser im Mund zusammen und das Essen sieht echt lecker aus. Voller Heißhunger verdrücke ich gierig noch zwei Sandwiches. Dann mache ich langsamer, denn mir fallen meine Manieren wieder ein, kaue langsamer und genussvoller und lasse es mir schmecken.

„Fühlst du dich jetzt gestärkt?", fragt Jeffrey.

„Ja, viel stärker", antworte ich. „Ich hatte nicht gemerkt, was für einen Hunger ich hatte, bis ich zu essen begann. Genau das hatte ich gebraucht."

Wir sitzen da, trinken Kaffee und plaudern. Alles wirkt unkompliziert. Ich folge dem Gespräch etwas, lande dann aber wieder auf dem Boden, als Margaret mich fragt, ob ich Jeffrey von meinem Polizeibericht erzählen will. Als sie sieht, wie schockiert ich dreinschaue, entschuldigt sie sich. „Verzeihung, ich hätte nichts sagen sollen. Ich dachte, er könnte vielleicht behilflich sein. Ihr steht unter dem Druck, über alles Mögliche zu reden. Ich dachte nur, er könnte euch vielleicht helfen, ein paar Antworten zu finden."

„Nein, schon gut. Das kam überraschend. Ich will nicht undankbar erscheinen, aber..."

„Du musst dich nicht rechtfertigen", sagt Jeffrey. „Wir

haben euch hierher eingeladen, dass ihr euch sicher fühlt. Ihr müsst nichts tun oder sagen. Wenn ihr reden wollt, wenn überhaupt, höre ich gerne zu und nochmals, ich versuche zu helfen, wenn ihr es wollt."

„Ich würde deine Hilfe gerne in Anspruch nehmen, wenn du bereit bist. Ich fühle mich aber echt erschöpft. Ich fühlte mich gerade außerstande, jetzt alles zu besprechen." Ich zögere etwas und fahre dann fort: „Was noch hinzu kommt ist, dass ich nicht weiß, ob ich dich bezahlen kann. Was verlangst du?"

„Mich bezahlen? Wovon redest du da eigentlich? Wenn ich irgendwie helfen kann, tue ich es gerne. Ich berechne dir nichts", sagt Jeffrey.

„Aber am frühen Abend erzählte uns Margaret, du würdest als Detektiv arbeiten und seist so beschäftigt, dass du Klienten abweisen musstest", sage ich.

„Ja, das stimmt alles, aber diese Arbeit mache ich für Geschäftskunden. Bei Freunden ist es etwas Anderes. Wenn ich einer Freundin von Margaret helfen kann, dann ist das kein Problem, weil ich es gerne mache. Nicht im Traum würde mir einfallen, dafür etwas zu berechnen."

Ich will gerade fragen, warum er meint, Margaret und ich seien Freunde, halte mich aber zurück. Als ich zu Margaret schaue, nickt sie zustimmend. Sie lächelt. Margaret sieht mich als Freundin. Ich bin emotional. Ich will sagen, wie dankbar ich bin, aber mir kommen die Tränen und mir bleiben die Worte im Hals stecken, ehe ich dann ein einfaches „Danke" sage.

Sowohl Margaret als auch Alesha kommen zu mir und wir drei umarmen uns.

12 STUNDEN

Ich will Margaret nach heute Morgen fragen, als ich zur Arbeit kam. Sie war sehr aggressiv und ihre Einstellung eine andere, als ihre bisherige. Obwohl ich nichts riskieren will, weil wir uns jetzt scheinbar so nahe stehen, muss ich es wissen. „Du warst heute Morgen wütend auf mich", beginne ich, ohne zu zögern.

„Ja, das war ich und du willst sicher wissen, weshalb?", fragt sie.

„Ja", antworte ich beklommen.

„Ich nehme an, ich schulde dir eine Erklärung. Ich glaube, du bist wirklich talentiert. Ich war es, die dich einstellte." Sie sieht mir an, dass ich verwirrt bin. „Ja, Stuart war derjenige, der das Bewerbungsgespräch und die Formalitäten regelte, aber ich wählte dich schlussendlich aus. Andere Bewerber hatten mehr Berufserfahrung, aber ich überzeugte ihn, es mit dir zu versuchen. Außerdem hast du mich nicht enttäuscht. Deine Leistungen, dein Fleiß und deine Fähigkeiten waren erstklassig."

„Aber ich dachte, du kannst mich nicht leiden! Du hast

meine Arbeit nie gewürdigt. Nichts, was ich tat, schien gut genug zu sein."

„Das ist mein Management. Ich will aus allen meinen Mitarbeitern das Beste herausholen. Die Erfahrung lehrte mich, dass, wenn ich von den Menschen mehr und bessere Ergebnisse verlange, ich sie normalerweise auch bekomme. In der Vergangenheit versuchte ich es auf die sanfte Tour und stellte fest, dass das in unserem Geschäft nicht funktioniert. Lob macht Menschen oft träge und selbstzufrieden, besonders wenn das Lob für etwas kaum Angemessenes und Besonderes ausgesprochen wird."

„Also warst du mit meiner Arbeit gar nicht unzufrieden?"

„Im Gegenteil. In den ersten vier Monaten hast du dich als vielversprechender herausgestellt als jede Nachwuchsfüh-rungskraft, die wir je einstellten. Zumindest bis letzte Woche."

„Du dachtest, ich hätte euch hängen lassen?", frage ich.

„Als du am Montag nicht zur Arbeit kamst, machten wir uns Sorgen. Umso mehr, als wir nichts von dir hörten. Wir dachten, du wärst vielleicht krank. Wir versuchten dich unter deiner Festnetznummer und auf dem Handy zu erreichen, unsere Sprachnachrichten, unsere E-Mails und SMS blieben unbeantwortet. Als nächste Verwandte waren deine Eltern eingetragen, von dort kam aber auch keine Antwort. Wir wollten dich schon als vermisst melden, da erhielten wir, am Montagnachmittag, eine E-Mail."

„Eine E-Mail? Ich kann mich nicht erinnern, eine E-Mail geschrieben zu haben. Was stand darin?" frage ich.

„Da stand nur, *Komme heute nicht*. Keinerlei Erklärung oder Entschuldigung." Margaret fährt fort: „Wir wussten nicht, was wir davon halten sollten, denn das schien so gar nicht deine Art zu sein, aber wir kamen zu dem Schluss, dass es einen guten Grund geben musste und du am Dienstag kämst, um alles zu erklären.

Du hast mit Dwight und Chrissie an der Präsentation für Archchem gearbeitet. Dwight ist zwar der Teamleiter und verantwortlicher Projektleiter, wir aber wussten, hauptsächlich deine Ideen brachten den Stein ins Rollen. Als du am Dienstag nicht aufgetaucht bist, traf sich Dwight mit dem Kunden und, so leid es mir tut, das sagen zu müssen, er hatte keinen blassen Schimmer. Ich kann mir schwer vorstellen, dass er das Konzept verstand und hat die Sache vermasselt. Es wäre ein großer Schritt für uns gewesen, wenn wir die bevorzugte Agentur für Archchem geworden wären. Stattdessen stehen wir jetzt da und versuchen, die wenigen Aufträge, die wir von ihnen bekommen, so gut wir können zu erledigen."

„Es tut mir so leid."

„Wie du natürlich sicher bereits weißt, ist Dwight der Neffe von Carlton Archer, dem Gründer der Firma, der noch immer als Präsident fungiert. Wir wissen, Dwight ist kaum zu gebrauchen, wurde uns aber vor die Nase gesetzt, vermutlich, damit er international Erfahrung sammelt. Dwight gab dir die Schuld. Er behauptete, er hätte nicht das ganze Material, weil er nicht wisse, wohin du es getan hast. Stuart außer sich und du warst nicht da, um dich zu verteidigen."

„Es hätte aber alles hier sein müssen", sage ich.

Margaret nickt. „Dann kamst du auch nicht am Mittwoch und heute Morgen kamst du und sahst aus, als hättest du eine Sauftour hinter dir."

„Ich verstehe, wieso du so wütend warst", sage ich.

„Das war ich! Ich war außer mir und fühlte mich von dir persönlich im Stich gelassen. Erst als Alesha kam und mit mir sprach, merkte ich, dich traf keine Schuld. Ich glaube nicht, dass du diese E-Mail geschrieben hast."

„Ich bin sicher, ich war es nicht", sage ich.

„Hätte jemand Zugang zu deinem Handy gehabt...", beginnt Margaret.

Ich denke darüber nach. „Mein Handy war nicht eingeschaltet, als ich es heute Morgen fand. Ich weiß nicht, wann es passierte."

„Die wahrscheinlichste Erklärung, die mir einfällt, ist die, dass, wer immer das Handy hatte, verhindern wollte, dass man es ortet", meint Jeffrey. „Man könnte es zerlegt haben, dann entweder die SIM-Karte in einem anderen Handy benutzt oder es kurz wieder zusammengesetzt haben, um die SMS zu schreiben. Ich bin sicher, die Polizei wird jedes Einzelteil des Handys auf Fingerabdrücke untersuchen und prüfen, ob und wann es benutzt wurde. Jedoch müssen wir sicherstellen, dass der Ermittler, wer immer es ist, von der E-Mail erfährt."

„Ich rufe morgen früh an", sage ich.

„Mich beschäftigt auch noch etwas anderes", sagt Jeffrey.

„Was?", fragen Margaret, Alesha und ich wie aus einem Mund.

„Das könnte euch unangenehm sein", sagt er. „Wollt ihr, dass ich weitererzähle? Das könnte später auch noch reichen."

„Ich bezweifle, dass mich etwas noch mehr verstören kann, als ich ohnehin schon bin", sage ich.

„Gut gesagt", meint er. „Ich frage mich, warum jemand das Bedürfnis hat, diese E-Mail zu schreiben. Die Antwort ist offensichtlich: Man wollte nicht, dass jemand denkt, du wurdest vermisst. Präziser, man wollte nicht, dass jemand nach dir sucht."

Ich nicke, verstehe aber nicht ganz, worauf er hinauswill.

„Wärst du ein Zufallsopfer des Entführers gewesen, hätte er sich nicht sonderlich Sorgen gemacht, dass man dich als vermisst melden würde. Ganz sicher bin ich zwar nicht, aber ich glaube, dadurch besteht durchaus die Möglichkeit, dass du den Entführer kennst oder er irgendwie mit dir in Verbindung steht."

So sehr ich dachte, mein Unbehagen könnte nicht größer

werden, so sehr drückt mich jetzt meine Brust. Bis jetzt hatte ich versucht, nicht zu sehr daran zu denken, dass ich entführt wurde oder was mir in der letzten Woche angetan wurde. Jedoch zwingt mich die Tatsache, dass Jeffrey meint, ich könnte den Entführer kennen, zu dieser Frage. Wen kenne ich, der mir das angetan haben könnte, und warum?

Auch wenn wir das Thema schnell wechseln und wir am Tisch sitzen und stundenlang über alles und jeden sonst reden, wird es mir nicht leichter ums Herz. Ich bin erschöpft und das schon seit Stunden, sitze aber dennoch lieber mit meinen Freunden zusammen, als dass ich versuche zu schlafen. Nach den Visionen, die ich heute hatte, fürchte ich mich vor Albträumen.

Jeffrey, Margaret und Alesha waren wunderbar. Ich sehe zwar, auch sie sind müde, machten aber nicht den Vorschlag, ins Bett zu gehen. Ihre Augen sind schwer und sie gähnen immer wieder. Es ist jetzt 01:00 Uhr vorbei und ich weiß, ich bin todmüde und kann kaum aufrecht sitzen. Als ich so am Tisch lehne, rutscht mir plötzlich mein Ellbogen weg und ich falle beinahe hin.

Margaret schaut mich an. „Du hattest einen echt schweren Tag und ich sehe, du bist erschöpft. Ich denke, du solltest eine Mütze voll Schlaf nehmen."

„Ja, du hast Recht", stimme ich zu. Ich gehe davon aus, morgen ist auch kein Spaziergang im Park drin.

„Ich habe das Bett bereits gemacht, ich zeige dir aber, wo wir noch zusätzliches Bettzeug haben, falls du es brauchst. Du hast auch gesehen, wo in der Küche wir alles aufbewahren, nimm dir also ruhig zu Essen und zu Trinken, falls dir danach ist, solltest du frühmorgens oder nachts aufwachen. Auch du, Alesha", sagt Margaret. Dann schaut sie zu Alesha und ergänzt: „Ich stehe um etwa 07:00 Uhr auf und werde um etwa 08:00 Uhr ins Büro fahren. Seid ihr bis dahin fertig, kann ich euch fahren."

„Danke. Ich stelle den Wecker von meinem Handy", antwortet Alesha.

Als wir die Treppe hinaufsteigen, dreht sich Margaret zu mir und sagt: „Es besteht kein Grund, warum du aufstehen solltest. Du solltest so viel schlafen, wie du kannst, dann findest du wieder zu alter Stärke. Du hast gesehen, wo Jeffrey und ich schlafen. Solltest du nachts irgendwas brauchen, was auch immer, ruf uns an. Ab 08:00 Uhr bin ich zwar weg, Jeffrey ist aber noch hier, wenn du was brauchst."

Alesha und ich danken ihr beide für ihre Freundlichkeit und Gastfreundschaft, dann wünschen wir eine gute Nacht und sie geht.

Wir gehen beide ins obere Bad, waschen und machen uns dann fürs Bett fertig. Ich schlüpfe unter die Daunendecke und wickle mich darin eng ein.

„Willst du noch etwas reden oder ist Schlafenszeit?" fragt Alesha. In ihrer Stimme schwingt Erschöpfung und ich weiß, sie meint es gut. Ich will schlafen, obwohl ich nicht weiß, ob ich es kann. Alesha bleiben noch wenige Stunden Schlaf, bevor sie zur Arbeit muss. Sie hat bereits mehr als genug getan. „Versuchen wir zu schlafen", antworte ich.

In wenigen Sekunden wurde ihre Atmung gleichmäßig und tief und ich merke, sie schläft tief und fest. Ich versuche, mich zu entspannen, um Ängste, das Grauen und die Bilder zu verdrängen. Ich schließe die Augen. Ein paar Sekunden dauert es, dann fällt mir etwas ein, ich öffne die Augen und schaue mich um, wo und ob ich in Sicherheit bin. Ich versuche, Schäfchen zu zählen, erinnere mich an fröhliche Dinge, ruhige, sanfte Szenen, es hilft aber nicht sehr.

Ich wälze mich im Bett hin und her. Auch wenn ich schweigen will, dass ich Alesha nicht wecke, kann ich nicht stillliegen. In einem Moment ist mir zu heiß und ich ziehe die Daunendecke zurück, im nächsten ist mir zu kalt und ich ziehe sie wieder hoch. Ich strecke einen Arm oder ein Bein aus, dann das andere, dann beide raus oder rein, wobei mich alles entspannt, ehe ich mich wieder bewegen muss. Was mich erleichtert ist, dass Alesha tief zu schlummern scheint und meine nächtliche Gymnastik nicht mitbekommt.

Gelegentlich meine ich, weg genickt zu sein, aber nicht lange, ehe dann die ganze Pantomime wieder von vorn beginnt. Hin und wieder schaue ich auf den Wecker auf dem Wandregal. Mir ist, als wäre ich in einer anderen Dimension und es wären schon Stunden vergangen, auf der Uhr sind aber erst Minuten vergangen. Ich weiß noch, dass ich die Abstände 1:30 Uhr, 1:45 Uhr, 2:00 Uhr, 2:15 Uhr, 2:30 Uhr, 2:45 Uhr, 3:00 Uhr und 3:15 Uhr sah...dann ist alles still und dunkel.

Ich hatte geträumt. Ich war in Maisfeldern, die warme Sonne schien mir auf die Haut, ein Bauernhaus, ein Zaun, aber alles verschwindet in der Ferne. Ich öffne die Augen. Es ist dunkel. Es fühlt sich fremd an. Ich habe Angst; wo bin ich? Ich liege in einem Bett, einem unbekannten Bett. Es ist ein Einzelbett. Seltsam, in einem Einzelbett schlief ich nicht mehr, seit ich ein kleines Mädchen war. Mit den Fingern fahre ich darüber. Unter mir liegt ein Laken. Es ist frisch, weich und aus Baumwolle. Das über mir ist ähnlich, noch ein Laken, aber ein dickeres. Nein, es ist dasselbe, aber etwas liegt darauf, eine

Decke, nein, eine Daunendecke. Ich fahre mit der Hand über den Rand der Matratze. Ich fühle einen Bettrahmen, glatt und aus Holz, meine ich, vielleicht aus Pinie. Ich atme ein und kann den Stoff riechen. Es wurde erst kürzlich gewaschen, denn ich rieche Waschmittel und noch etwas Weichspüler mit Rosenduft. Ich benutze keinen Weichspüler, weil ich von manchen niesen muss. Ich rümpfe die Nase und warte auf das Unvermeidbare. Es bleibt aus. Ich niese nicht. Diese Marke scheine ich zu vertragen.

Wo bin ich? Meine Nachtsicht tritt ein, meine Augen passen sich langsam an. Ich schaue mich um. Der Raum ist rechteckig, neben mir steht ein Nachttisch und dahinter noch ein Bett. Ich hatte Recht. Es ist aus Kiefer, mit Laken und einer Daunendecke, aber nicht ebenmäßig. Dort ist eine Form, ein Umriss, ein Körper. Ich sehe näher hin. Ich sehe, wie sich beim Atmen die Decke hebt und senkt. Ich lausche aufmerksam. Es sind ruhige, gleichmäßige Atemzüge mit einem gelegentlichen Schnarchen. Jemand schläft. Wer ist das? Wo bin ich? Meine Augen spähen durch den Raum. Ich sehe eine Uhr. Sie zeigt 5:32 Uhr.

Ohne Vorwarnung fällt es mir wieder ein. Alesha schläft. Wir übernachteten bei Margaret, denn ich fühlte mich zu Hause weder wohl noch sicher. Zuerst bot mir Alesha an, bei mir zu bleiben, dass ich nicht allein bin und dann lud Margaret mich, nein uns, in ihr Haus ein. Zum Teufel! Der Albtraum! Ich erinnere mich an gestern. Mir fällt wieder ein, dass ich die Zeit zwischen Freitagabend und gestern Morgen vergaß, fünfeinhalb Tage. Ich erinnere mich, dass ich mit Alesha auf das Polizeirevier ging, meine Aussage machte und mich dann in der Klinik untersuchen ließ. Es war alles so grausig. Ich erinnere mich an alles, weiß aber noch immer nicht, wo ich war oder was mir letzte Woche passierte. Ich fühle mich verängstigt, benommen und habe einen bitteren, sauren Geschmack im Rachen. Ich glaube, ich falle in Ohnmacht. Zumindest kann ich nirgends hinfallen, denn ich liege schon.

Ich liege still da und unterdrücke einen Schrei. Meine Atmung ist flach. Ich muss mich beruhigen. Ich muss tief durchatmen; einatmen, ausatmen, einatmen, ausatmen. Das ist besser. Wieder und wieder. Langsam kehrt mein Verstand zurück. Ich muss stark sein und logisch denken, wenn ich das überstehen will. Ich muss auch sehen, was mir Gutes widerfuhr. Ich bin fit und es geht mir gut, meine ich. Ich habe Freunde, die mich trösten. Jenny, Alesha, Margaret und Jeffrey. In ein paar Tagen kommen Mama und Papa wieder nach Hause und auch die Polizei wird mir helfen, die Antworten zu finden, die ich brauche.

Obwohl mich das nicht wirklich überzeugte, sprach ich mir selbst genug Mut für den nächsten Tag zu. Ich bin müde, todmüde, will aber nicht mehr schlafen. Nochmal so zu erwachen wie schon einmal will ich nicht riskieren. Ich liege im Bett und ruhe mich etwas aus. Ich muss nachdenken und mich erinnern, wo ich war.

Heute ist Freitag. Klar und deutlich kann ich mich nur an letzten Freitag erinnern. Ich gehe im Kopf nochmal alles durch. Wie immer kam ich früh zur Arbeit. Nein, um genau zu sein, war ich sogar früher da, denn ich musste mich auf eine Besprechung um 10:30 Uhr vorbereiten. Es war mit, wie hieß er noch gleich? Der Geschäftsführer von Carsons, Fielding, hieß er. Es war eine kurze Konferenz, aber wichtig. Ich musste etwas mehr über seine Anforderungen herausfinden. Die Konferenz war um 11:15 Uhr vorbei, ganz sicher. Den Rest des Tages arbeitete ich an der Archchem-Präsentation. Dwight, Chrissie und ich arbeiteten den ganzen Tag zusammen. Ich ging nicht zum Mittagessen. Ich wusste, ich würde mit Jenny zu Abend essen, also aß ich nicht viel. So aß ich einen Thunfisch-Wrap und

einen Apfel. Dazu Orangensaft. Ich glaube, auch den Wrap aß
ich nicht auf, nur die Hälfte.

Wir drei arbeiteten fleißig, beendeten die Nachforschungen, bereiteten die Power Point Präsentationen und die
Notizen vor und verteilten die Aufgaben. Chrissie ging um
etwa 16:30 Uhr, denn sie musste ihre Tochter bei der Tages-
mutter abholen. Das spielte keine Rolle, denn bei dem Projekt
war sie nur ein kleines Licht. Dwight und ich arbeiteten weiter.
Ich hatte vor, bis spät am Abend zu arbeiten, sodass ich gleich
anschließend Jenny treffen konnte. Wann ging ich nur? Alesha
sah nach. Es war um etwa 19:30 Uhr.

Was als nächstes passierte, ist alles ganz verschwommen.
Das nächste, an das ich mich erinnere, ist, dass ich gestern
Morgen über den Hauptbahnhof ging. Ich muss versuchen,
mich zu erinnern. Ich konzentriere mich. Die Visionen von
gestern kommen wieder. Ich will nicht hinsehen, spüre aber,
ich muss. Ich muss einen Anhaltspunkt finden. Ich muss
wissen, ob ich das Mädchen bin. Ich sehe sie auf dem Bett
liegen, umgeben von diesen Männern. Ich versuche, mich auf
sie zu konzentrieren. Sie ist splitternackt. Sie hat keine auffäl-
ligen Muttermale oder Narben, woran man sie erkennen
könnte. Sie sieht etwa so aus wie ich. Das Gesicht wirkt ein
klein bisschen schmaler und ich meine kantiger, aber das Bild
ist unscharf. Das könnte ich sein. Ihre Haarfarbe ist anders.
Vermutlich trägt sie eine Perücke. Eine andere Farbe könnte
auch die Wahrnehmung der Form beeinflussen. Ich kenne das
aus meinem Kunststudium. Sicher bin ich nicht.

Ich versuche, mich auf jeden einzelnen der Männer zu
konzentrieren. Die Beschreibung unterscheidet sich nicht von
der, die ich Alesha gab. Es muss mehr sein. Ich denke an das
Zimmer. Es ist ein großes Schlafzimmer. Das Mädchen liegt
auf dem Bett, dieses ist groß, größer als ein normales Doppelbett; vermutlich extra groß. Es gibt keinen Bettrahmen. Statt-

dessen ist es ein Diwan mit einem Kopfteil in Form einer Muschel. Die Oberfläche ist schlicht gehalten, weiß, vermutlich ein Matratzenschoner, sonst gibt es kein weiteres Bettzeug. Die Männer haben um das Bett herum genug Platz, ohne dass das Zimmer vollgestellt aussieht. Sonst sind keine Möbel darin. Hinter dem Bett gibt es noch mehr Platz vor einer Wand. Sie ist pastellfarben gestrichen, undefiniert, vermutlich blau, meine ich, nichts Besonderes, keine Bilder. Es gibt kein Fenster, zumindest nicht an den Wänden, die ich sehen kann. Dennoch ist es hell im Raum. Ich taste mich nicht weiter vor. Taste ich mich dort umsonst durch?

Warum höre ich nichts? Das frage ich mich. Ihre Stimmen oder vielleicht Hintergrundgeräusche, durch die ich mir ein Bild von diesem Ort machen kann. Ich konzentriere mich, höre aber nichts. Ich sehe, wie Lippen sich bewegen. Mir ist, als sprechen die Männer miteinander und geben dem Mädchen Anweisungen, sagen ihr, was sie tun soll. Das erfolgt nur mit Mimik, ich höre nichts. Kein Gerede, keine Hintergrundgeräusche. Stattdessen völlige Stille. Ich verstehe nicht, warum. Gibt es sonst noch was zu beachten? Ich glaube nicht, aber halt, es riecht unangenehm, nach abgestandenem Filterkaffee. So gar nicht das feine Aroma frisch aufgebrühter Bohnen, das mich letzte Nacht in Margarets Küche führte. Es riecht eher so schal, als hätte man einen Krug auf die heiße Herdplatte gestellt, dann zu lange gewartet und er wurde zu Teer.

An was kann ich mich sonst erinnern? Ich schweife in Gedanken ab. Die Erinnerung von gestern kehrt wieder. Ob ich mir das einbilde, oder nicht, viele Hände berühren mich. Ich stelle mir das vor: Ich liege flach da, Hände berühren mich, große Hände, kleine Hände, Hände ohne Körper. Ich sehe keine Menschen, nur Hände. Diese Erinnerung kann ich nicht nur sehen. Ich spüre, wie die Hände meinen Körper berühren, große Hände mit rauer Haut, kleine, zarte Hände. Sie streicheln mich überall, halten mich, drehen mich, berühren mein Gesicht, meinen Körper, meine Glieder und noch mehr, überall. Ich will, dass es aufhört. Ich will, dass sie mich in Ruhe lassen.

Ich winde mich und vergrabe das Gesicht ins Kissen. Die Augen kneife ich fest zu und sorge dafür, dass die Bilder und Gefühle aufhören. Ich atme tief durch, um den Kopf frei zu bekommen. Was noch? Da muss noch was anderes sein.

Ich habe viele Bilder im Kopf. Woher weiß ich nicht. Ich weiß nicht, ob sie real sind oder meiner Fantasie entspringen, ob sie relevant sind oder ob ich sie mir einbilde. Die Bilder sind wie eine Reihe Fotos, die in einem Raum aufgenommen wurden. Es kommt mir nicht bekannt vor, ich weiß nicht, wo ich bin. Da steht ein Bücherregal voller DVDs und Taschenbücher. Ich versuche, mich zu konzentrieren, kann aber keinen Titel erkennen. Dann taucht ein Bild auf mit einem Tisch, um den Stühle stehen. Es ist ein rechteckiger Esstisch. Darauf ist eine Tischdecke ausgebreitet und eine Schachtel steht auf dem Tisch. Sie ist so groß wie ein Schuhkarton und gefüllt mit Fläschchen. Ein weiteres Bild zeigt einen Fensterrahmen, aber Fenster sind keine zu sehen, denn die Vorhänge, aus schwerem Samt, sind zugezogen. Es muss Tag sein, denn die Vorhänge sind einen Spalt breit offen, sodass etwas helles Sonnenlicht hineinscheint; es kommt durch die Öffnung. Weitere Bilder zeigen einen hohen Fernseher und einen PC-Arbeitsplatz. Nichts, was ins Auge sticht, womit man den Ort erkennen könnte. Zusammen mit den Bildern rieche ich wieder denselben, ranzigen Geruch nach abgestandenem Kaffee.

Ich hatte gehofft, mein Gedächtnis wäre wiedergekommen, sodass ich wusste, was in den Tagen, an die ich mich nicht erinnerte, passierte. So sehr ich aufgepasst hatte, wie man mich missbraucht haben könnte, nicht alles zu wissen, zerreißt mich förmlich. Ich bin enttäuscht, denn es gibt wenig bis gar nichts als Anhaltspunkt. Ungeachtet dessen, bin ich aber auch erleichtert, denn ich glaube, die Erinnerung kehrt allmählich wieder. Paula dachte, das könnte passieren und ich hoffe so sehr, dass sie Recht hat.

22 STUNDEN

Ich schaue wieder auf die Uhr, die 06:10 Uhr zeigt. Meine Kehle ist trocken, ich habe Durst. So entschließe ich mich, aufzustehen. Im Halbdunkel schleiche ich mich leise aus dem Bett. Ich möchte Alesha nicht aufwecken, kann aber sehen, sie schläft noch tief und fest. Um mein Nachthemd lege ich einen Morgenmantel, schlüpfe in meine Hausschuhe, dann gehe ich vorsichtig aus dem Zimmer. Im Gang brennt bereits Licht und ich gehe die Treppe hinunter. Obwohl ich mich nach Kräften bemühe, leise zu sein, tréte ich auf halber Höhe der Treppe auf eine knarrende Bodendiele. Schockiert springe ich auf, als ich den unerwarteten Lärm höre, was das Problem noch verschärft. Mit Lippen forme ich ein Schimpfwort. Ich nehme wieder Haltung ein und gehe in die Küche.

Überrascht stelle ich fest, dass auch in der Küche Licht brennt. Ich trete ein und sehe Jeffrey mit einer dampfenden Tasse Kaffee in der Hand am Tisch sitzen. Als er mich reinkommen hört, schaut er auf und lächelt. Er sagt nichts, zeigt auf seine Tasse und hebt fragend eine Augenbraue.

Ich nicke ihm enthusiastisch zu. „Ich hatte Durst. Ich wollte nur ein Glas Wasser trinken", flüstere ich.

„Mach dir keine Sorgen, du könntest zu laut sein", antwortet er. „Wenn Margaret erst einmal schläft, braucht es schon ein Erdbeben, sie zu wecken." Er winkt verschwörerisch. „Toast?", fragt er.

„Nein, danke. Kaffee wäre schön."

Er schenkt einen Becher voll ein und stellt ihn vor mich hin. „Milch, Zucker?"

„Nein, danke. So ist er perfekt." Ich nehme den Becher in beide Hände und atme das Aroma tief ein, genieße es und nehme dann einen Schluck des leckeren, heißen Getränks. „Ja, perfekt", wiederhole ich.

„Konntest du schlafen?", will Jeffrey wissen.

„Das Bett war sehr bequem", antworte ich und weiche der Frage aus.

Jeffrey nickt und schenkt mir einen wohlwissenden Blick.

„Ich schlief schon etwas, aber nicht lange. Ich bin aber ziemlich gut ausgeruht", sage ich. „Warum bist du um diese Zeit schon wach?"

„Ich brauche generell nicht viel Schlaf", antwortet er. „Ich bin schon seit über einer halben Stunde wach. Ich lag ein paar Minuten wach und wusste, ich würde nicht mehr länger schlafen können, also wollte ich etwas Arbeit erledigen. Nachdem ich damit fertig war, dachte ich, was zu trinken wäre jetzt gut. So schaltete ich die Kaffeemaschine ein und machte mir ein paar Scheiben Toast." Er zeigt auf die Krümel auf seinem sonst leeren Teller.

„Und dann kam ich und verdarb euch euer schönes, entspanntes Frühstück. Entschuldigung."

„Entschuldige dich nicht", sagt er. „Ich will doch nicht unsozial sein. Mich stört etwas Gesellschaft überhaupt nicht. Zweifellos verbringe ich zu viel Zeit allein."

Ich überlege mir, wie ich ein lockeres Gespräch starte. Normalerweise fliegt mir das einfach so zu, aber heute, so scheint es, muss ich mich anstrengen. „Hast du heute viel Arbeit?"

„Ein paar Verträge sind abzuarbeiten, aber nichts Dringendes. Eine Firma, ein Firmenkunde, hat vor, einen neuen Fertigungszweig zu eröffnen und ich wurde gebeten, für diesen nach neuen Lieferanten aus Übersee zu schauen. Dann habe ich noch einen Kunden aus dem Finanzsektor. Der Chef will, dass ich ein paar dubiose Transaktionen untersuche, wo Kapital den Besitzer wechselte und unter Wert verkauft wurde. Gut möglich, dass wir es hier mit einem ernsten Betrug zu tun haben, er will es aber intern regeln und in dieser Phase noch nicht die Behörden einschalten. Das hat keine Eile, denn ich bin dem Zeitplan schon weit voraus."

„Das klingt sehr interessant", sage ich, und der Enthusiasmus in seiner Stimme entgeht mir nicht.

„Teilweise ja. Es hat große Ähnlichkeit mit dem, was ich bei der Polizei machte. Es gibt viel schnöde Routinearbeit, wo haufenweise Informationen verarbeitet werden müssen und man versuchen muss, allem einen Sinn zu geben. Ein Vorteil gegenüber der Polizeiarbeit ist der, dass ich nicht unendlich Zeit mit Papierkram vertrödeln muss, um meinen Rücken zu stärken. Sicher, für Kunden muss ich Berichte schreiben, aber es ist nicht dasselbe. Manchmal kann die Arbeit faszinierend sein, erst recht, wenn man etwas Wichtiges entdeckt oder das Gefühl bekommt, die Ergebnisse machen einen echten Unterschied aus.

„Ich weiß, was du meinst", antworte ich. „Ich akzeptiere es, dass das, was ich mache, sich davon unterscheidet. Meine Arbeit ändert das Leben von Menschen nicht so wie deine, aber es spornt mich echt an, wenn etwas, das ich mir überlege oder tue, ernst genommen wird und zum Kernelement eines Projektes wird."

„Ich verstehe. Margaret arbeitet schon seit Jahrzehnten im Marketing. Ich weiß, wie viel Spaß es ihr macht und, nach allem, was ich sah, solltest du, meiner Meinung nach, nicht die Auswirkungen unterschätzen, die das auf das Leben und die Gewohnheiten von Menschen hat. Sie hat mir gezeigt, wie wichtig das sein kann. Du musst mir diese Idee nicht verkaufen." Bei diesem unbeabsichtigten Wortspiel kichert Jeffrey und ich unterbreche.

„Was geht hier vor? Ich lade dich zu mir nach Hause ein und sehe dich dann mitten in der Nacht mit meinem Mann flirten." Margaret kommt in die Küche. Ich schaue in ihr versteinertes Gesicht. Sie schweigt, dann hält sie das Schauspiel nicht mehr durch und muss lachen. „Guten Morgen, Briony", sagt sie, stellt sich neben mich und drückt herzlich meine Schulter. Ungefragt schenkt Jeffrey Kaffee in eine frische Tasse und stellt sie vor ihr auf den Tisch.

Margaret setzt sich nicht. Im Stehen nippt sie an ihrem Kaffee. „Wie fühlst du dich?", fragt sie.

Körperlich geht es mir gut, ich komme aber mit der Situation nicht zurecht. Es ist alles so unwirklich. „Ich will, dass alles wieder normal wird", antworte ich.

„Das wird es wieder", versichert sie. „Kannst du dich an sonst noch was erinnern?"

„An sehr wenig, unwichtiges Zeug."

„Das dauert eine Weile, sei geduldig."

Ich schaue zu Boden, denn ich kann ihr nicht in die Augen schauen. „Was mache ich in der Zwischenzeit?"

„Darauf gibt es keine einfache Antwort", antwortet Margaret. „Du musst heute nochmals mit der Polizei sprechen. Es wird vielleicht eine Weile dauern, bis deine Testergebnisse vorliegen, aber du solltest sie fragen, wann du erwartungsgemäß etwas erfährst. Schau auch, ob sie dir sagen können, wann du dein Handy wiederbekommst."

„Das ist ein guter Rat", sagt Jeffrey. „Ich habe nicht den geringsten Zweifel, dass sie jeden Fall bearbeiten, so gut sie können, aber man muss auch bedenken, dass die Ressourcen bei der Polizei begrenzt sind aufgrund der zahlreichen Einsparungen. Sie müssen Prioritäten setzen und sie verwenden eher Ressourcen auf deinen Fall, wenn sie wissen, sie bekommen vielleicht etwas raus."

„Danke. Ich werde es mir merken. Ich weiß, dass Paula sagte, ihr Dienst beginnt um 08:00 Uhr, da rufe ich sie an."

„Wenn ich mich nicht irre, ist sie die Verbindungsbeamtin", sagt Jeffrey. „Das Ermittlungsteam ist eine andere Gruppe und sie sollten heute informiert werden, wenn es nicht bereits geschehen ist. Gegenwärtig ist Paula Ihr Hauptansprechpartner und Sie können sie jederzeit sprechen, selbst dann, wenn Sie dem Team vorgestellt wurden."

Obwohl ich mich voll und ganz erinnern will, habe ich das Gefühl, dass ich noch an etwas Anderes denken muss. Ich weiß, ich kann mich nicht die ganze Zeit mit meinen Ängsten befassen. Sonst würde ich verrückt. Vielleicht sollte ich besser arbeiten, meine ich. Vielleicht würde ein Projekt, an dem ich arbeite, mich genug ablenken, um das alles durchzustehen. „Wann kann ich wieder ins Büro?", frage ich Margaret.

Sie schaut überrascht. „Ich dachte, du bräuchtest etwas Zeit, alles zu verdauen und einen klaren Kopf zu bekommen."

„Ich muss was tun", antworte ich. „Ich kann nicht versprechen, dass ich sehr effektiv arbeiten werde, muss mich aber ablenken, um auf andere Gedanken zu kommen."

Margaret nickt. „Ich verstehe. Ich glaube, jetzt ist es noch zu früh. Außerdem musst du heute noch ein paar Sachen erledigen. Wir schauen, wie es dir nach dem Wochenende geht und dann schauen wir, ob du fit genug bist, um nächste Woche wieder anzufangen. Du musst nichts überstürzen."

Margaret schaut auf die Uhr. „Ich mache mich am besten fertig", sagt sie, dann eilt sie aus der Küche.

„Ich weiß, du willst, dass das alles vorbei geht, aber so etwas braucht Zeit. Das weiß ich aus eigener Erfahrung. Tut mir leid, aber nichts wird so schnell gehen, wie ihr es gerne hättet. Das müsst ihr akzeptieren", gibt Jeffrey zu bedenken.

Ich weiß, er hat Recht. Das macht es für mich aber auch nicht leichter.

23 STUNDEN

Wir sitzen da, reden und ich vergesse die Zeit. Oben höre ich Bewegungen. Zehn Minuten später kommt Alesha rein. Wir grüßen uns. Wie macht sie das nur? Trotz der kurzen Zeit, in der sie sich fertig gemacht hat, sieht sie aus wie vom Filmset, ist perfekt gekleidet und geschminkt. Das beeindruckt mich, weckt aber gleichzeitig meinen Neid.

Ich schaue an mir runter und mir fällt wieder ein, dass ich aufstand, um einen Schluck Wasser zu trinken. Erst jetzt merke ich, dass ich mich weder gewaschen noch angezogen habe. Am Leib habe ich nur ein Nachthemd und einen Bademantel. Ich muss schrecklich aussehen. Das habe ich noch nie getan. Nun, vielleicht sahen mich meine Eltern oder Jenny beim Frühstück, ungeduscht und leicht bekleidet, aber sonst niemand, nicht einmal Michael. Besonders nicht Michael. Mir dämmert, wie neben der Spur und verwirrt ich sein muss. Als ich so darüber nachdenke, könnte es auch daran liegen, dass ich mich in Jeffreys und Margarets Gesellschaft so wohl fühle, dass mir mein Aussehen und was ich trage, gleichgültig ist. Habe ich sie, ohne es zu merken, zeitweise als Ersatzeltern akzeptiert?

Nett und verständnisvoll waren sie, das steht außer Frage, aber es gibt mir nicht das Recht, so anmaßend zu sein.

„Ich muss mich waschen und umziehen", sage ich und eile wieder hoch.

Ich sammle meine Schminke ein und hole aus meiner Tasche frische Klamotten. Wieso hatte ich sie letzte Nacht nicht aufgehängt? Nun wird es ewig dauern, bis die Falten geglättet sind. Ich begebe mich ins Badezimmer. Der Spiegel ist noch beschlagen, denn Alesha hat kurz zuvor geduscht. Als ich das Kondenswasser abwische, erschrecke ich vor meinem Spiegelbild. Ich sehe zehn Jahre älter aus, als ich sollte. Das bin doch nicht ich? Ich sehe aus wie eine Leiche. Meine Wangen sind eingefallen und meine Haut ist faltig, grau und unter den Augen habe ich dunkle Ränder. Ich bin sicher, dass ich dort Falten habe, die mir nie zuvor auffielen. Ich fahre mir mit den Fingern durchs Haar. Es ist dünn und abgestorben. Wie konnte ich mich unten mit Margaret und Jeffrey hinsetzen, so aussehen und es nicht wissen? Sie reagierten nicht, aber was müssen sie von mir halten? Sie sind solch gute Menschen.

Ich erinnere mich daran, was Jenny gestern sagte und fühle mich etwas unwohl. Es sind gute Menschen, nicht wahr? Wie kann ich sicher sein, wenn ich gerade erst merkte, wie schlecht ich den Charakter eines Menschen einschätzen kann? Vorher hatte ich Margaret für eine Dämonin gehalten und Alesha für unwürdig, mit mir zu sprechen und dann unterstützten sie mich so? Michael hatte ich so sehr vertraut und er ließ mich im Stich. Schlimmer, er hat mich aufs Übelste hintergangen.

Einzig auf meine Urteilskraft kann ich mich verlassen. Zumindest verlor ich nicht meine Ironie, denke ich.

Margaret und Jeffrey scheinen wunderbare Menschen zu sein. Sie haben nichts getan, weswegen ich an ihnen zweifeln könnte, aber dennoch muss ich vorsichtig sein, sage ich mir.

Als ich mich umschaue, sehe ich eine Flasche Duschgel,

Marke Radox, und entscheide, ob seine belebende Wirkung den Test besteht. Ich werfe meinen Schlafanzug vor mich hin. Dann gehe ich in die Duschkabine. Ich stehe da, lasse das Wasser über mich laufen, nehme mir Zeit und hoffe, das fließende Wasser wäscht meine matte Erscheinung weg.

Zunächst zögere ich, aus der Dusche zu steigen, aber jetzt muss ich es. Noch während sie läuft, stelle ich kaltes Wasser an. Somit schlage ich zwei Fliegen mit einer Klappe, denn ich werde wach und kann gleichzeitig die Dusche zügig verlassen. Mir ist kalt und ich bin klatschnass. Ich verlasse die Duschkabine und nehme ein Handtuch von der Heizung, in das ich mich kuschle. Dann nehme ich ein zweites und trockne mir damit die Haare, ehe ich es zu einem Turban binde.

Dann wische ich über den beschlagenen Spiegel und betrachte mich wieder darin. Nicht großartig, aber deutlich besser als vorher, wie ich meine. Ich putze mir die Zähne, ziehe mich an und trage sorgfältig Schminke auf. Besonders an den Augen, wo ich Wimperntusche auftrage und auch Lidschatten, um die Augenringe zu verbergen. Noch etwas Rouge auf die Wangen und ich könnte fast wieder als Mensch durchgehen. An der Wand hängt ein Föhn, auch eine Haarbürste, ich nehme das Handtuch ab und mache mir die Frisur, die ich immer trage.

Noch ein Blick in den Spiegel, das wird gehen. Nein, das *muss* gehen.

24 STUNDEN

Ich gehe wieder in die Küche. Jeffrey schaut von seiner Zeitung auf und hält einen Stift in der Hand. Auf dem Tisch liegt ein Kreuzworträtsel, fast vollständig ausgefüllt.

„Kann ich helfen?", frage ich.

„Nichts für ungut, aber ich muss es allein hinbekommen. Das ist für mich ein Ritual."

„Du weißt ja, wo ich bin, wenn du nicht weiterkommst", gebe ich zurück.

„Vergiss nicht, Luft zu holen." „Jeffrey grinst etwas. „Margaret und Alesha sind schon vor einer Weile gegangen. Ich soll schön grüßen. Margaret lässt ausrichten, du kannst sie anrufen, wenn du was brauchst. Wie wäre es jetzt mit einem Frühstück?"

„Ich habe keinen Hunger", antworte ich.

„Du musst aber bei Kräften bleiben. Wir haben leckeres Müsli. Probiere es doch wenigstens."

Ich gebe nach und muss auch zugeben, dass ich mich danach besser fühle. „Ich rufe besser die Polizei an. Gibt es hier ein Telefon, das ich benutzen kann?"

Jeffrey reicht mir ein schnurloses Telefon und führt mich in die Lounge. „Setz dich doch, hier bist du ungestört. Sollte irgendwas sein, du findest mich entweder in der Küche oder meinem Büro."

Es sind vermutlich nur ein paar Minuten, die sich aber wie eine Ewigkeit anfühlen, als ich so dasitze, Paulas Karte in der einen, das Telefon in der anderen Hand und überlege, was ich sagen soll, wenn ich sie anrufe.

Es hat keinen Sinn, es weiter auf die lange Bank zu schieben. Ich wähle und Paula nimmt ab.

„Schön, dass Sie anrufen. Ich wollte Sie auch gleich anrufen", sagt sie.

Bei mir bimmeln sogleich die Alarmglocken. „Worum geht es? Haben Sie etwas herausgefunden? Was haben Sie mir zu sagen?"

„Beruhigen Sie sich, Briony. Noch habe ich Ihnen nichts zu sagen. Wir sind ganz am Anfang. Ich wollte Sie sprechen, um Sie wegen des Prozederes auf dem Laufenden zu halten. Das Ermittlerteam wurde verständigt. Sergeant Zoe McManus wird es leiten. Sie hat meinen Bericht gelesen und möchte Sie so bald wie möglich sprechen.

„Wollen Sie, dass ich zurückkomme?", frage ich.

„Nein, was Anderes. Wegen der Zeitspanne, als Sie vermisst wurden, möchte Sie Ihre Wohnung durchsuchen. Sie möchte sich dort mit Ihnen treffen. Würde es heute Morgen, um 11:00 Uhr, gehen? Ein Team der Forensik wird auch dabei sein."

Ich schaue auf die Uhr. Noch nicht mal 08:00 Uhr vorbei, also noch viel Zeit. „Ja, kein Problem."

„Sie riefen mich an. Wollten Sie mir was sagen?", fragt sie.

„Ja", antworte ich. Ich erzähle ihr von meinen Visionen und beschreibe die drei Männer.

„Habe ich notiert. Ich sorge dafür, dass es in Ihre Akte kommt und Zoe davon erfährt. Sonst noch was?"

Ich erzähle ihr von der E-Mail, die Margaret erhielt und Jeffreys Verdacht.

„Sehr interessant. Das muss aber noch nichts heißen", sagt sie.

„Können Sie mir sagen, wann ich mein Handy zurückbekomme?", frage ich.

„Ich kann es nicht sicher sagen. Vielleicht etwas heute im Laufe des Tages oder morgen. Es ist gerade bei den Technikern von der Telematik. Hoffentlich können sie eine Kopie des Speichers erstellen, dann bekommen Sie es recht bald zurück. Machen Sie einen Termin mit Zoe aus."

Ich lege auf und atme tief durch. Trotz meiner Entschlossenheit und Mühe kommen mir die Tränen. Mit der Faust wische ich sie weg und meine, ehe ich mit jemandem spreche, sollte ich mein Make-up nachbessern.

Ich weiß, von hier aus kann ich mit dem Bus oder dem Taxi fahren, Jenny aber sagte, sie hätte den Tag frei und bot an, mich zu fahren. Es ist nicht zu früh, sie anzurufen. Ich wähle ihre Nummer.

„Hallo, wer ist da?", fragt Jenny.

„Ich bin es, Briony. Ich rufe von Margarets Wohnung aus an.

„Oh, Entschuldigung. Ich erkannte die Nummer nicht. Ich bin echt froh, dass du anrufst. Ich habe die ganze Nacht wach gelegen und an dich gedacht. Wie geht es dir?"

„OK, schätze ich. Man hat sich gut um mich gekümmert. Gestern Abend sagtest du, du hättest heute frei. Du wolltest..."

„Alles. Sag mir, wie ich dir helfen kann."

„Ich habe bereits mit der Polizei gesprochen. Sie wollen sich mit mir in meiner Wohnung treffen. Im Moment bin ich in Margarets Haus."

„Kein Problem. Sag mir die Adresse, ich komme, so schnell ich kann."

„Danke, Jenny. Es eilt nicht. Sie wollen mich erst um 11:00 Uhr sprechen." Ich sage ihr die Adresse.

„OK, ich komme, sobald ich kann. Warum will sich die Polizei mit dir in der Wohnung treffen?"

„Gestern hast du nicht mit einer Polizistin gesprochen. Sie haben eine Untersuchungsbeamtin auf den Fall angesetzt, die will mich sprechen und ein paar Kriminaltechniker für die Untersuchung mitbringen."

„Seltsam. Wieso wollen sie deine Wohnung durchsuchen? Dort werden sie keinerlei Beweis finden. Du wurdest nicht dort angegriffen, oder?"

Angegriffen? An den Gedanken angegriffen zu werden, kann ich mich nicht gewöhnen. „Ich schätze, sie sind gründlich. Ich kann die Gedächtnislücke nicht füllen und weiß echt nicht, wo ich war. Außerdem könnte jeder in meiner Wohnung gewesen sein. Es zu überprüfen, wäre sinnvoll."

„Ja, davon gehe ich aus. Ich sagte das nur, weil ich mich um dich kümmern will. Ich glaube, du hast schon genug durchgemacht und brauchst nicht noch mehr Stress."

„Ich weiß das zu schätzen, Jenny. Ich gehe jetzt und mache mich fertig. Ich sehe dich dann hier."

***

Nachdem ich mich frisch gemacht hatte, gehe ich in die Küche zurück. Jeffrey ist nirgends zu sehen und, als ich zu seinem Büro gehe, höre ich Musik, klassische Musik, ein Orchester. Ich erkenne die donnernden Trommelschläge des Mars, aus Gustav Holsts *Die Planeten*. Die Tür steht offen und ich kann sehen, dass er dasitzt und Passwörter auf den Bildschirm hackt. Ich klopfe und warte, dass er mich bemerkt, wegen der lauten

Musik kann er mich aber nicht hören. Ich klopfe nochmals, diesmal lauter, und rufe seinen Namen.

Jeffrey wartet etwas und dreht sich dann zu mir um. Für einen Moment schaut er wieder auf den Bildschirm, macht einen Mausklick und es wird stumm. „Verzeihung, ich wusste nicht, dass du hier bist. Ich höre bei der Arbeit oft den klassischen Sender. Margaret beschwert sich, dass ich die Musik immer zu laut höre. Für gewöhnlich kann ich sonst niemandem auf den Wecker fallen und da unser Haus abseits liegt, brauchen wir uns keine Sorgen machen, dass wir Nachbarn stören könnten."

„Du musst dich für nichts entschuldigen. Das störte mich überhaupt nicht und ich liebe es, Musik zu hören. Als ich noch zur Schule ging, lernte ich Klarinette und kann es noch etwas. Ich sollte mich entschuldigen, dass ich dich bei der Arbeit störte."

Jeffrey winkt meinen Protest ab. „Hol dir einen Stuhl. Weswegen willst du mich sprechen?"

„Nein, schon OK. Ich wollte dir nur sagen, dass ich das Haus verlasse. Ich habe in meiner Wohnung ein Treffen mit der Polizei. Meine Freundin Jenny kommt gleich, um mich abzuholen."

„Gut. Kann ich sonst irgendwie helfen?", fragt Jeffrey.

Ich schüttle den Kopf. „Ich weiß nicht, wie lange es dauert."

„Keine Sorge, ich werde den ganzen Tag hier sein. Falls du mich brauchst, du hast ja meine Nummer. Wir essen für gewöhnlich um 18:30 Uhr. Ich koche Nudeln mit Hackfleischsoße."

„Sehr nett, aber ich will mich nicht aufdrängen."

„Das beste wird sein, du bleibst ein paar Tage...bis du dich wieder etwas besser fühlst."

Ich lächle. „Danke", kann ich nur sagen.

25 STUNDEN

Als mir wieder einfällt, wie Jenny gezögert hatte, als sie gestern Abend das Haus betreten sollte, halte ich es für das Beste, draußen auf sie zu warten. Für Oktober ist es ein ungewöhnlich angenehmer Tag, trocken und warm, kaum eine Wolke ist am Himmel und es weht nur eine milde Brise. Ich sitze auf der Mauer und schaue zum Garten. Bis auf ein paar kleine Blumenbeete, ist die Oberfläche entweder gepflastert oder mit roten Kieselsteinen bedeckt, sodass man viel Platz zum Parken hat und gleichzeitig wenig Zeit für die Pflege braucht. Ich atme tief ein und genieße die frische Luft, die mir einen klaren Kopf verschafft.

Es dauert nicht lange, da sehe ich Jennys Renault Clio herfahren und er hält direkt vor mir. Ich öffne die Tür und steige ein, kaum dass der Wagen zum Stehen gekommen ist.

„Du bist in Eile", sagt sie. „Du musst echt heiß darauf sein, raus zu kommen." Jenny beugt sich hinüber, umarmt mich und drückt mich ganz fest. „Oh, Briony, was du durchmachen musstest, tut mir so leid. Ich bin jetzt für dich da. Ich kann dir helfen."

„Wir sind sehr früh dran. Vor 11:00 Uhr werde ich mich nicht mit der Polizei treffen. Wärst du so freundlich, mich noch ein paar Dinge erledigen zu lassen, ehe wir zur Wohnung fahren?"

„Natürlich, was immer du willst. Wo willst du hin?", fragt Jenny.

„Zu meiner Bank. Meine Miete wurde nicht überwiesen und ich konnte meine EC-Karte nicht finden. Ich muss wissen, was los ist."

„Du hast Paula gestern Abend davon erzählt. Sie sagte, sie würde es sich ansehen."

„Ich weiß, sie tat es, weiß aber nicht, wie lange es dauert. Ich muss sehen, wie es jetzt um meine Finanzen steht", sage ich.

„Gute Idee. Wo ist deine Bank?"

Gute Frage. Die meisten Bankgeschäfte erledige ich jetzt online. Ich kenne die Bankfiliale, wo ich mein Konto eröffnete. Jahrelang hatte ich mit diesen Leuten zu tun. Jedoch wurde sie vor ein paar Monaten geschlossen, weil die Bank Einsparmaßnahmen vornahm. Ich weiß nicht sicher, welche Zweigstelle jetzt für mich zuständig ist.

„Ich bin nicht sicher, wo meine Filiale jetzt ist. Versuchen wir es in Shawlands", schlage ich vor.

Eine Viertelstunde später biegen wir ins Parkhaus der Einkaufsmeile Shawlands und drängen uns durch die vielen Fußgänger auf der Kilmarnock Road. Da so viele Banken geschlossen wurden, sind die verbliebenen dauernd beschäftigt. Zehn Minuten muss ich anstehen, ehe ich eine Mitarbeiterin sprechen kann. Ich erkläre ihr, dass ich mir, wegen Transaktionen auf meinem Konto, Sorgen mache und zeige meinen Führerschein, um mich zu identifizieren.

Sie gibt ein paar Codes in den Computer ein und schaut

mich dann verhalten an. „Die Polizei hat uns deswegen schon befragt", flüstert sie misstrauisch.

„Ja, das überrascht mich nicht. Das habe ich gestern ausgesagt. Meine EC-Karte fehlt, deshalb möchte ich sie sperren lassen. Könnte ich den Kontostand und die Kontobewegungen der letzten Woche erfahren?"

„Ich weiß noch was Besseres. Ich drucke ihnen eine kleine Kontoübersicht aus. Ihre EC-Karte wurde bereits gesperrt, denn sie wurde von der Polizei als verloren gemeldet. Soll ich für Sie eine neue beantragen? Es wird ein paar Tage dauern, bis sie kommt.

„Ja, bitte", antworte ich. Ich schreie schockiert, als ich mir angsterfüllt die Übersicht durchsehe.

Jenny legt mir den Arm um die Schulter. „Was ist los?", fragt sie.

Seit letzten Freitag wurde mein Konto um gut 1000 Pfund überzogen. Eine Miete von 500 Pfund stand am Montag an, ein paar Tage später eine Gemeindesteuerzahlung. Also nichts Ungewöhnliches. Aber letzten Freitag und Samstag wurden jeweils 200 Pfund abgebucht und am Samstag dann nochmals 225 Pfund. Die Miete wurde am Montag abgebucht, das Konto rutschte ins Minus, am selben Tag wurde die Summe zurück gebucht und eine nicht autorisierte Bearbeitungsgebühr von 25 Pfund abgebucht Die Gemeindesteuer in Höhe von 140 Pfund wurde erwartungsgemäß am Mittwoch abgebucht. Momentan habe ich nicht mehr als 200 Pfund auf dem Konto.

„Das ist nicht korrekt", sage ich und zeige auf die fehlerhaften Buchungen. „Dürfte ich erfahren, wo dieses Geld hin ist?"

Die Sachbearbeiterin schaut auf den Bildschirm und antwortet: „Die Abbuchungen wurden mit der EC-Karte vorgenommen, an einem Bankautomaten in der Stadt. Die 225

Pfund war eine Kartenzahlung bei Dixon Retail Services, vermutlich ein Inder oder ein Computerladen."

„Ich habe keine dieser Transaktionen durchgeführt", sage ich trotzig.

„Tut mir leid. Ich kann nichts für Sie tun", antwortet sie. „Wenn Sie glauben, dass die Abbuchungen nicht korrekt sind, dann müssen Sie es dem Kartenservice melden." Sie reicht mir einen Flyer mit allen Informationen.

„Könnte ich präzisere Einzelheiten über die Transaktionen bekommen?", frage ich.

„Bedaure, nein. Mein Computer spuckt nicht mehr Informationen aus. Das müssen Sie mit den Kollegen besprechen. Kann ich sonst noch was für Sie tun?"

Dass ich überaus zufrieden damit bin, was sie bis jetzt getan hat, kann ich zwar nicht sagen, obwohl ich verstehe, dass es nicht ihre Schuld ist. Die Schlange ungeduldiger Leute, die hinter mir immer länger wird, entgeht mir nicht. „Hier kann ich nichts mehr tun", sage ich und gehe zur Tür hinaus, Jenny hinterher.

Als wir das Auto erreichen, habe ich mich beruhigt und wir fahren ruhig dahin, bis Jenny einen Parkplatz nahe meiner Wohnung, findet. „Wir sind immer noch sehr früh dran", sage ich. „Ich will nicht nach oben, nur dasitzen und warten."

„Wir könnten einen Kaffee trinken. Ich meine, gleich um die Ecke gibt es ein gutes Café", schlägt Jenny vor.

„Ich glaube, ich habe schon genug Kaffee getrunken", antworte ich. „Es ist ein schöner Morgen. Wieso gehen wir nicht im Park spazieren? An der frischen Luft fühle ich mich sicher gleich besser."

Jenny hebt eine Augenbraue. „Wenn du willst", stimmt sie zu, obwohl sie so klingt, als sei sie nicht sehr von der Idee angetan.

Langsam gehen wir die Langside Avenue hinauf, eine sehr

steile Straße, vorbei an dem verfallenen Gebäude der Victoria Klinik. Dann gehen wir über Battle Place in den Queens Park. In den letzten paar Jahren hatte ich diesen Spaziergang unzählige Male gemacht. Obwohl ich nie besonderes Interesse an der Geschichte Schottlands hatte, packt es mich immer wieder, wenn ich daran denke, dass ich über die Erde gehe, wo Mary, die schottische Königin, vermutlich 1568 saß und zusah, wie ihre Leute in der Schlacht von Langside fielen. Bei dieser Gelegenheit fallen mir wieder die Schlachten ein, die vor mir liegen.

Kaum sind wir im Park, verlangsamt sich unser Schritt, wird zu einem gemütlichen Spaziergang, wir gehen am verglasten Haus vorbei in Richtung der Shawlands, dann wieder zurück zur Langside Road. Wir verlassen den Park, gegenüber des New Victoria Hospital und gehen zurück zur Wohnung. Ich schaue auf die Uhr und stelle fest, es sind nur noch ein paar Minuten bis zum Treffen mit der Polizei. Gerade will ich die Sicherheitstür des Gebäudes entriegeln, da höre ich ein Auto auf die begrenzte Parkfläche an der Ecke biegen, gefolgt von einem großen Van.

26 STUNDEN

Eine große, stämmige Frau steigt aus dem Wagen und kommt auf mich zu. Schulterlange, schwarze Locken zieren ihr Gesicht und sie hat rosa Backen. Sie sieht aus wie eine typische Bauersfrau. „Briony Chaplin?", fragt sie. Ich nicke. „Mein Name ist Zoe McManus, ich glaube, Sie erwarten mich." Sie zeigt mir ihren Polizeiausweis, dann streckt sie mir die Hand entgegen. Ihr Händedruck ist fest und selbstsicher. Ich versuche es als ersten Schritt zu meiner Unabhängigkeit zu begreifen. „Das ist Jenny Douglas", sage ich und zeige auf meine Freundin.

„Fangen wir an. Können Sie die Tür öffnen, bitte? Die Spurensicherung kommt nach, wenn sie ihr Werkzeug haben."

Jenny und ich gehen voraus, die Treppe hoch, wir kommen in meiner Wohnung an, Zoe hält uns zurück.

„Bitte, zieht die hier an." Sie reicht uns allen je ein Paar Plastiküberschuhe. „Ich weiß, Sie waren bereits in der Wohnung, aber wir wollen so wenig Spuren wie möglich kontaminieren, ehe die KTU an die Arbeit geht."

Wir streifen die Überschuhe über, dann öffnen wir die Eingangstür.

„Können Sie uns bitte herumführen?", fragt Zoe.

Ich führe sie rein, zeige ihr alle Zimmer und sage ihr, was sie sowieso schon weiß, was es für Zimmer sind, denn mir fällt sonst nichts ein. Mir ist bewusst, dass die Wohnung etwas geputzt werden könnte. Bis auf einen kurzen Abstecher, letzte Nacht, war ich eine Woche nicht hier und es hat sich eine Staubschicht gebildet. Es herrscht auch Unordnung, Kleidung liegt herum und die dreckigen Teetassen von gestern Abend stehen in der Spüle. Was mussten Margaret und Alesha wohl gedacht haben, als sie das sahen?

„Ich entschuldige mich für die Unordnung. Ich hätte vorher aufräumen sollen."

„Auf keinen Fall", antwortet Zoe. „Wir müssen zuerst alles begutachten. Nichts wird angefasst, sonst werden Spuren vernichtet."

Die Spurensicherung kommt rein und nimmt ihre Arbeit auf. Ich sehe, wie viel Mühe sie sich machen, mein Bett abzuziehen und das Bettzeug einzupacken. Sie haben eine Vakuumpumpe im Miniformat, um Spuren zu sichern, und ich sehe, dass sie auf dem Telefon, dem Türknauf und den Oberflächen nach Fingerabdrücken suchen. Einer von ihnen geht ins Badezimmer und er scheint die Sanitäranlagen zu demontieren. Ich sehe, wie erstaunt Jenny schaut, und merke, dass ich ebenso überrascht aussehen muss.

„Ich muss ein paar Sachen mit Ihnen bereden", meint Zoe. „Die Jungs werden eine Weile brauchen, bis sie hier mit der Arbeit fertig sind und ungestört geht ihnen die Arbeit schneller von der Hand. Wir können draußen warten, oder, wenn Sie wollen, kann ich Sie auch auf das Polizeirevier in der Aikenhead Road bringen. Dahin sind es nur ein paar Minuten mit dem Auto."

Ich gehe alle Möglichkeiten durch. Wirklich, auf einem Polizeirevier will ich nicht noch mehr Zeit verbringen, ganz gleich, wie freundlich und zuvorkommend alle sind. Genau so wenig will ich diese Befragung hinausschieben, sondern sie hinter mich bringen. „Wie wäre es, wenn wir nach unten gehen und uns in Jennys Auto setzen?" Was mich auch noch beängstigt, ist die Tatsache, dass ich zu meinen Verfolgern keine Gesichter habe.

„Das können wir tun, wenn du willst, wenn du sicher damit einverstanden bist", antwortet Zoe.

Wir gehen die Treppe hinunter. Jenny drückt auf den Schlüssel und die Türen des Clio öffnen sich.

„Wenn es dir nichts ausmacht, nehmen wir meinen Wagen, es ist ein Mondeo, der ist etwas geräumiger."

Ich schaue zu Jenny, die zuckt. „Nur zu", sagt sie.

Ich folge Zoes Einladung, setze mich auf den Beifahrersitz, Jenny klettert auf den Rücksitz. Zoe setzt sich auf den Fahrersitz. „Ich möchte dieses Gespräch aufzeichnen für die Akten", sagt sie und holt ein tragbares Tonband, einen Notizblock und einen Stift.

„Bevor wir anfangen, hier hast du deine Kreditkarte wieder. Wir versuchen, noch mehr Informationen über deine Bankgeschäfte zu erfahren, aber letzte Woche scheint es auf dieser Karte keine verdächtigen Bewegungen gegeben zu haben."

„Danke", sage ich und schiebe sie in meinen Geldbeutel. Ich kann mich erinnern, dass ich einen Kreditrahmen von 1200 Pfund habe, den ich bemüht bin, einzuhalten. Der verfügbare restliche Rahmen sollte bei etwas über 600 Pfund liegen, Rechnungen, die für die Wohnungseinrichtung noch offen sind. Eine Sache weniger, über die ich mir den Kopf zerbrechen muss, denke ich.

„Wir haben uns die Ein- und Ausgänge auf Ihrem Konto angeschaut", sagt sie.

„Ich ging heute Morgen in meine Filiale", antworte ich. „Was haben sie gemeint?"

Sie erklärt mir alles, was sie bisher gefunden hat, und das ist nicht mehr, als ich bereits entdeckte.

„Jetzt habe ich Ihre Akte durchgesehen und mir ihre Diskussion mit Paula angehört. Jedoch möchte ich, dass Sie für mich alles nochmals durchgehen, bitte", verlangt Zoe.

Ich seufze. Auch wenn ich genau das erwartete, allein bei dem Gedanken, meine Aussage vor dieser neuen Polizistin zu wiederholen, fühle ich mich unwohl. Dennoch mache ich meine Aussage, einschließlich der Beschreibung der drei Männer, und ich beantworte die vielen Fragen, so gut ich kann.

„Danke, Briony. Wir geben unser bestes, denjenigen zu finden, der Ihnen das angetan hat" sagt Zoe.

Ich nicke, nehme sie beim Wort, habe aber meine Zweifel. Ich weiß nicht, was man mir angetan hat, wie groß ist denn die Chance, dass sie den Täter erwischen...außer, sie weiß mehr, als sie sagt.

„Kann ich noch was fragen?" frage ich.

„Ja, natürlich."

„Gibt es schon irgendwelche Ergebnisse der gestrigen Tests?"

„Nein, das ist noch zu früh", antwortet Zoe. „Gegen später fangen sie wohl an, alles auszusortieren, es wird aber noch mindestens bis Montag dauern, ehe sie etwas Brauchbares haben."

Ich schließe meine Augen fest und lege mir die Hände vor das Gesicht. So viele Tage des Wartens, bevor sie damit rechnet, etwas zu erfahren! Es ist das Warten und die Ungewissheit, die mich zerreißen.

„Sie sprachen von „Fragen". Gab es sonst noch was, dass Sie wissen wollten?"

„Ja, gab es. Darf ich wissen, ob es je zuvor einen Fall wie meinen gab, wo jemand mehrere Tage verschleppt wurde, dann wiederauftauchte und nicht wusste, wer sie entführte, oder wo sie war?"

Zoe schaut mich an und scheint genau nachzudenken, ehe sie antwortet. „Eine Situation wie die ihre ist mir bisher nicht untergekommen. Ich hatte mit Fällen zu tun, oder darüber gelesen, da wurde jemand entführt und war dann Tage oder Wochen vermisst. Die Opfer waren oft traumatisiert, konnten sich aber erinnern, wer sie entführte oder wo sie waren. Dann hatte ich andere Fälle, wo das Opfer betäubt wurde oder auf andere Weise das Gedächtnis verlor. Nochmal: Manchmal kann ein verlorenes oder verzerrtes Gedächtnis durch ein Trauma hervorgerufen werden, aber solche Fälle dauern gewöhnlich nur eine Nacht, höchstens zwei Nächte an."

Ich senke den Kopf. Ich kann den Augenkontakt nicht halten und schaue stattdessen auf meine Füße. „Also gibt es nicht allzu viele mögliche Verdächtige."

„Bedaure, nein, das kann ich nicht gerade sagen." Sie schweigt, dann sagt sie noch: „wir geben aber unser Bestes."

Mir kommt noch ein Gedanke. „Haben Sie noch mein Handy oder können Sie mir sagen, wann ich es zurückbekomme?"

„Als ich die Wache verließ, wurde es noch nicht zurückgegeben", sagt sie. „Ich prüfe es nach, wenn ich zurück bin, dann rufe ich Sie an."

Verwirrt schaue ich sie an.

„Sie gaben uns die Nummer von...", sie schaut auf ihre Notizen, „Margaret Hamilton, wo Sie wohnten. Ist das immer noch der Zweitwohnsitz, wenn sie nicht zu Hause sind?"

Zu einer Antwort komme ich nicht, denn Jenny platzt rein

und sagt: „Hier, meine Handynummer. Briony ist viel mit mir zusammen."

„Wenn das vorerst alles ist, dann gehe ich zurück auf die Wache." Sie schaut auf die Uhr. „Noch etwa eine Stunde, ehe sie oben fertig sind. Sie können entweder warten oder ich könnte sie bitten, die Schlüssel zurückzubringen, wenn ich erfahre, wo Sie sich aufhalten werden."

Ich gehe alle Möglichkeiten durch und eine Entscheidung fällt mir schwer.

„Ich weiß", meint Jenny. „Wieso gehen wir nicht ins The Rest und essen zu Mittag? Das täte uns gut und es ist nur fünf Minuten von hier. Ich weiß, es ist Freitag, aber früh genug, um einen Platz zu bekommen", sagt sie und schaut zu Zoe. „Wenn eure Leute fertig sind, können sie mich dort anrufen."

„Klingt gut", antwortet Zoe. „Ich gebe Ihnen Bescheid."

27 STUNDEN

Das Battlefield Rest ist eines meiner Lieblingsrestaurants, denn dort gibt es gute italienische Küche. Das Gebäude, das vor über 100 Jahren als Aufenthalts- und Ruheraum für die Straßenbahnen der Stadt diente, ist sehr imposant. Es liegt gegenüber dem Haupteingang des Krankenhauses. Ich las, es wurde nicht mehr benutzt, ist fast schon aufgegeben und stand vor 25 Jahren kurz vor dem Abriss, ehe es dann zu einem schicken Restaurant umgebaut wurde.

Nachdem wir uns überlegt hatten, wie wir die Zeit etwas totschlagen, schlendern wir den Sinclair Drive entlang.

„Vielleicht ist das die Entschädigung für das entgangene Abendessen letzten Freitag", sagt Jenny und beißt sich dann auf die Lippe, weil sie denkt, sie hätte etwas Falsches gesagt.

Ich glaube, nichts wird mich für das entgangene Abendessen letzten Freitag entschädigen, aber ich sage nichts. Ich möchte weder darüber reden noch es an die große Glocke hängen; jetzt jedenfalls nicht. Jenny und ich hatten immer ein harmonisches Verhältnis. Es fiel uns nicht schwer, über alles und jeden zu reden. Sex, Religion, Politik, Beziehungen, Familie, Gesundheitsfragen...nichts ist selbstverständlich und wir behandelten alles gleich respektlos und leichtfertig.

Kaum dass wir das Restaurant erreichen, werden wir willkommen geheißen wie alte Freunde und man führt uns an einen Tisch.

„Hmm, wenn ich das nur lese, läuft mir das Wasser im Mund zusammen", sagt Jenny und schaut auf die Mittagskarte. „Was ist euch lieber, zwei Gänge oder drei?"

Als mein Blick auf das Angebot fällt, erinnere ich mich an das Gespräch mit Jeffrey, bevor wir gingen. „Abendessen um 18:30 Uhr, Nudeln mit Hackfleischsoße." Außerdem habe ich den starken Verdacht, dass er ein guter Koch ist. So sehr ich italienisches Essen liebe, zwei Portionen davon könnte ich heute nicht schaffen und möchte Jeffrey nicht verärgern, indem ich sein selbst gekochtes Essen verschmähe. Genauso wenig will ich Jenny verärgern. Mir ist bewusst, dass sie sich bereits besorgt zeigte, über den Einfluss, den Alesha, Margaret und Jeffrey ausüben. Ich will ihr keinen Zündstoff geben, indem ich erkläre, dass sie der Grund sind, dass ich heute nichts Besonderes mit ihr zu Mittag essen will.

„Ich habe wirklich keinen großen Hunger und ein großes Menü würde ich nicht packen", sage ich. Ich sehe, sie empfehlen heute einen einzigen Gang, dazu ein Getränk. Das werde ich nehmen."

Als ich ihren enttäuschten Gesichtsausdruck sehe, fühle ich mich zu einer Erklärung verpflichtet. „Ich bin noch immer etwas neben der Spur und habe keinen großen Appetit. Aber dies ist kein Grund, für dich selbst was Anständiges zu essen."

Jenny protestiert, ich kann sie aber überzeugen. Als Vorspeise bestellt sie Antipasti, danach Cacciatore mit Huhn und Salciccia, zum Trinken ein Glas Nero d'Avola. Ich bin mit einem Omelett mit Pilzen zufrieden, dazu Mineralwasser mit Zitrone.

Als das Essen kommt, habe ich gar keinen Hunger mehr, sodass ich in meinem Omelett herumstochere, während Jenny ihr Essen verschlingt. Der Duft ihres Hauptgangs weht in meine Richtung, ich gebe fast nach, zögere aber und widerstehe der Versuchung.

Gerade als sie den letzten Rest Soße mit einem Stück Brot aufwischt, klingelt ihr Handy. Ich höre, wie sie das Telefonat beendet, lässt meine Schlüssel zu uns bringen und wir treffen ihn vor dem Restaurant.

Weniger als fünf Minuten später kommt ein gut gekleideter junger Mann auf uns zu.

„Miss Chaplin?", fragt er.

„Ja, das bin ich."

„Hier, Ihre Schlüssel. Wir sind mit Ihrer Wohnung soweit fertig. Sie können die Wohnung wieder betreten."

Er reicht mir die Schlüssel und einen Zettel. „Bitte hier unterschreiben, für die Schlüssel." Er zeigt auf eine Stelle auf der ersten Seite. „Hier bitte auch unterschreiben", sagt er und holt noch mehr Seiten hervor. „Das ist eine Auflistung von Gegenständen, die wir im Labor untersuchen werden, was effizienter ist, als Proben zu nehmen. Auch hiervon gibt es für Sie eine Kopie."

Ohne groß darüber nachzudenken, schaue ich mir die lange Liste an Gegenständen an, die nach Orten gegliedert sind. Darunter sind ein Laptop, viel Bettwäsche, Handtücher, Stifte, Umschläge, Postkarten, Geld, Arzneien und ein Taschenbuch. Es gefällt mir, wie fleißig sie sind. Ich unterzeichne die Dokumente und stecke eine Kopie davon, zusammen mit meinen Schlüsseln, in meine Handtasche. Noch ehe ich die Chance habe, Fragen zu stellen, sitzt er auch schon wieder in seinem Van.

„Haben Sie schon Feierabend?", fragt ein Kellner. Er hatte eine Pause gemacht, sich an einen Nebentisch gesetzt, eine

Tasse Espresso in der einen, eine E-Zigarette in der anderen Hand. Ich habe ihn schon vorher das ein oder andere Mal gesehen und er war immer gesprächig, freundlich und flirtete. Etwas schmierig, aber nicht aufdringlich.

„Ein neuer Teppichboden wurde verlegt", lüge ich.

Er lächelt, dann begleitet er uns, als wir zu unserem Tisch zurückgehen, und auf dem Weg fragt er nach der Nachspeise. „Etwas Süßes oder Kaffee?", möchte er wissen.

Beide bestellen wir einen Kaffee Americano.

Wir fragen nach der Rechnung und Jenny besteht darauf, zu bezahlen. „Ihr habt kaum was gegessen", sagt sie und will unbedingt großzügig sein.

Wir gehen zurück in die Wohnung, erwarten, dass sie auf dem Kopf steht, aber, zu meiner Überraschung, ist sie sauberer und aufgeräumter als zu dem Zeitpunkt, als die Spurensicherung kam. Dennoch fühle ich mich unwohler als vorher. Mir ist, als hätte man mich misshandelt. Ich weiß ja, dass ich fast missbraucht worden wäre, aber das hier ist anders. Das waren Leute, die mich beschützen sollten. Mir ist unwohl, bei dem Gedanken, dass all mein persönliches Hab und Gut, meine Kleidung, meine Unterwäsche, meine Küche und die Badezimmerschränke von Fremden untersucht und begutachtet wurden. Mein Bettzeug und meine Nachthemden sind für die Untersuchungen fortgeschafft worden, sogar meine Duschvorhänge wurden für die Untersuchung abgehängt und wieder aufgehängt. Ich spüre, dass ich nicht länger als nötig in der Wohnung bleiben will. Auch wenn ich nicht viel getan habe, fühle ich mich müde. Ich muss mich bald ausruhen. Ich kann kaum den Kopf gerade halten.

Als Jenny sieht, wie unruhig ich bin, will sie mich trösten. „Wieso bleibst du nicht erst einmal eine Weile bei mir?", fragt sie.

„Ich weiß nicht, Jenny. Margaret und Jeffrey erwarten

mich. Außerdem würde ich den Vorfall nicht gerade mit deiner Familie besprechen wollen."

Sie will mich aufmuntern und erwidert: „Darüber bräuchtest du dir nicht den Kopf zerbrechen. Ich habe bereits erklärt, was du hinter dir hast, niemand wird dir Fragen stellen, es sei denn, du möchtest darüber reden."

Vielleicht war es gut gemeint, aber jetzt bin ich wütend. Es lag bei mir, und nur mir, über meine Probleme zu reden! Jenny hatte kein Recht, darüber mit ihrer Mama zu reden, ohne mich vorher zu fragen.

Ich versuche, es ihr zu sagen, aber ich habe Tränen in den Augen und kann kaum sprechen.

Jenny deutet das falsch und umarmt mich. „Schon gut, Briony. Wir sind wie eine Familie. Wir sind..."

Ich stoße sie weg. „Nein, Jenny. Du hättest nichts sagen sollen. Dazu hast du kein Recht. Wem hast du es sonst noch erzählt?"

„Niemandem sonst habe ich es erzählt. Ich erzählte es ihnen nur, weil ich wollte, dass du zu mir nach Hause mitkommst. Meine Mama sieht dich wie eine zweite Tochter. Sie macht sich Sorgen, würde alles tun, um dir zu helfen, steht dir aber so nahe, dass sie es versteht, wenn du in Ruhe gelassen werden willst."

Mein Ausbruch tut mir leid. Ich streue die Emotionen nur so. Was mache ich nur, gerade die Menschen anzugehen, die mir am Nächsten stehen? ‚Tut mir leid", sage ich. „Ich bin nicht ich selbst." Dann sage ich noch: „Ich möchte nicht, dass sie mich so sieht. Könntest du mit mir zurück zu den Hamiltons, bitte? Ich denke, du kannst sie besser leiden, wenn du sie erst einmal kennst."

„Ich sagte es dir schon, Briony, ich tue alles, worum du mich bittest, selbst dann, wenn ich es nicht für das Beste halte. Du hast die Wahl."

29 STUNDEN

Ich stelle Jenny und Jeffrey einander vor. Er führt uns in die Küche. Als er uns Kaffee anbietet, lehnen wir dankend ab. Der leckere Duft von selbst gekochtem Essen steigt mir in die Nase, ich atme die Aromen ein, rieche Knoblauch, Basilikum, Oregano und noch etwas, das ich nicht zuordnen kann. Ich sehe eine große Schüssel, in einem Topfhalter neben dem Herd.

„Das Abendessen ist fast fertig. Wollen Sie mit uns essen?", fragt er Jenny. „Du darfst gerne bleiben. Es ist mehr als genug da. Ich koche immer zu viel und am Ende muss ich die Reste entweder einfrieren oder wegschmeißen."

„Sehr freundlich von Ihnen, Mr. Hamilton. Ich muss zugeben, das klingt verlockend, aber meine Mama erwartet mich zum Abendessen", antwortet sie.

Ich werde das Gefühl nicht los, sie lügt. Jenny hat einen gesunden Appetit, nach allem, was sie aber zu Mittag hatte, glaube ich nicht, dass Nudeln auch noch Platz haben. Außerdem weiß ich, dass sie nicht erpicht darauf war, hierher zurückzukehren. Ich bezweifle nicht, dass Margaret und Jeffrey sie auf unsere Seite ziehen wollen, jetzt will sie sich aber erst einmal ihre Möglichkeiten offenhalten.

Jeffrey dreht sich zu mir. „Ging alles gut?"

„Ich schätze schon." Schnell fasse ich den Morgen zusammen und ende, indem ich sage: „Ich weiß noch immer nicht viel und es sieht nicht so aus, als ob ich in nächster Zeit mehr in Erfahrung bringe."

„Ich schätze, so ist es nun mal", antwortet Jeffrey. „Ich weiß, es ist schwer, aber du hast keine Wahl. Du musst Geduld haben."

Ich kaue auf meiner Lippe und frage mich, ob ich es wagen soll, zu fragen.

„Was ist los, Briony?", fragt er.

„Du sagtest gestern Abend, du könntest mir vielleicht helfen."

„Das tat ich und ich meinte, was ich sagte." Jeffrey schaut mir ins Gesicht, dann fährt er fort: „Die Polizei wird ihre eigenen Befragungen durchführen. Dich haben zuerst Paula und jetzt Zoe befragt. Gut möglich, dass das Ermittlerteam von dir verlangt, dass du für sie nochmals alles durchkaust. Damit ich effektive Nachforschungen anstellen kann, muss ich auch alles wissen. Du wirst mir alles sagen müssen, was du ihnen sagtest. Das wird nicht einfach für dich. Es ist schwer, darüber zu reden, was dir zugestoßen ist, und zweifellos ist es noch schwerer, wenn man nichts mehr davon weiß. Ich will ehrlich mit dir sein: Es immer und immer wieder zu machen, macht es deswegen auch nicht leichter."

Gerade will ich antworten, da hebt Jeffrey vorsichtig die Hand. „Denk darüber nach."

Ich schaue Jenny an, dass sie mir Rückhalt gibt. Sie macht ein teilnahmsloses Gesicht. Sie zuckt.

„Wenn du willst, dass ich das mache und ich es kann, arbeite ich mit der Polizei zusammen", fährt Jeffrey fort. „Ob sie mit mir zusammenarbeiten wollen, hängt davon ab, wer die Ermittlungen leitet. Was Zoe angeht, ich kenne sie gut. Vor ein paar Jahren arbeiteten wir zusammen und kamen gut zurecht. Ich erwarte da keine Probleme, es sei denn ihr Chef mischt sich ein."

„Wollte sie nicht die Ermittlungen leiten?", frage ich.

„Praktisch tut sie das auch, sie untersteht aber noch einem höheren Beamten und der hat das letzte Wort. Im Idealfall können wir zusammenarbeiten und Informationen austauschen, sodass wir nicht voneinander abschreiben oder uns gegenseitig auf die Füße treten. Sie haben Zugang zu Quellen, die ich nicht kenne, und umgekehrt. Es gibt Dinge, die fallen mir leichter oder praktischer von der Hand."

„OK, das ergibt Sinn", sage ich.

„Noch was. Bevor ich beginne, muss ich sicherstellen, dass ich nichts finde und selbst wenn, darf es nicht etwas sein, wofür ihr dankbar seid, es zu erfahren."

Ich wäge ab, was er sagte, atme tief ein, dann sage ich: „Verstanden, ich muss es aber wissen. Ich muss es herausfinden, was immer das bedeutet."

„Bist du sicher?

„Ja, ich bin mir sicher. Mir könnte es nicht gefallen. Um ehrlich zu sein, gibt es kein Szenario, dass akzeptabel für mich wäre, aber wie soll ich damit zurechtkommen, wenn ich es nicht weiß?"

„Brauchst du etwas Zeit oder kannst du jetzt anfangen? Das bedeutet, du musst mir vertrauen. Du musst mir alles erzählen, was du bereits der Polizei erzählt hast."

Ich schließe die Augen und mein Kopf hängt schlaff herunter. Ich drehe mich wieder zu Jeffrey, aber für einen Moment verliere ich ihn aus dem Blick, als ich alles abwäge. „Es bringt nichts zu warten", sage ich. „Je eher wir anfangen, desto eher bekomme ich vielleicht Antworten."

„OK, gib mir einen Moment, ich hole meinen Laptop. Ich will mir ein paar Dinge notieren."

30 STUNDEN

„Würdest du gerne in die Lounge gehen?", fragt Jeffrey. „In einem Sessel ist es vielleicht bequemer."

Ich überlege. „Nein, ich bleibe lieber hier, danke." Ich weiß nicht warum, aber es gibt mir etwas Selbstsicherheit, einen festen Tisch vor mir zu haben. Ich schätze, für mich ist er wie eine Wand, die mich von Leuten, die Fragen stellen, trennt. Auch wenn ich weiß, dass Jeffrey auf meiner Seite ist und ich es war, die ihn um dieses Gespräch hier bat, ist er dennoch eine Art Schutz.

Jeffrey bittet mich, alles durchzugehen, was ich Paula und Zoe erzählte. Jenny sitzt neben mir, die Arme um meine Schulter gelegt. Es hilft, dass sie mich hält und gelegentlich schaue ich sie an und lächle. Ich versuche, so informativ wie möglich zu sein, habe aber das Gefühl, beim Sprechen Jeffrey nicht in die Augen schauen zu können. Stattdessen schaue ich immer wieder zum Tisch oder schließe meine Augen. Um es für mich einfacher zu machen, versuche ich, mir einzureden, dass ich die Handlung eines Buches rezitierte, nicht meine eigene Geschichte. Meistens funktioniert das auch, als ich aber über die Visionen rede, zittere ich und kann nicht reden, ohne Emotionen mit einfließen zu lassen. Jenny drückt mich fester. Ich weiß nicht, ob ich es ohne sie gekonnt hätte.

Während ich spreche, sagt Jeffrey kein einziges Wort. Er scheint zu spüren, dass ich das ohne Unterbrechung durchstehen muss. Jedoch höre ich seine Tastatur immer wieder klicken, Jeffrey scheint sich ziemlich viel zu notieren. Erst als ich fertig erzählt habe, bittet er mich, einiges zu ergänzen und stellt mir ein paar Fragen.

„Das war sehr gut", sagt er. „Ich weiß, wie schwer es gewesen sein muss."

„Wo müssen wir von hier aus hin?", frage ich.

„Zunächst möchte ich Zoe anrufen. Ein Anstandsbesuch, wenigsten, dass sie weiß, ich bin dabei. Ich kann mit ihr Dinge besprechen, die wir vielleicht alle tun können. Erst mal will ich überprüfen, was die Bank über Abbuchungen von deinem Konto weiß. Ich brauche mehr Informationen und wenn mir jemand hilft, kann ich das leicht nachprüfen. Da könnten wir gut anfangen."

„Was kann ich tun?", frage ich.

„Gerade überhaupt nichts. Ich muss dich bitten, eine Vollmacht zu unterzeichnen, die mich berechtigt, Informationen einzuholen, falls nötig. Fürs Erste ist es wohl am besten, du lenkst dich irgendwie ab. Schau doch fern oder eine DVD. Wir haben eine schöne Sammlung. Ich zeige sie dir."

Jeffrey führt mich und Jenny in die Lounge zurück. Er zeigt auf eine Tür in der Ecke und möchte, dass ich sie öffne. Hinter der Tür ist ein Regal, das bis zur Decke reicht und voller DVDs und Blu-rays ist.

„Sie sind alle alphabetisch und nach Genre sortiert." Er lächelt. „Anal kenne ich. Suchen Sie sich irgendwas raus, dass Sie sehen wollen. Ich bitte Sie nur, nichts durcheinander zu bringen, es dauerte ewig, alles zu sortieren. Dann zeigt er mir die Fernbedienungen, für den Fernseher, für die Lautsprecher und die Player. Jeffrey wendet seinen Rollstuhl und will gehen. „Sie wissen, wo die Küche ist, wenn Sie was brauchen. Wenn Sie mich suchen, ich bin in meinem Büro."

„Eine beeindruckende Filmsammlung", sagt Jenny. „Was sagt dir zu?"

„Ich glaube nicht, dass ich mich auf einen Film konzentrieren kann", antworte ich. „Vielleicht später."

„Wollen wir schauen, was im Fernsehen läuft?", schlägt Jenny vor. „Nachmittags bin ich nicht oft zu Hause, weiß also nicht, wie es dort abläuft."

„Ich auch nicht." Ich nehme die Fernbedienung und schalte damit den Fernseher ein. Sieht so aus, als spiele sich in einem alten Film eine sentimentale Romanze ab. Ich halte den Suchlauf gedrückt, gehe die dutzenden freien Sender durch, aber nichts scheint besonders verlockend.

„Zurück auf Anfang", meint Jenny. „Ich glaube, auf STV liefen Spielshows. Nichts wirklich Aufregendes, es wäre aber eine Ablenkung."

„Warum nicht?" Ich schalte auf den Sender und wir sitzen da und machen uns einen Spaß daraus, die Teilnehmer zu schlagen. Viele scheinen froh zu sein, sich zum Trottel zu machen, indem sie zeigen, wie enthusiastisch sie sich bemühen, einen kleinen Preis abzustauben, während sie ihre 15 Minuten Ruhm genießen.

Etwas später kehrt Jeffrey zurück. Er zeigt mir das Mandat, von dem er sprach, und ich unterschreibe es. „Ich sprach mit Zoe. Die gute Nachricht ist, sie ist bereit zu kooperieren. Die schlechte Nachricht ist, sie ist nicht sicher, ob ihr Chef dem zustimmen wird, denn sie hat gerade frei und geplant, schon mal einen Schritt weiter zu gehen. Ihr steht gerade das Wasser bis zum Hals. Sie sagt, sie schulde mir einen Gefallen, weil ich ihr half, sich zurechtzufinden, als sie neu im Job war. Sie sagte auch, dass sie schon an drei zusätzlichen Anfragen arbeitet, weswegen sie nichts dagegen hätte, wenn ihr jemand zur Hand geht."

Ich bin guter Stimmung.

„Ich habe die Kartendienstleister deiner Bank angerufen", fährt er fort. „Denen habe ich gesagt, wer ich bin und was ich mache und ich sagte ihnen, was wir über deine Kontobewegungen wissen. Ich stritt mich richtig und sorgte dafür, dass sie die fehlerhaften Buchungen prüfen. Wenn wir beweisen können, dass du sie nicht vorgenommen hast, dann erstattet man die abgebuchte Summe, wie auch die Zinsen für die falschen Buchungen. Du bekommst vielleicht sogar eine kleine Kompensationszahlung. Ich muss ihnen eine Kopie deines Auftrages per E-Mail schicken und, sobald Zoe ihnen ihr OK gegeben hat, gewähren sie mir Zugriff auf alles, was mit den Abbuchungen zu tun hat.

„Das ging aber schnell", sagt Jenny, sichtlich beeindruckt.

„Nur nicht zu übermütig werden. Wir haben noch nichts, aber es ist ein Schritt in die richtige Richtung. Ich will so viel herausfinden, wie ich kann, so schnell ich kann, selbst wenn ich es nicht gleich benutzen kann, nur für den Fall, dass Zoes Chef meine Autorität untergräbt."

„Danke", sage ich.

Jeffrey nimmt das Dokument und rennt zurück in sein Büro.

„Was er wohl herausfinden wird?", frage ich.

„Normalerweise ist in jedem Anrufbeantworter eine Kamera eingebaut. Wenn er feststellen kann, welcher Geldautomat für die Abhebungen verwendet wurde, dann kann er vielleicht nachsehen, ob es eine Überwachungsaufnahme gibt", sagt Jenny.

„Dann wissen wir, wer das Geld abhob", fasse ich zusammen.

Die Aussicht darauf ist für mich richtig aufregend. Ich versuche, weiter fern zu sehen, kann aber nichts aufnehmen. Die Zeit vergeht so langsam, während wir auf weitere Einzelheiten warten. Immer wieder schaue ich auf die Uhr, erwarte, dass es später ist, aber immer, wenn ich das tue, bin ich enttäuscht, denn es sind erst ein paar Minuten vergangen.

Es fühlt sich an, als wären Stunden vergangen, als Jeffrey zurückkommt. Sofort mache ich mir Sorgen, denn er macht eine düstere Miene.

„Was hast du herausgefunden?", frage ich.

Er schließt kurz die Augen und ergreift dann das Wort. Ich bin ganz Ohr. „Die beiden Abhebungen wurden beide am selben Geldautomaten vorgenommen. Er befindet sich in der Great Western Road, nicht weit von der Bank Street. Jedes Mal funktionierte die Kamera einwandfrei, sowohl vor als auch nach der Transaktion auf deinem Konto, aber aus irgendeinem Grund haben wir keine Aufnahmen von der Zeit dazwischen. Ich habe den Verdacht, jemand hat die Kamera manipuliert. Jedoch müssen wir das erst einmal beweisen. Ich gehe davon aus, dass jemand einen Filter über die Linse gestülpt hat."

„Aber...", fange ich an.

„Moment, da ist noch mehr. Es gibt Bilder, sie sind aber nicht so scharf, wie ich hoffte."

„Was war darauf zu sehen?", fragt Jenny. Gerade bringe ich vor Angst kein Wort raus.

„Sieht so aus, als hätte eine Frau das Geld abgehoben. Sie hatte etwa deine Größe und trug ein blaues Kleid, das sich nicht von dem unterschied, das du trugst. Sie trug eine Jacke, die Kapuze über dem Kopf, sodass man das Gesicht nicht genau sehen konnte, selbst wenn es die Störung nicht gegeben hätte."

„Oh, mein Gott!", fährt es aus Jenny.

Es dauert, bis Jeffreys Worte sacken. „Nein! Das war ich

nicht. Wenn ich Geld abhob, hätte ich es wissen müssen." Ich protestiere hartnäckig, wie aber kann ich sicher sein? Zum Teufel. Ich zweifle an mir selbst, wie kann ich dann von jemand anderem erwarten, dass er mir glaubt?

„Du musst mich nicht überzeugen, Briony. Ich glaube dir", sagt Jeffrey. „Außerdem ist das schon ein zu sonderbarer Zufall, dass die Qualität der Aufnahmen ausgerechnet dort schlechter wird, wo sie interessant werden."

„Aber warum? Und wer?", frage ich.

„Ja, wer? Das ist die 64.000 Dollar Frage. Was das..."

Als er meinen verwirrten Blick sieht, erklärt Jeffrey: „Dieser Ausdruck war vor deiner Zeit. Er geht auf eine alte Spielshow zurück."

„Weiter", sage ich.

„Die Frage nach dem „Warum", kann ich nicht beantworten. Vielleicht versucht jemand, dich in Misskredit zu bringen. Sollten die Bank und die Polizei meinen, deine Beschwerde sein ungerechtfertigt, dann hast du noch mehr Probleme. Sollte dich außerdem jemand versuchen, in Misskredit zu bringen, dann wirft das noch ganz andere Fragen auf."

Alle diese Möglichkeiten sind momentan zu viel für mein Gehirn. Ich kann kaum einen klaren Gedanken fassen.

„Du hast doch keine Feinde, oder?", fragt Jeffrey.

„Natürlich nicht", redet Jenny dazwischen.

„Mir fällt keiner ein, der mir Schlechtes will. OK, ich kann nicht sagen, dass ich immer mit allen zurechtkomme, wenn jemand aber so etwas tun will, muss er mich wirklich hassen. Diese ganze Identitätsverschleierung muss für sie mit viel Zeit und Planung verbunden gewesen sein. Warum?"

„Nun fängst du an, wie eine Detektivin zu denken", sagt Jeffrey. „Noch etwas", sagt er.

„Was?", frage ich mit pochendem Herzen.

„Die dritte Zahlung war eine Kartenzahlung bei Dixon Retail. Weißt du noch...was die Bank dir sagte?"

Ich nicke.

„Ich konnte es zu einem Einkauf in einer Filiale von Finnieston in der Dumbarton Road zurückverfolgen."

Ich mache große Augen. „Seltsam. Dort war ich vor ein paar Wochen."

Jeffrey runzelt die Augenbrauen. „Wieso warst du dort?"

„Gingen wir zu der Zeit nicht miteinander aus? Du hast dir überlegt, einen neuen Fernseher für dein Schlafzimmer zu kaufen. Dir hat auch einer gefallen, aber du hast dich gegen ihn entschieden, denn du wolltest warten, bis du deine Kreditkarte abgerechnet hast", antwortet Jenny für mich.

Jeffrey schaut ernst. „Ganz nebenbei, war der, den du nicht gekauft hast, ein SMART LG, mit 82 cm Diagonale und LED?"

„Ja, woher wusstest du das?" frage ich.

„Du hast ihn gekauft", antwortet Jeffrey. „Eine Transaktion über 225 Pfund war auf deiner EC-Karte zu sehen. An diesem Tag war er nicht auf Lager, wird dir aber bis nächste Woche geliefert."

„Aber wie konnte das sein? Und wer konnte dazu imstande sein?", blaffe ich.

„Das „Wie" ist am leichtesten. Entweder hat sich jemand für dich ausgegeben oder gesagt, er kaufe ihn für dich. Den Kauf wickelten sie mit deiner Karte ab und sagten, er solle an deine Adresse geliefert werden."

Ich spüre, mein Kopf pocht.

„Die Frage nach dem „Wer" brachte uns bisher nicht weiter, aber wir sind jetzt ziemlich sicher, dass du denjenigen kanntest, und zwar gut. Diese Person muss gewusst haben, dass du dieses Gerät kaufen möchtest. Wie viele Menschen konnten davon gewusst haben?"

Ich überlege. „Das war kein Geheimnis. Ich erzählte meinen Eltern davon. Vielleicht erwähnte ich es auch auf der Arbeit. Um ehrlich zu sein, erwähnte ich es wirklich, denn ein paar von uns sprachen über die Vorzüge verschiedener Hersteller, bei denen man für sein Geld das Beste bekommt. Auch im Laden kann uns jeder gesehen haben. Ich weiß noch, wir redeten mit dem Verkäufer."

„Was ist mit diesem Typ?", fragt Jenny.

„Welcher Typ?", frage ich.

„Weißt du nicht mehr? Der im Laden. Der gutaussehende Typ. Er sah sich auch Fernseher an und nicht nur das. Er begann ein Gespräch mit dir und sagte dir, er sei Anwalt. Er schien mich gar nicht zu bemerken", kicherte sie noch. „Er hat dich angesprochen. Hat er dich nicht nach deiner Nummer gefragt? Weißt du nicht mehr, wie wir im Auto Witze über ihn machten, als wir heimfuhren?"

Ich zermartere mir das Hirn, will mir alles vorstellen, erinnere mich vage, er hat aber bei mir keinen allzu großen Eindruck hinterlassen. Es war nur eine lockere Unterhaltung, vielleicht ein kleiner Flirt. Das kommt öfters vor. „Meinst du nicht..."

„Vielleicht ist er krank und folgte dir", meint Jenny. „Vielleicht stellt er dir schon die ganze Zeit nach."

„Ich gehe davon aus, aber es klingt unwahrscheinlich", sage ich.

„Nichts von allem klingt wahrscheinlich", wirft Jeffrey ein. „Jenny hat Recht. Wir müssen alle Möglichkeiten durchgehen."

„Könntest du im Laden an noch mehr Informationen kommen?", frage ich.

„Das habe ich bereits versucht", antwortet Jeffrey. „Sie haben keinerlei Videoaufnahmen, die uns weiterbringen. Sie haben die Einzelheiten des Kaufs besprochen, er wurde aber als Standardbuchung an einem geschäftigen Tag aufgenommen. Der Verkäufer heißt Daniel, aber weder er noch sonst jemand, kann sich erinnern, dich oder sonst wen gesehen zu haben."

„Mich gesehen haben. Du meinst, ich war es selbst?", frage ich und greife auf, was er sagte.

„Nein, das meinte ich nicht", antwortet Jeffrey. „Ich glaube, was du mir gesagt hast, aber, was die Bank angeht, werden wir mehr als ein Problem bekommen. Wir haben bis jetzt nichts, um sie davon zu überzeugen, dass nicht du das Geld abhobst, um den Fernseher zu kaufen. Dass sie wissen, dass du die Absicht hattest, ihn zu kaufen, macht es nicht leichter."

„Aber warum?", frage ich.

„Alles deutet darauf hin, dass jemand deinen Kopf manipulieren will. Wo sie konnten, wollten sie dir schaden, bei der Arbeit, bei deiner Miete und deinen Finanzen, ganz zu schweigen, was sie dir körperlich antaten. All das passierte gerade jetzt, da deine Eltern im Urlaub sind. Der Zeitpunkt ist schon ein allzu großer Zufall für meinen Geschmack", sagt Jeffrey.

„Das habe ich so noch gar nicht gesehen", sage ich.

„Ich kann Jennys geheimnisvollen Fremden nicht ausschließen, aber ich glaube, das ist zu weit hergeholt. Ich glaube, wer immer dahintersteckt, weiß viel über dich und es wurde alles sorgfältig geplant."

Ich bin bestürzt. Ich weiß nicht, was ich sagen soll. Das ist alles zu viel, der schlimmste Albtraum. Mein Leben ist aus den Fugen geraten. Ich möchte die Zeit zurückdrehen und dass alles so ist, wie es vorher war.

„Briony, beruhige dich. Alles wird gut." Jenny nimmt meine Hand. Sie sieht sehr besorgt aus. „Ich weiß nicht, wer dir das angetan hat oder warum, aber du bist jetzt in Sicherheit. Ich bin sicher, wer immer es war, hatte seinen Spaß und nun ist es vorbei. Du musst dir keine Sorgen mehr machen und wir kümmern uns um dich, bis es dir besser geht."

Ich weiß, sie sieht es nicht gerne, wenn ich mich aufrege. So will sie versuchen, mich aufzuheitern.

„Wir schauen uns alles von Grund auf an." Auch Jeffrey scheint mir Mut machen zu wollen. „Was ich sagte, dass das alles von langer Hand geplant wurde, meinte ich so. Aber wir sind alle fehlbar. Er könnte irgendwo gepatzt haben. Noch weiß ich nicht wo, aber das finde ich schon noch raus." Er lächelt mich an, trotz all meiner Zweifel, das tut mir gut.

Alle weiteren Gedanken zu der Sache verschwimmen, als das ein Telefon läutet. Jeffrey geht in sein Büro zurück und hebt ab. Ich höre nur ein paar Gesprächsfetzen. In einen Moment klingt er ernst, im nächsten höre ich ihn lachen. Ich sehe alles klarer, als er zurückkommt.

„Gute Nachrichten. Sie können ihr Handy wiederhaben. Noch besser, da der diensthabende Kollege ein alter Freund von mir ist, so hat er einen Streifenwagen geschickt, der es in Margarets Büro in der Stadt bringt. Er wäre ohnehin mit dem Auto dort vorbeigekommen. Ich klärte es mit ihr ab. Sie wollte gerade zusammenpacken und für heute Feierabend machen, wird aber noch etwas bleiben, damit sie es ihm abnehmen und es nach Hause bringen kann."

„Was war so lustig?", frage ich unvermittelt und die Worte sind gesagt, bevor ich merke, wie unhöflich sie klangen.

Jeffrey verzieht kurz das Gesicht und antwortet dann: „Nicht so wichtig. Sam erzählte mir gerade davon, als die Verwaltung das letzte Mal was vermasselte."

„Oh", sage ich. Ich bin wohl schon paranoid, davon auszugehen, dass die Menschen mich auslachen. „Entschuldigung, ich wollte nicht...", sage ich, dann schweife ich ab. Ich finde nicht die richtigen Worte.

Jenny starrt mich an. Sie macht ein besorgtes Gesicht.

„Schon OK, Briony. Ich weiß, wie das ist. Man sieht dir deutlich an, was du empfindest", antwortet Jeffrey.

Ich schäme mich. Er entschuldigt sich für mich. Margaret und Jeffrey haben mich gerettet. Jeffrey hat sich, trotz seines vollen Terminkalenders, Zeit genommen, mir zu helfen und sieht mir sogar meine schroffe Art nach. Was bin ich nur für eine miese Schlampe? Und konnte ich jemanden so wütend gemacht haben, dass er mir das antat? Ist es das? Hat es sich jemand zur Aufgabe gemacht, mich zu Fall zu bringen, um mir eine Lektion zu erteilen?

Nein, langsam werde ich kindisch. Zweifellos sagte oder tat ich hin und wieder was, das einen anderen Menschen wütend machte, aber wer hat das nicht auch schon getan? Das ist nicht so, wie wenn man sich normalerweise bei jemandem meldet. Ich versuche, das Geschehene rational zu sehen, die Wahrheit ist aber, daran ist nichts Rationales. Wer immer mich entführt und damit mein ganzes Leben auf den Kopf gestellt hat, muss ernsthaft verrückt, am ehesten aber ein Psychopath sein. Hat Jenny vielleicht Recht, er hatte seinen Spaß und nun ist alles vorbei? Oder ist das zu einfach, zu optimistisch? Vielleicht überlegt er sich jetzt, in diesem Moment, seinen nächsten Schritt.

„Worüber denkst du nach, Briony? Du schaust so ernst." Jennys Frage reißt mich aus meinen Gedanken.

Ich öffne den Mund, will eine einfache, nichts sagende Antwort geben, denke dann aber, dass ich ihr reinen Wein einschenken sollte. Wenn ich allem, was mir fehlt, aus dem Weg gehen will, fresse ich am Ende alles in mich hinein, bis ich explodiere. Am Ende habe ich dann einen ausgemachten Nervenzusammenbruch. Ich erzähle ihnen von meinen Sorgen und Ängsten. Jenny umarmt mich und sagt mir, dass sie für mich da ist. Jeffrey geht in sein Büro zurück und widmet sich wieder meinem Fall.

33 STUNDEN

Ich schaue auf und höre die Autoreifen auf dem Kies der Auffahrt. Kurze Zeit später betritt Margaret die Lounge, dicht gefolgt von Alesha und Jeffrey. Ich bin frohen Mutes. Erfreut und überrascht sehe ich, dass auch meine neue Freundin gekommen ist.

„Hätte nicht gedacht, dich so bald wieder zu sehen", platzt es aus mir heraus.

„Ich habe mir Sorgen gemacht. Den ganzen Tag dachte ich nur an dich", gibt Alesha zu. „Heute Morgen musste ich gehen, ehe ich dich sprechen konnte. Margaret sagte, ich könne wiederkommen, denn sie dachte, es sei besser für dich, wenn du für eine Weile nicht allein bist. Geht es dir gut? Kannst du dich an sonst irgendwas erinnern?"

„Sie ist nicht allein. Ich war den ganzen Tag bei ihr", fällt Jenny mir ins Wort, ehe ich antworten kann.

Alesha schaut entsetzt drein. „Tut mir leid. Ich wollte hier keine Probleme machen. Ich will nur sichergehen, dass es dir gut geht."

„Entschuldige dich nicht", sage ich. „Schön, dich zu sehen. Du warst so nett zu mir. Ohne dich hätte ich den gestrigen Tag nicht durchgestanden. Ich sollte mich entschuldigen, weil ich heute Morgen verschwunden bin, ohne mit dir zu sprechen oder mich anständig bei dir zu bedanken."

Alesha lächelt.

„Jenny kam heute Morgen vorbei und hat nach mir geschaut. Sie hat mich durch die ganze Stadt gejagt, um alles zu regeln. Ich habe wieder mit der Polizei gesprochen. Außerdem hat Jeffrey noch ein paar Fragen gestellt. Alle standen mir mit Rat und Tat zur Seite. Ich kann euch allen gar nicht genug danken."

Alesha kaut auf ihrer Unterlippe und überlegt sich ein paar Sekunden, ob sie etwas sagen soll, dann meint sie: „Dieses Wochenende hätte ich einiges zu tun gehabt, disponierte aber um, sodass ich flexibel bin. Ich habe nichts vor, könnte also zu dir, aber nur, wenn du willst. Wenn alles schon geregelt ist, will ich mich nicht aufdrängen." Alesha schaut zu Jenny.

„Du könntest dich niemals aufdrängen", antworte ich.

„Ich habe nachgedacht. Es ist Wochenende und es tut dir vielleicht gut, ein paar Stunden aus dem normalen Trott raus zu kommen. Was hältst du davon, wenn wir morgen an die Küste fahren, vielleicht nach Troon? Eine frische Meeresbrise könnte dir einen klaren Kopf verschaffen, wir könnten uns eine Auszeit nehmen und in einem Pub zu Mittag essen." Jenny schaut zu Alesha und lächelt. „Du könntest uns begleiten."

„Keine schlechte Idee", sagt Margaret. „Heute Nachmittag kommen unsere Kinder zu Besuch. Ich habe nichts dagegen, wenn ihr bleibt und sie kennen lernt, glaube aber, ein Tag am Meer hört sich interessanter an."

Margaret sieht sich um und niemanden widersprechen. „Abgemacht. Nun zu heute Abend..."

„Jenny hat gesagt, sie isst mit ihrer Mama zu Abend", sagt Jeffrey.

„Ich kann auch bleiben", sagt Alesha sofort.

Jenny schweigt kurz, dann meint sie: „Ja, ich muss zurück, meine Mama sehen, auch wenn es nicht lange dauert. Ich kann um, ähm...neun Uhr zurück sein. Zehn Uhr spätestens."

„Schon gut, Jenny, das brauchst du nicht. Ich will nicht, dass du meinetwegen deine Pläne über den Haufen wirfst, besonders da ja Alesha für mich da ist."

„Nein, ich bestehe darauf, wenn es dir nichts ausmacht", antwortet Jenny. Sie wendet sich an Margaret und Jeffrey. „Ich will bei dir sein, dann weiß ich, es geht dir gut. Wäre ich nicht bei dir, hätte ich keine ruhige Nacht."

„Du darfst gerne bleiben. Ich kann eine Pritsche ins Zimmer bringen, in dem ihr Frauen gestern Nacht schlieft, dann könnt ihr drei alle zusammen schlafen. Ich denke, für euch alle wäre es besser, wenn ihr zusammen seid. Wenn ihr meint, dass ihr nicht schlafen könnt, dann wollt ihr vielleicht Videos schauen, damit ihr auf andere Gedanken kommt." Dann fragt mich Margaret: „Wie kommst du klar?"

Ich zucke. „Keine Ahnung. Es ist anders als gestern. Ich fühle mich viel besser. Körperlich habe ich keine Schmerzen oder Probleme mehr, kann mich an diesen Gedanken aber nicht gewöhnen. Mir ist, als hätte sich mein ganzes Leben geändert. Es fühlt sich an, als wäre es nicht mehr meines. Für einen Augenblick ist alles normal, bis ich daran denke, was mir angetan wurde. Dann fühle ich mich taub, mein Gehirn vernebelt sich und ich habe Schmerzen im Kopf, dem Körper, überall."

„Es ist entsetzlich, ich weiß, aber was du beschreibst, ist ganz normal", meint Margaret. Sie hat so einen abwesenden Blick. „Ganz wird es wohl nie vergehen, aber mit der Zeit verblasst es. Du würdest vielleicht gerne eine Beratung in Anspruch nehmen."

Ich bin sicher, Margaret denkt wieder an ihre eigenen, schlechten Erfahrungen, dennoch spricht sie gerade selbstsicher und mütterlich zu mir. Sie hat auf mich immer stark, jedoch kontrolliert, gewirkt. Nie zuvor kam es mir in den Sinn, dass sie durch ihre Art ihre eigene Unsicherheit verstecken könnte. Ich frage mich, ob so meine Zukunft aussehen könnte. Stehe ich die nächsten Tage und Wochen durch, gehe ich dann als starker, selbstbewusster Mensch daraus hervor?

„Mir fällt jedenfalls sonst nichts ein, ich bin aber am Verhungern und dem Geruch aus der Küche nach zu urteilen, werde ich nicht enttäuscht", sagt Margaret.

„Macht euch alle fertig, ich brauche etwa eine halbe Stunde, dann habe ich die Nudeln gekocht und das Knoblauchbrot aufgewärmt", sagt Jeffrey.

„Gerade genug Zeit für eine schnelle Dusche, sodass ich vom Arbeits- in den Entspannungsmodus übergehen kann", sagt Margaret. „Oh, bevor ich es vergesse, das ist für dich." Sie öffnet ihre Handtasche, holt mein Handy heraus und gibt es mir. Es ist in einem verschlossenen Plastikbeutel.

„Ich bin dann weg. Je eher ich gehe, desto eher bin ich zurück." Jenny drückt meine Schultern, streicht mir kurz über die Wange und geht dann zur Tür raus.

Ich reiße den Beutel auf und schaue auf das Handy. Es sieht nicht anders aus, als das, welches ich ihnen gab, dennoch spüre ich, es wird nie mehr dasselbe sein. Ein Unbekannter oder mehrere Unbekannte zerlegten es und machten sich am Speicher zu schaffen. Fühlt es sich wieder an wie früher? Wir haben einiges gemeinsam, schätze ich. Nein, ich muss aufhören, so zu denken, wenn ich je wieder in mein altes Leben zurückwill. Was ist ein Handy? Ein billiger Silikonchip, umhüllt von Kunststoff und Metall, gut vermarktet. Wenn ich's mir recht überlege, vielleicht doch nicht so billig, der Rest passt. Ich erinnere mich jetzt, ich war gerade dabei, die Sprachnachrichten abzuhören, als der Akku den Geist aufgab. Am besten ich schaue, was mir sonst noch entging.

Während ich nachdachte, fuhr Jenny nach Hause und Margaret und Jeffrey verschwanden, sodass nur noch Alesha auf dem Sofa, mir gegenüber, sitzt und mir einen ängstlichen Blick zuwirft.

„Alles OK?", fragt sie.

Ich schaue sie an, dann das Handy, dann wieder sie. „Ja, ich denke schon. Am besten, ich prüfe die restlichen Nachrichten", sage ich.

„Bevor du das tust, möchte ich dir etwas sagen."

Sie macht mich neugierig. Ich drehe mich zu ihr.

„Heute kamen zwei Polizisten ins Büro. Sie fragten nach Stuart und sprachen dann allein mit Margaret und Stuart. Margaret bat mich, für sie eine Liste aller Mitarbeiter zu erstellen, einschließlich derer, die kürzlich gingen, von denen vielleicht einer einen Firmenausweis hat, mit dem er sich Zutritt zu unserem Büro verschaffen könnte. Anschließend sprachen sie mit jedem einzelnen Mitarbeiter, der anwesend war und sie wollen nächste Woche wiederkommen, um die restlichen zu befragen."

„Was wollten sie wissen?", frage ich.

„Sie sagten, dass es letzten Samstagnachmittag einen Vorfall in dem Gebäude gegeben hätte, deshalb wollen sie prüfen, wann jeder ging und wohin. Sie hatten eine Überwachungsaufnahme und sie prüften, ob etwas Ungewöhnliches stattfand."

„Sagten sie, was geschehen ist?", frage ich.

„Nein, sie erklärten nichts. Sie sagten, es wäre eine routinemäßige Befragung.

„Danke für die Information. Ich prüfe jetzt besser meine Nachrichten", sage ich.

„Nur zu. Es ist gut", sagt sie.

Ich schalte das Handy ein und warte, bis der Bildschirm aufleuchtet. Ich sehe die Icons durch und stelle fest, dass ich sechs ungelesene WhatsApp-Nachrichten, von denen je zwei neue Text- und zwei neue Sprachnachrichten sind. Ich frage mich, ob der Kriminaltechniker sich diese Nachrichten angesehen hat, denn sie scheinen nicht geöffnet worden zu sein. Ich erinnere mich, dass Paula etwas erwähnte, man könne den Speicher kopieren.

Dann schaue ich auf meine WhatsApp-Nachrichten und finde nichts Wichtiges; einmal versuchte Jenny, Kontakt aufzunehmen, die anderen stammen von Freunden. Ich sehe sie nicht oft, dennoch kann ich ein Gespräch führen, das kommt vom Äther. Ich widme mich wieder meinen SMS und Sprachnachrichten, alle vier sind von meinen Eltern, gestern riefen sie an und schrieben eine SMS, heute ebenfalls. Im gestrigen Gespräch erfuhr ich, was für eine schöne Zeit sie verbringen, wollten mich aber auch über ihre Pläne aufklären. Sie ließen mich wissen, dass sie entweder Samstagabend oder Sonntagnacht in Southampton an Bord gehen und Sonntagmorgen ablegen werden. Sie überlegten sich auch, ein paar Tage in London zu verbringen, denn sie hofften, dass sie im Theater, in West End, noch in die Nachmittagsvorstellung könnten. Dann haben sie vor, Sonntagnacht oder Montagmorgen zurück nach Glasgow zu fliegen. Jede Nachricht endete damit, wie überrascht sie waren, nichts von mir gehört zu haben und der Frage, ob es mir gut geht, dann baten sie mich jedes Mal, mich zu melden. Heute waren der Anruf und die SMS direkter. Als sie heute Nachmittag ankamen, teilten sie mit, dass sie sich große Sorgen machten und sie wollten, dass ich ohne Umweg zu ihnen fahre.

„Z... Z... Zucker!" Ich unterdrücke mir meine Bemerkung. Sie machen sich Sorgen um mich. Wieso dachte ich gestern nicht daran, ihnen eine Nachricht zu schreiben?

„Was ist los?", fragt Alesha, sichtlich besorgt.

„Es geht um meine Eltern. Sieht so aus, als bekämen sie in Panik, weil sie nichts von mir hörten. Wie dumm von mir. Ich wollte ihnen gestern schreiben, aber ich habe es verdrängt, bei dem ganzen anderen Durcheinander."

„Du solltest sie besser jetzt kontaktieren", schlägt Alesha vor.

„Ich weiß. Ich überlege gerade, was ich sagen soll. Ich weiß nicht, wie ich am besten damit umgehe."

„Die Wahrheit geht immer am leichtesten von den Lippen", meint Alesha.

„Ich weiß, ich muss es ihnen erzählen, zumindest so viel, was ich weiß, aber nicht gleich. Nicht, bis sie zurück sind. Ich muss etwas sagen, dass sie sich vorerst nicht aufregen."

„Bist du ganz sicher", fragt sie.

Ich nicke ihr bestimmt zu. Hätte es in meinem Kopf doch auch so ausgesehen.

Ich entschließe mich, eine SMS zu schreiben. Aber meine ersten drei Versuche verwerfe ich, denn ich finde nicht die passenden Worte, dann schreibe ich, *Entschuldigt, ich hatte Probleme und konnte mein Handy die letzten paar Tage nicht benutzen. Freut mich, dass es euch so gut gefallen hat und bin gespannt, was ihr erzählen könnt.* Ich las nochmal alles durch und wartete auf Aleshas Reaktion. Sie neigt den Kopf, spitzt die Lippen und schaut zurückhaltend. Ich drücke auf Senden. Ideal war es nicht, obwohl ich sofort erleichtert bin, es hinter mir zu haben.

„Ich sagte wirklich die Wahrheit", sage ich.

„Aber nicht die ganze Wahrheit und nichts als die Wahrheit. Du könntest doch eine Karriere im Marketing in Erwägung ziehen!" Alesha grinst spöttisch.

„Und du möchtest vielleicht ins Strafrecht gehen", gebe ich zurück.

Wir lachen beide noch, als Margaret im Gang auftaucht.

Ich sehe, sie ist erfreut, dass wir gut drauf sind.

„Das Abendessen ist fertig. Kommt zum Essen", sagt sie.

Mir fällt auf, dass Jeffrey nicht übertrieben hat, als er sagte, dass er zu viel zu essen kochte. Auf dem Tisch steht eine riesige Warmhalteplatte aus Porzellan, bis oben hin mit Pasta gefüllt. Der geschmolzene Käse darüber dampft. Daneben steht eine große Salatschüssel und dann noch ein Teller mit dem appetitlichsten, duftendem Knoblauchbrot, dass ich je gesehen habe.

„Greift zu. Margaret wird es anrichten", sagt er.

„Das sieht unglaublich aus", sagt Alesha.

Jeffrey antwortet höflich: „Urteilt nicht vorschnell, probiert erst mal."

„Nehmt euch Salat und Brot. In der Mitte sind Servierlöffel, daneben Olivenöl und Balsamicoessig", sagt Margaret und schöpft jedem einen große Portion Nudeln auf den Teller.

„Im Krug ist Wasser, aber wie wäre es mit Wein? Ich hätte eine Flasche Primitivo aus Puglia", sagt Jeffrey und zeigt auf das Etikett. „Ich denke, zu den Nudeln passt er hervorragend."

„Ich kann mich nicht erinnern, den schon einmal getrunken zu haben", sage ich. „Kann ich nur ein Schlückchen davon probieren, bitte?" Jetzt, da ich gerade klar im Kopf werde, will ich vorsichtig sein. Viel will ich nicht trinken, ein Gläschen Wein könnte aber entspannend sein.

Das Essen schmeckt noch besser, als es aussieht und ich esse enthusiastisch. „Das ist fabelhaft. Das Rezept hätte ich gern, wenn es dir nichts ausmacht. Hast du schon immer gerne gekocht?"

„Das würde ich nicht sagen", antwortet Jeffrey. „Bis vor ein paar Jahren bekam ich nicht einmal ein gekochtes Ei hin. Das änderte sich, als mir eines meiner Kinder zu Weihnachten ein Kochbuch schenkte. Ich versuchte mich an ein paar Rezepten und entdeckte meine Freude am Kochen."

„Und er ist ein echtes Naturtalent, wie du siehst", sagt Margaret mit sichtlichem Stolz.

„Irgendwie hat es mir das Kochen angetan. Vor ein paar Jahren besuchte ich einen Kochkurs für die italienische Küche, in der Caledonian University. Der Dozent war ausgezeichnet, was mich echt inspirierte. Er hieß Gary MacLean. Den hast du vielleicht schon einmal im Fernsehen gesehen. Er gewann bei *Master Chef Professionals*."

„Stammt das Rezept von ihm?", frage ich.

„Nein, das habe ich selbst entworfen. Die italienische Küche liebte ich schon immer. In dem Kurs lernte ich auch mehr Selbstsicherheit und ein Gespür dafür, wie verschiedene Geschmacksrichtungen miteinander harmonieren."

„Und das alles hast du allein gekocht", sagt Alesha, sichtlich beeindruckt. „Wie geht das denn?"

„Nicht komplett alles. Aus Mehl und Eiern mache ich meine eigenen Nudeln und ich habe eine Nudelmaschine. Die Hackfleischsoße besteht aus Rinderhack, Tomatenmark, Zwiebeln, Paprika, Pilzen, Möhren, gehacktem Knoblauch und meiner eigenen Kräutermischung. Wenn alles fertig ist, vermische ich alles mit Mozzarella und Parmesan, dann kommt es in den Backofen. Beim Knoblauchbrot schummelte ich etwas. Das ist eines zum Aufbacken, aus dem Supermarkt."

Mir gefällt es, wie enthusiastisch Jeffrey von seinem Hobby, Kochen, spricht. Das Essen und der Wein sind lecker und passen hervorragend zueinander, die Leute sind freundlich. Ich habe Spaß und vergesse meine Probleme.

Es ist noch nicht mal 09:00 Uhr. Wir sitzen um den Tisch und plaudern, dann höre ich, es läutet an der Tür. Margaret steht auf und kommt, mit Jenny im Schlepptau, zurück. Wir reden weiter, einmal geht es um Politik, dann um Film und Musik. Es ist so entspannend. Obwohl sie sagte, sie hätte keinen Hunger, schlägt Jenny es nicht aus, als man ihr einen kleinen Teller Pasta anbietet. Sie verschlingt ihn, zusammen mit dem restlichen Knoblauchbrot, dazu trinkt sie noch den Rest Wein aus der mittlerweile zweiten Flasche.

Wir sitzen da, reden noch etwas, bis wir alle müde werden.

36 STUNDEN

„Seid ihr auch alle satt?", fragt Jeffrey. Als er merkt, dass wir die Frage bejahen, führt er uns in die Lounge, wo er uns einen Film unserer Wahl schauen lässt. Während wir den Film auswählen, begibt er sich wieder in die Küche, wo er noch ein Tablett Häppchen vorbereitet, falls es jemandem noch nicht reicht.

Keiner von uns will zu harte Kost sehen. Alesha wählt eine Liebeskomödie, Jenny einen Abenteuerfilm. Beides interessiert mich nicht wirklich, ich richte mich aber nach den anderen. Mir gefällt es in ihrer Gemeinschaft und ihre Gesellschaft tut mir gut.

Margaret hilft uns, einen DVD-Player in unser Schlafzimmer zu bringen. In dem sind jetzt drei Betten für uns gemacht. Ich bin glücklich, dazuzugehören und, um ihretwillen, tue ich so, als amüsiere ich mich, der Raum ist mit Lachen erfüllt, wir schauen die Filme und verschlingen die Häppchen.

Den Filmen kann ich nicht wirklich folgen und, da ich einen echt langen Tag hatte, habe ich Schwierigkeiten, meine

Augen offen zu halten. Bei der Hälfte des zweiten Films, döse ich weg. Dennoch schauen wir ihn noch fertig, ehe wir uns ins Bett fertig machen.

44 STUNDEN

Das ist alles sehr seltsam. Es ist unwirklich und ich weiß, ich muss träumen, möchte ihn aber weiterschauen. Ich kann mich nicht wachhalten.

Ich schaue mich um und sehe alle Menschen, die ich kenne: Mama, Papa, Margaret und Jeffrey, Michael, Alesha und Jenny, sie sind alle hier. Auch viele Leute aus meinem Büro: Mein Chef, Stuart Ranson, Dwight, Chrissie und viele andere, Freunde aus der Schule und vom Studium, entfernte Verwandte, sie alle stehen um mich herum. Alle lächeln, jubeln und applaudieren.

Ich bin froh, sie zu sehen, allmählich verblassen aber ihre Umrisse. Sie bewegen sich von mir weg, werden unscharf, verblassen und verschwinden allmählich in der Ferne.

Ich bleibe zurück in dem Raum mit dem großen Bett, in dem es nach abgestandenem Kaffee riecht. Der Raum fühlt sich hohl an. Ich fühle mich unwohl. Wer bin ich? Das frage ich mich. Bin ich dieses blonde Mädchen? Michael ist hier. Was macht er hier?

Um mich herum stehen noch andere Menschen. Ich

erkenne die drei Männer, die aus meinen Visionen. Das ist gruselig. Ich will hier nicht sein. Das gefällt mir überhaupt nicht. Ich möchte gehen, bringe aber nicht die Kraft auf, mich zu bewegen. Ich bin umzingelt, Hände sind auf mir, berühren mich. Jetzt werde ich gestoßen. Ich versuche, sie wegzuschlagen, es hat aber keinen Zweck. Sie sind zu groß und stark. Es fühlt sich an, wie in Zeitlupe, ich falle und falle, dann lande ich auf dem Bett.

Ich liege, mit dem Gesicht nach unten, da. Starke, feste Hände drücken mich runter, auf die Matratze, zerren an mir. Ich höre, wie Stoff reißt, die Kleidung rissen sie mir vom Leib. Ich habe keine Kraft, kann mich nicht bewegen. Mir werden die Beine gespreizt und die Hüften angehoben.

Ich versuche, mich zu wehren. Nein, tut das nicht. Bitte, tut das nicht. Ich bringe nicht die Kraft auf, dagegen anzukämpfen; ich kann sie nicht aufhalten. Ich merke, wie sich hinter mir jemand bewegt, dann spüre ich etwas Warmes auf meiner Haut, dann etwas Heißes, Hartes. Ich kann nicht sehen, wer es ist oder was er macht. Und doch weiß ich es. *Nein, bitte nicht. Tut mir das nicht an.*

Ich versuche, etwas zu sagen, mein Gesicht wird aber auf die Matratze gedrückt, meine Stimme verstummt. Ich schreie, als ich einen Schmerz verspüre, einen scharfen, stechenden Schmerz, dann mehrere Bewegungen, dann wieder intensiven Schmerz, tief in mir. Ich öffne den Mund, will schreien, aber bringe keinen Ton raus.

Nein, das passiert doch nicht mir! Ich will, dass es aufhört. Ich presse mein Gesicht noch tiefer in die Matratze und wimmere. Ich spüre, wie sich das ganze Gewicht auf meinen Rücken drückt. Dann merke ich einen heißen, schweren Atem im Nacken, dann Haut, Beine, die sich auf meine Schenkel drücken, mehr Schmerz, dem ich erliege. Ich will, dass es aufhört. Ich werde alles tun, dass es aufhört. Ich drücke meinen

Kopf noch tiefer runter. Wenn ich mich in die Matratze pressen kann, wird es aufhören.

„Briony, was ist los? Bist du OK?" Das ist Aleshas Stimme.

„Du hast im Schlaf geschrien. Wach auf", sagt Jenny.

Ich werde nach oben gehievt. Ich spüre, wie Hände mich halten, mich an den Schultern ziehen, mich drehen.

„Rührt mich nicht an! Weg von mir. Lasst mich in Ruhe!", schreie ich, denn ich finde endlich meine Stimme, und schlage sie weg.

Ich öffne die Augen. Bei ihrem Anblick weiche ich zurück. Allmählich verarbeite ich das Bild und merke, wo ich bin. Ich liege im Bett, im oberen Schlafzimmer von Margarets Haus. Jenny und Alesha sitzen am Bettrand. Sie schauen besorgt aus.

Ich setze mich aufrecht hin. Mein Herz hämmert gegen die Brust, meine Atmung ist flach. Ich merke, mein Gesicht ist nass. Ich hatte geweint. Ich trage mein Nachthemd; es wurde mir nicht vom Leib gerissen. Ich hatte einen Albtraum, einen schrecklichen, schrecklichen Albtraum. Ich versuche zu denken und zu fühlen. Mein Körper fühlt sich vertraut an, ich spüre aber keine echten Schmerzen. Es war nicht real.

„Es war schrecklich", flüstere ich.

„Alles in Ordnung, du bist in Sicherheit. Du bist bei uns", sagt Alesha.

„Schon gut", sagt Jenny. „Wir kümmern uns um dich." Vorsichtig legt sie mir die Hand auf die Schulter und ich schmiege mich an sie.

Mein Gesicht lege ich auf ihre Brust, suche Wärme und Schutz. Sie legt mir eine Hand auf den Hinterkopf, drückt mich an sich, streichelt mich.

Ich weiß nicht, wie lange ich so dasitze und Jenny mich vor und zurück schaukelt. Mit der Zeit wird meine Atmung wieder normal. Mein Gesicht wird heiß und ich schmiege mich an sie.

Ich weiß, ich habe in ihr Nachthemd geweint. Ich setze mich auf. „Danke", sage ich.

„Nichts zu danken. Ich bin nur froh, dass ich dir helfen konnte"; antwortet sie.

„Fühlst du dich jetzt etwas besser?", fragt Alesha. „Was können wir tun?"

Ich fühle mich immer noch benommen. „Wie spät ist es?", frage ich.

Alesha schaut auf die Uhr. „Früh, Viertel vor Sechs."

„Entschuldige vielmals, ich habe dich geweckt", sage ich. „Das wollte ich nicht..."

„Sei nicht albern. Deshalb sind wir hier, damit du nicht allein bist. Wir wollen dir helfen und dich trösten", sagt Jenny.

„Ich glaube, ich bin OK", sage ich. „Du solltest versuchen, noch etwas zu schlafen."

„Nein, erst dann, wenn wir sicher sind, dass du OK bist", sagt Alesha. „Denkst du, du kannst wieder einschlafen?"

Ich überlege. Ich schließe die Augen und sehe wieder die Bilder aus meinem Albtraum. „Nein, noch nicht."

„In diesem Fall bleiben wir hier und reden, bis du meinst, dass du schlafen kannst. Wir lassen dich nicht so zurück", sagt Alesha und Jenny nickt.

Meine Augen werden wieder feucht, diesmal aber vor Dankbarkeit.

„Möchtest du darüber reden?", fragt Alesha.

Schluchzend erzähle ich ihnen von meinem Traum. „Es fühlte sich so echt an. Jetzt weiß ich, dass ich das Mädchen aus den Visionen von gestern sein muss. Nun weiß ich, was mir zugestoßen ist."

„Oh Briony, es tut mir leid. Aber wir werden dir helfen. Das stehst du schon durch", sagt Jenny. Sie lächelt freundlich.

„Briony, es war ein Albtraum", sagt Alesha. „Dein Traum war grauenhaft, aber nur, weil du es geträumt hast, bedeutet das nicht, du hast es wirklich erlebt. Es gibt eine Mischung aus Dingen, die du beschrieben hast, Menschen, die nicht zusammen gehen, die nicht zur selben Zeit zusammen sein konnten. Offensichtlich macht es dir Angst und es verwirrt dich, zu wissen, wo du warst, aber dieser Albtraum könnte nur deine Fantasie sein, die dir einen Streich spielt. Es bedeutet nicht, dass es eine Erinnerung ist."

Ich möchte ja, dass sie Recht behält, in Wahrheit weiß ich aber nichts.

„Denk darüber nach", sagt Alesha. „Am frühen Abend dachte Jeffrey, jemand spiele deinem Gedächtnis einen Streich. Jemand, den du kennst."

„Ich verstehe nicht", sage ich.

Alesha fährt fort: „Ich behaupte nicht, Antworten zu haben, aber wie passt das mit deiner Geschichte, dass man dich brutal vergewaltigte, zusammen?"

„Ich weiß nicht." sage ich.

„Gibt es jemanden, den du kennst, dem du das zutraust?", fragt Jenny.

Ich überlege.

„Könnte es Michael sein? Du sagtest, du hättest ihn gesehen, gleich bevor du von dem Angriff träumtest", will Alesha wissen.

Ich erschauere bei dem Gedanken. Ich kenne Michael, nun ja, ich dachte, ich kenne ihn. Er hat mich betrogen und war ungerecht. So sehr ich wütend bin, weil er mich so behandelte, ich kann mir nicht vorstellen, dass er dazu imstande wäre. Außerdem kenne ich ihn so gut, ich bin sicher, ich würde merken, wie es sich anfühlt, wenn er mich berührt. Ich wüsste, wenn er es wäre. „Nein, Michael hat nichts damit zu tun. Da bin ich sicher."

„Wenn er es nicht ist, wer dann? Fällt dir jemand ein, der dazu imstande wäre?", drängt Alesha.

Ich schüttle den Kopf, denn mir fällt niemand ein.

„Was immer geschehen ist, du bist jetzt bei uns und in Sicherheit", sagt Jenny.

Die Worte meiner Freundin trösten mich und ganz langsam werde ich ruhiger. Das hat mich viel Kraft gekostet. Ich muss mich ausruhen. „Es ist noch immer mitten in der Nacht. Versuchen wir, noch etwas zu schlafen", sage ich.

Sie stimmen zu und gehen alle wieder ins Bett, obwohl ich wohl weiß, dass sie ein Auge auf mich haben. Ich weiß, sie machen sich Sorgen um mich und wollen sicherstellen, dass ich in Ordnung bin. Was für ein Glück ich doch habe, solch treusorgende Freunde zu haben, aber gerade können sie nichts tun. Auch sie müssen sich ausruhen. Selbst wenn ich es egoistisch betrachte, müssen sie ausgeruht und bei Kräften sein, wenn sei mir helfen sollen. Auf alle Fälle muss ich lernen, mit mir selbst klarzukommen. Ich will schlafen, fürchte mich aber, die Augen zu schließen, weil der Albtraum wiederkommen könnte. Ich möchte mich ausruhen, ohne zu schlafen, bin mir aber bewusst, dass Jenny und Alesha nicht schlafen können, wenn sie denken, ich sei wach. Ich wälze mich im Bett, sodass sie mein Gesicht nicht sehen können, und atme absichtlich ein und aus, tief und gleichmäßig, es wird immer stärker und lauter. Im Handumdrehen höre ich ähnliche Atemgeräusche von ihnen.

Ich drehe mich wieder um, lege mich auf den Rücken und schaue zur Decke. Ich will meine Kräfte sparen und weiß, ich muss mich ausruhen. Schlaf habe ich echt nötig, habe aber zu viel Angst davor, meine Augen für mehr als ein paar Sekunden zu schließen, für den Fall, dass ich dieses Grauen wieder erlebe. Ich setze mein Gehirn mit dämlichem Gedächtnistraining unter Druck und versuche so, wach zu bleiben.

47 STUNDEN

Ich weiß ja, dass es vom dauernden Zusehen auch nicht schneller geht, aber die Zeit vergeht für mich einfach viel zu langsam. Ich schaue auf die Digitaluhr und will, dass die Zahlen sich bewegen, jede Minute ist wie eine gefühlte Ewigkeit. Es ist Samstagmorgen und ich erwarte nicht, dass jemand früh aufsteht. Ich hatte mir zum Ziel gesetzt, hier zu liegen bis 08:30 Uhr, kaum dass die Uhr aber acht schlägt, halte ich es nicht mehr aus und stehe auf. Ich sehe, dass Alesha und Jenny noch fest schlafen, will sie nicht stören und entscheide mich deshalb, noch nicht zu duschen. Stattdessen benetze ich mein Gesicht nur mit einer Handvoll Wasser, spüle mir den Mund aus und ziehe mir meinen Bademantel an, ehe ich auf Zehenspitzen die Treppe hinunter gehe und darauf achte, nicht auf das knarrende Brett zu treten.

Ich hatte vor, alles Geschirr und Besteck zu spülen und sämtliche Krümel von unserem herrlichen Abendessen gestern weg zu fegen. Es ist nur eine kleine Geste, das weiß ich, aber ich möchte etwas tun, als Zeichen meiner Dankbarkeit. Ich fühle mich Margaret und Jeffrey für ihre Unterstützung so verpflichtet. Frustriert stelle ich fest, dass ich nichts mehr tun kann. Alle Oberflächen wurden abgeräumt und geputzt. Die Spülmaschine wurde nicht nur eingeräumt, sie lief auch schon durch und ist ausgeräumt, Geschirr, Besteck, Zubehör und Gläser sind alle verstaut. Ich stelle fest, dass Margaret und Jeffrey selbst aufgeräumt haben mussten, während wir Filme geschaut hatten. Noch etwas weswegen ich mich schuldig fühle. Ich muss versuchen, rücksichtsvoller und vorausschauender zu sein.

Ich nehme ein Glas, schenke etwas Wasser ein und setze mich an den Tisch. Dann erst bemerke ich die heutige Zeitung, die verkehrt herum auf der Unterlage liegt, wo Jeffrey normalerweise sitzt. Ich fasse hinüber, will sie nehmen und sehe, sie ist abgewetzt. Als ich auf die Seite mit dem Kreuzworträtsel komme und sehe, dass es bereits gelöst ist, kann ich mir ein Lächeln nicht verkneifen.

Ich versuche, mir die Lösungen anzuschauen. Mit Jeffrey hatte ich zwar gestern gescherzt, ich könne ihm vielleicht helfen, es lag mir aber nie wirklich, schwere Kreuzworträtsel zu lösen und ich wäre nutzlos gewesen, selbst wenn er Hilfe gewollt hätte. Dass jede Reihe auf eine bestimmte Art aufgebaut ist, weiß ich und es kann etwas dauern, bis man sich daran gewöhnt. Nach ein paar Minuten, in denen ich die Fragen und die Antworten ansah, bemerke ich ein Muster. Vielleicht ist es einfacher, wenn man Detektiv ist, denke ich. Man sucht nach Anhaltspunkten, schaut dann, ob sich ein Muster ergibt, dann versucht man, das ganze Rätsel zu lösen.

Ich bin so in das Rätsel vertieft, dass ich nicht höre, dass Jeffrey die Küche betritt.

„Schätze, du hast bemerkt, dass du zu spät dran bist. Ich habe es bereits gelöst", sagt er.

Ich fahre fast schon aus der Haut.

„Ich wollte dich nicht erschrecken."

Ich nehme wieder Haltung ein. „Oh, Entschuldigung. Ich hörte dich nicht hereinkommen. Ich wollte dir das Kreuzworträtsel nicht verderben, ehrlich. Ich versuchte nur...“

Er fängt an, zu lachen. „Schon gut, du musst nichts erklären. Ich zog dich nur etwas auf.“

Ich bin versucht, ihm vorzuspielen, dass ich zusammenbreche, in Tränen ausbreche, ihn mit seinen eigenen Waffen schlage, glaube aber, ich könnte das nicht durchziehen. Selbst wenn es funktionieren sollte, wäre es nicht recht. Es wäre grausam. Stattdessen lache ich einfach mit. Ich bleibe bei der Wahrheit und erkläre ihm, dass ich versuchte, den Code zu knacken.

Jeffrey setzt eine Kanne Tee auf und will das Frühstück servieren. Nach dem gestrigen Abendessen und den Häppchen, habe ich noch keinen Hunger. Ich würde keinen Bissen hinunter bekommen. Um ehrlich zu sein, wird mir allein bei dem Gedanken schon schlecht.

50 STUNDEN

Wir sitzen da und plaudern, bis die anderen kommen. Nachdem wir den Morgen faul einläuteten, fahren wir um 11:00 Uhr an die Küste.

Es ist wenig Verkehr, wir kommen schnell voran und schon bald düsen wir die Straße hinunter. Der Sender Clyde1 läuft im Radio und, da man beim Straßenlärm den Text nicht verstehen kann, können wir nur Bässe aus den Boxen hören.

„Stört es dich, wenn ich es ausschalte? Ich bekomme Kopfschmerzen davon", sage ich zu Jenny.

Sie schaut zu mir. „Nur zu. Ich schaltete es nur ein wegen des Verkehrsfunks. Geht es dir gut? Du bist etwas blass um die Nase."

Ich klappe die Sonnenblende runter, um mich im Spiegel anzusehen. Jenny hat Recht. Ich bin kreidebleich und meine Versuche, die Augenringe zu verdecken, waren nicht besonders erfolgreich, wie ich jetzt im Tageslicht sehen kann. „Mir geht es gut, ich bin nur etwas müde, vielleicht deshalb, weil ich nicht viel geschlafen habe."

„Wir alle waren bis zum frühen Morgen wach und

schauten Filme, dann hat dich dein Albtraum aus dem Schlaf gerissen. Du scheinst eingeschlafen zu sein, kurz nachdem du uns davon erzählt hast, aber konntest du dich richtig ausruhen?", fragt Alesha.

„Nicht besonders", gebe ich zu.

„Heute wird ein ruhiger Tag. Keine Anstrengung, kein Stress und keine schlechten Gedanken", sagt Jenny.

Ich nicke ihr beschwichtigend zu und wünschte, es wäre so leicht.

Als sie sieht, dass das ganze Vieh in den Feldern weidet, an denen wir vorbeikommen, macht Jenny eine Bemerkung, dass das ein sicheres Zeichen sei, dass es heute trocken bleibt. Ich schaue nach oben, sehe nur weiße Wolken am Himmel und stimme dieser Vorhersage zu.

„Gut", sagt sie. „Wir können einen gemächlichen Spaziergang am Strand entlang machen. Wo wollt ihr entlang, bei Ayr, Prestwick oder Troon?"

„Das überlasse ich euch", sage ich. „Du bist die Fahrerin."

„Ich denke Troon", sagt Jenny. „Auch wenn man in Prestwick leicht parken kann, ist es zu dieser Jahreszeit dort sehr leer und Ayr erstreckt sich zu weit. Troon kann auch ruhig sein, aber in einem Städtchen gibt es immer etwas Leben. Es sollte doch möglich sein, einen Ort zu finden, der wirtschaftlich nicht völlig abgeschnitten ist, aber dennoch in Strandnähe liegt."

„Für was ihr euch auch entscheidet, ich bin damit zufrieden", meint Alesha. „Ich kann mich nicht erinnern, je an einem dieser Orte gewesen zu sein."

Die Straße führt am Eingang zum Golfplatz Royal Troon vorbei und wir sehen, dass viele Spieler hier sind wegen des tollen Wetters. Dann gehen wir weiter, in die Stadtmitte, haben Erfolg und finden einen freien Platz im Parkhaus, direkt neben der Hauptstraße.

Die Sonne scheint zwar und die Luft ist warm, dennoch

ziehen wir Fleecejacken an, um uns vor der Meeresbrise zu schützen, die typischerweise am Fluss Clyde hinauf weht. Orkanstärke herrscht heute vielleicht nicht, einen Drachen könnte ich aber auch nicht steigen lassen, ohne Angst haben zu müssen, fort getragen zu werden. Als ich so darüber nachdenke, meine ich, dass es für die Golfer eine Herausforderung sein muss, verglichen mit dem üblichen Wetter auf dem Platz. Wir haben Schwierigkeiten, halbwegs gerade zu gehen, so lehnen wir uns gegen den Wind. Über die Witterungsverhältnisse lachen wir und kämpfen uns durch, vorbei an den Geschäften in der Main Street, über eine Grünfläche, zum Strand. Wir drei ziehen unsere Sandalen aus, unsere Füße sinken etwas ein, als wir über den Sand auf das Meer zulaufen. Die Flut lässt nach, fließt etwas vom Strand ab, dann treffen die Brecher auf die Küste direkt am Wasser.

Ich schaue hoch und runter und sehe, wenige haben sich auf das Wetter vorbereitet. Die meisten von denen, die es taten, tragen dicke Jacken und sind mit Hunden unterwegs, die im Wasser planschen und denen der Wind nichts auszumachen scheint.

Nach wenigen Minuten verfliegt unser Sinn für Abenteuer und wir suchen uns eine Bank, wo wir geschützt sind. Wir plaudern und schauen aufs Meer. Da es so ein heller Tag ist, hat man einen spektakulären Blick auf die Isle of Arran und wir können ein paar kleine Jachten und Schlauchboote sehen, wie auch den ein oder anderen Windsurfer, der dieses Wetter ausnutzt. Der Tag ist zwar ungewöhnlich warm für diese Jahreszeit, das Wasser sieht aber sehr kalt aus und wir sehen, dass es auch den Surfern kalt ist, trotz ihrer Neoprenanzüge.

Es war schlau von Jenny, daran zu denken. Hier fühle ich mich frei von jeder Last und ich spüre auch, dass mein Kopf weit klarer ist, als er hätte sein sollen, wenn auch ein bisschen schwer, vom Wetter.

Ich könnte nicht einmal schätzen, wie lange wir hier saßen, gegenseitig unsere Gegenwart genossen und die Landschaft auf uns wirken ließen, ehe dann Jenny vorschlägt, irgendwo etwas zu essen.

52 STUNDEN

Es gibt genug Bars, wo man Sandwiches essen und Kaffee trinken kann, stattdessen entscheiden wir uns aber für warmes Essen und suchen uns eine Bar, die Kneipenessen anbietet. Kaum sind wir drin, sehen wir eine Gruppe von Leuten, die alle um die Bar stehen, die Esstische sind leer. Wir nehmen uns einen hellen Tisch nahe am Fenster. Ein Heizkörper daneben strahlt Hitze ab, wir ziehen die Jacken aus und hängen sie über die Stühle.

Die salzige Luft macht durstig, da ich aber gestern Abend einen über den Durst getrunken habe, tendiere ich zu einem großen Mineralwasser mit Zitrone. Jenny fährt, bestellt also auch was Alkoholfreies und Alesha, die sich nicht abheben will, tut es uns gleich. Ich habe noch immer keinen Appetit auf etwas Schweres, so bestelle ich eine Schüssel selbst gemachter Linsensuppe, dazu knuspriges Brot. Alesha bestellt etwas Ähnliches, Suppe und ein halbes Sandwich, Jenny bestellt sich etwas Deftiges, Steakpastete mit Kartoffelpüree und Erbsen.

Es ist bei weitem nicht so gut wie das letzte Abendessen, aber wir lassen es uns trotzdem schmecken. Das Essen ist vollwertig und macht satt. Es kommen noch mehr Leute, die alle reden, sodass eine Unterhaltung schwierig wird. Auch wenn sie alle guter Dinge zu sein scheinen, gibt es ein halbes Dutzend junger Männer, die vor einem großen Fernseher, der bis zu Decke ragt, stehen. Wir vernehmen den Akzent Südenglands und sehen, sie haben Trikots der Fußballmannschaft von Chelsea an. Sie trinken Bier und Whisky und stoßen mit den Einheimischen an.

An einer Pinwand hängt die Ankündigung, dass auf Sky Sports heute Nachmittag dieses Spiel übertragen wird. Chelsea wird ein Premiership-Spiel spielen und in weniger als einer Stunde ist Anpfiff. Die Unterstützung hier geht ihnen ins Blut, buchstäblich.

Jenny macht den Vorschlag, dass wir irgendwo hin gehen, wo es ruhiger ist, Alesha und ich stimmen zu. Da ich schon viel getrunken habe, halte ich es für eine gute Idee, mich in der Damentoilette zu erleichtern, bevor ich gehe und Jenny kommt mit.

Die Sanitäranlagen sind sauber und riechen frisch. Über einer Reihe Waschbecken hängt ein größerer Spiegel, der die ganze Wand einnimmt. Ich ziehe mein Make-up nach.

Ich gehe voraus, als wir die Toilette verlassen, und lauf direkt in einen großen, rauen, jungen Mann, einen der Fußballfans. Er kann sich kaum auf den Beinen halten und fällt auf mich, wedelt dabei mit den Händen in der Luft, denn er möchte seinen Sturz abfangen. Ob beabsichtigt oder nicht, eine seiner Hände greift nach meiner rechten Brust, die andere die nackte Haut meines Oberarms. Seine Hände sind rau. Ich kann seine spröde Haut spüren. Sofort fühle ich mich, wie benebelt. Ich habe wieder meine Vision. Hände berühren mich überall. Viele Hände, raue Hände. Das ist mehr, als ich ertragen kann. Ich schlage um mich. Reflexartig schlage ich ihm das Knie in den Schritt. Ich kreische, ich schreie. „Vergewaltiger! Rühre mich nicht an. Weg von mir. Lass mich in Ruhe."

Ich verliere das Zeitgefühl. Ich bekomme nicht mit, was geschieht, dann finde ich mich wieder auf einem Stuhl, Jenny und Alesha links und rechts von mir, meine Hände haltend und versuchen, mich zu trösten. Es ist nicht kalt, ich zittere aber am ganzen Körper. Ich erkenne den Jungen, der mich berührte. Er sitzt auf dem Boden, mir gegenüber an die Wand gelehnt. Sein Gesicht ist blass, er keucht, würgt und hält sich die Schulter. Zwischen uns geht ein Mann auf und ab. Er ist groß, stämmig, in der einen Hand hält er einen Baseballschläger, mit dem er in die andere schlägt. Er hat die Situation bestens unter Kontrolle und ich gehe davon aus, er ist der Besitzer oder Geschäftsführer des Pubs.

Er schaut in meine Richtung. „Es liegt bei dir, wie wir dies klären. Wir können die Polizei rufen und ihn wegen sexueller Belästigung anzeigen. Ich weiß nicht, wie sehr er winseln wird, aber es wird sehr zeitaufwändig, das ist sicher." Er atmet tief ein, dann fährt er fort: „Ich habe meine Zweifel, ob gerade ihr das tun solltet. Es kommt mir vor, als hätte dieser junge Mann ein bisschen zu viel getrunken und sei zu weit gegangen." Er schaut den Jungen streng an. „Nach allem, was ich weiß, ist er ein Serienstraftäter und das Beste wäre, ihn aus dem Verkehr zu ziehen. Andererseits ist er vielleicht kein so übler Kerl und hat unter dem Einfluss von Drogen einen dummen, leichtsinnigen Fehler begangen. Die Alternative dazu, die Behörden zu verständigen, ist es, dass wir annehmen, er habe seine Fehler eingesehen. Dann, vorausgesetzt er entschuldigt sich ganz und ehrlich, lassen wir ihn laufen. Aber nur unter der Bedingung, dass er und seine Kameraden jetzt gehen und ganz aus unserem schönen Städtchen verschwinden."

Erst jetzt begreife ich langsam, was vor sich geht. Scheint so, als wäre dieser Mann nach meinem Schrei mit dem

Knüppel zur Rettung geeilt. Dem angsterfüllten Verhalten des Jungen nach zu urteilen, weiß er damit umzugehen. Das letzte, was ich jetzt brauchen kann, ist noch eine polizeiliche Anzeige und noch mehr fragen. Auch wenn er etwas betrunken war und er mich tatsächlich anfasste, glaube ich nicht, dass er mir ernsthaften Schaden zufügen wollte. Um ehrlich zu sein, habe ich vielleicht zu empfindlich auf seine Berührung reagiert.

Ich möchte das nicht weiterführen. In langsamem, vorsichtigem und ebenso ruhigem Ton sage ich: „Danke für eure Hilfe. Ich glaube, ihr habt Recht. Es ist wohl am besten, einen Schlussstrich unter diesen Vorfall zu ziehen und weiter zu leben, als wäre nichts gewesen."

Ich sehe, die Erleichterung steht dem jungen Mann ins Gesicht geschrieben, und der Reaktion des Barkeepers nach zu urteilen, ist auch er froh, dass wir es dabei belassen. Er kann zwar behaupten, dass seine Tat nötig war, um mich zu beschützen, er selbst könnte aber das Risiko eingehen, wegen sexueller Belästigung angezeigt zu werden.

Der Junge sagt mir, wie leid es ihm tut und verlässt, richtig mutlos die Bar, seine Freunde folgen ihm. Seine Freunde sind weniger milde, als sie ihn zur Tür hinausschieben. Sie werfen uns beim Gehen Schimpfwörter an den Kopf.

„Sie hatten sicher einen kleinen Schock", sagt der Mann. „Warten Sie eine Minute, dann hole ich ihnen einen schönen, süßen, heißen Tee." Er gibt einem Mann, der an der Küchentheke steht, ein Zeichen.

Mit Tränen in den Augen schaue ich auf. „Danke, das war sehr nett." Normalerweise trinke ich zwar meinen Tee ohne Zucker, ich weiß aber, er meint es gut und ich will ihn nicht beleidigen.

„Ich bin sehr beeindruckt, wie tapfer Sie sich hier schlugen", sagt er. „Hatten Sie einen Selbstverteidigungskurs? Sie hielten ihn auf der Stelle in Schach."

Ich runzle die Augenbrauen und denke darüber nach, wovon er redet. Dann merke ich es und antworte: „Nicht wirklich. Ich belegte an der Universität einige Kurse, es kam mir aber seither nicht in den Sinn." Nie und nimmer will ich erklären, weshalb ich so reagierte. Um ehrlich zu sein, will ich den ganzen Vorfall hinter mir lassen und raus hier.

Der Tee kommt. Glücklicherweise ist er nicht zu heiß, sodass ich ihn schnell trinken kann, wobei ich versuche, nicht zu würgen, weil er so süß ist. „Ich würde jetzt gerne gehen. Frische Luft wird mir guttun. Danke für deine Hilfe", sage ich zu dem Mann, der sich jetzt als Billy vorstellt. Mir kommt der Gedanke, dass ich in den letzten paar Tagen nicht viel mehr tat, als anderen Menschen für ihre Hilfe und Freundlichkeit zu danken. Es fühlt sich für mich seltsam und ungewohnt an. Gewöhnlich bin ich die Starke, auf die sich andere verlassen.

„Ich bedaure, dass das geschah. In meinem Pub wird so etwas überhaupt nicht toleriert", antwortet er und mir kommt seine Rolle verdächtig vor. „Im Nachhinein hätte ich merken müssen, dass sie zu viel getrunken hatten. Das hatte ich nicht erwartet, denn hier hatten sie nicht so viel getrunken. Sie mussten sich irgendwo schon betrunken haben, ehe sie kamen. Hätte ich es gewusst, hätte ich sie nicht bedient."

Jenny und Alesha helfen mir auf die Beine. Ich schüttle Billy die Hand und danke ihm nochmals, dann gehe ich zur Tür. Er geht voraus und schaut sich die Straße von oben bis unten an, bevor wir gehen, um sich zu vergewissern, dass die Jungs wirklich weg sind.

„Das Auto steht gleich um die Ecke", sagt Jenny. „Ich bringe dich im Handumdrehen zurück nach Glasgow."

„Ich würde wirklich gerne etwas frische Luft schnappen, ehe wir abreisen", sage ich.

„Verlassen wir zunächst mal die Stadt. Ich bezweifle, dass sie nochmals versuchen, dich zu belästigen, aber glaube auch nicht, dass wir ein unnötiges Risiko eingehen sollten", meint Alesha.

Wir steigen in den Clio und Jenny öffnet alle Fenster. Wenige Minuten später fahren wir in das Parkhaus bei Prestwick, von wo aus man das Meer sehen kann. Der Wind wurde zwar schon merklich schwächer, es ist aber dennoch frisch und belebend. Wir haben es nicht eilig, als wir die Promenade rauf und runter schlendern. Wir hören kleine Kinder auf dem Spielplatz. Sie feuern sich freudig an und fordern sich, auf dem Klettergerüst, zu immer gefährlicheren Mutproben heraus. Wir stehen eine Weile da und beobachten ihre Spiele. Währenddessen fühle Erleichterung in mir. Es geht mir gut, ich machte noch eine Tortur durch, sie schadete mir aber nicht. Der Vorfall im Pub könnte entweder nur ein Missverständnis oder ein absichtlicher Übergriff gewesen sein. Was immer es war, ich überstand es und ich überlebte es.

Ich rede mir ein, dass ich eine Kämpferin bin und ich mit allem fertig werde. Dennoch nagen Zweifel an mir. Ich frage mich, ob ich wirklich eine Kämpferin bin. Warum konnte ich nicht verhindern, was mir letzte Woche zustieß? Was noch schlimmer ist, warum weiß ich noch nicht einmal, was genau es war?

55 STUNDEN

Die starken Winde haben schwere Wolken mitgebracht. Wir haben Glück, dass es trocken blieb. Jedoch wird das Licht schwächer und Jenny hasst es, im Dunkeln zu fahren. Wir sind auf dem Rückweg nach Glasgow. Wir verlieren kaum ein Wort über den Vorfall im Pub. Ich denke, die Frauen zögern, das Thema anzusprechen, weil sie meinen, ich sei zu verletzlich für dieses Gespräch. Auch wenn der Clio bequem genug ist und wir drei darin genug Platz haben, so glaube ich, der Elefant im Raum hat keinen mehr.

Ich bin nicht sicher, wie ich das Thema am besten ansprechen soll, also sage ich, frei von der Leber weg: „Schätze, das war nicht die beste Art, sich von den Strapazen der letzten Woche zu erholen. Es ging alles so schnell. Ich habe Glück, dass Billy hier war."

„Nach allem, was ich sah, kamst du gut allein klar", sagt Jenny.

„Echt", ergänzt Alesha. „Ich sah überhaupt nichts. Als ich dich schreien hörte, rannte ich hinüber, um zu sehen, warum.

Es dauerte nur eine Sekunde, aber als ich bei dir war, hatte Billy die Lage im Griff und den Kerl auf dem Boden."

„Ich sah etwas Anderes", sagt Jenny. „Du warst vor mir und gingst durch die Tür. Der Kerl wollte dich befummeln und du schlugst ihm das Knie zwischen die Beine. Ich weiß nicht, wer lauter schrie." Jenny lächelt. „Nur ein Scherz. Ich weiß nicht, wie hart du ihn getroffen hast, denn er sah sowieso aus, als würde er gleich umfallen. Billy war blitzschnell da und verdrehte ihm den Arm. Danach ging er nirgends mehr hin."

Jetzt weiß ich es. Eine Ungereimtheit weniger. Ich bin echt zufrieden mit mir, dann höre ich, wie mein Handy klingelt. Ich nehme es aus der Tasche und schaue mir die SMS an.

Verdammte, verrückte Schlampe, ist auf dem Bildschirm zu lesen. Ohne groß nachzudenken, öffne ich noch mehr.

Dann steht da noch, *Nur, weil du unzufrieden mit deinem Leben bist, brauchst du nicht meines versauen.* Ich scrolle runter, da ist aber sonst nichts mehr. Von Michael.

Ich bin fassungslos. Mir ist, als hätte mich jemand in den Bauch geschlagen. Ich atme flach.

Alesha beugt sich vor und zerrt an meiner Schulter. „Was ist los?",

Jenny schaut mich an und steuert dann das Auto von der Fahrbahn runter, auf dem Standstreifen kommt es zum Stehen. Sie schaltet den Warnblinker ein.

„Was ist denn?", fragen beide gleichzeitig. Meine Hände zittern und ich bringe kein Wort heraus. Stattdessen halte ich mein Handy hoch, dass sie es lesen können.

Endlich flüstere ich, mit Tränen in den Augen: „Das ist zu viel. Ich glaube nicht, dass ich noch mehr ertragen kann."

„Was für ein Bastard! Du bist besser ohne ihn dran. Du hast das schon sehr lange gewusst, aber warum hat er dir das jetzt geschickt?", fragt Jenny.

Als ich darüber nachdenke, fällt mir wieder ein, was Paula sagte. „Als ich am Donnerstag von der Polizei vernommen wurde, sagte man mir, dass ihre Kollegen in Northumbria Michael vernehmen würden", antworte ich. „Ich sagte ihr nicht, sie solle es nicht tun. Vielleicht sollte ich ihn anrufen und es erklären."

„Das wirst du schön bleiben lassen", sagt Jenny. „Du schuldest ihm nichts, nachdem er dich so behandelt hat."

„Jenny hat Recht. Das Letzte, das du tun musst, ist, dich vor ihm zu rechtfertigen", sagt Alesha.

Ich weiß nicht, was ich tun soll. Ich bin verwirrt. Als Paula sagte, sie würde ihn befragen lassen, war ich froh, denn ich dachte, auf Michael würde ein kleiner Konflikt zukommen. Aber jetzt gerade bin ich mir nicht mehr sicher. Er hasst mich, das schließe ich aus seiner SMS, und es ist nicht richtig. Ich kann die gute Zeit, die wir hatten, nicht ignorieren. Wir waren Partner und standen uns lange sehr nahe. Hat das nicht etwas zu bedeuten? Was sollte ich tun? Meine Unentschlossenheit scheint als Antwort zu reichen, denn ich tue nichts.

„Bringen wir dich nach Hause", sagt Jenny. Sie verdrängt die Gefahr, wartet eine Lücke im Verkehr ab und fährt dann wieder auf die Autobahn. Wir fahren direkt zum Haus der Hamiltons.

Margaret und Jeffrey sehen sofort, etwas stimmt nicht, warten aber, dass wir es erklären, zuerst den Vorfall im Pub, dann Michaels SMS. Sie ziehen ernste Mienen.

„Du hast dir den richtigen Zeitpunkt ausgesucht, zurückzukommen", sagt Jeffrey und zwingt sich zu lächeln. „Unsere Kinder gingen vor einer halben Stunde, wir sind also ganz Ohr. Komm rein und setze dich. Kann ich dir was anbieten? Tee, Kaffee, etwas Stärkeres?"

Als er von Michaels SMS im Detail erfährt, sagt Jeffrey:

„Überlasse das mir. Ich habe einen Freund im Northumbria Constabulary, mit dem ich mehrere Fälle bearbeitete. Ich will sehen, was ich herausfinden kann."

In der Zwischenzeit führt uns Margaret durch die Küche und setzt Tee auf.

Ein paar Minuten später, als Jeffrey zurückkommt, stehe ich auf. „Ich hatte Glück. Er hatte Dienst und stellte ein paar Fragen. Es ist so, wie ihr dachtet", sagt er. „Heute Nachmittag statteten zwei Kollegen Michael zu Hause einen Besuch ab. Seine neue Freundin war dort und fragte sich, was vor sich geht. Dass sie mit ihm gesprochen hatten, erfreute sie nicht gerade. Sie fragten ihn, wo er die letzten paar Wochen steckte. Das Bemerkenswerte ist, er hat ein sicheres Alibi, wir können es also ausschließen, dass er etwas mit deiner Entführung zu tun hat. Er kann beweisen, wo er arbeitete, und zwar nicht einmal in der Nähe von Glasgow.

„Als sie ihn nach seinem Besuch vor zwei Wochen fragten, als er dich traf, drehte seine Freundin durch und noch mehr; als sie feststellen musste, dass ihr beide allein miteinander wart. Sie war fuchsteufelswild, denn er hatte behauptet, woanders gewesen zu sein. Offenbar hatte er ihr gesagt, er hätte das Wochenende bei Freunden in Birmingham verbracht. Sie sagte, sie war nicht bereit, sich noch mehr seiner Lügen anzuhören, hätte genug und würde ihm den Laufpass geben."

„Oh, mein Gott!", sage ich.

„Ich glaube, das erklärt, wieso er dir gegenüber so aggressiv ist", fährt Jeffrey fort. „Scheinbar schimpfte er über dich, beschuldigte dich, dass du besessen von ihm seist und dir Geschichten ausdenkst, um ihn zu kontrollieren."

„Das tat ich aber nicht. Das erfindet er alles", sage ich.

„Er behauptete, deshalb sei er nach Newcastle gezogen, einfach nur, um von dir weg zu kommen. Er hatte Platzangst und konnte es nicht ertragen, noch länger in deiner Nähe zu sein", fährt Jeffrey fort.

Alesha ergreift für mich Partei. „Offensichtlich lügt er, denn wäre das der Fall, wieso wollte er dann zurück nach Glasgow kommen, um sie zu sehen?"

„Wie der Zufall so will, stellte der Polizist die gleiche Frage", sagt Jeffrey. „Michael hat eine gute Show abgeliefert. Er behauptet, er wäre nach Glasgow gekommen, um Familienangehörige zu besuchen und hätte dich nur aufgesucht, um CDs, die er dir lieh, zu holen. Er sagte, du hättest ihn in deine Wohnung gebeten, sie zu holen und als er dort war, hättest du ihn betäubt."

Mir bleibt vor Schock der Mund offenstehen. Ich kann nicht glauben, was ich da höre. Warum sollte er so etwas Grauenhaftes sagen? Das ist nicht wahr. Das kann nicht wahr sein. Er muss mich gekonnt hinters Licht geführt haben, wenn es wahr ist, aber könnte es wahr sein? Ich hätte doch merken müssen, wenn er mich getäuscht hätte, oder?

Nun fange ich an, an mir selbst zu zweifeln. Sagt Michael vielleicht die Wahrheit? Könnte ich eine psychotische Schlampe sein, die versucht, jeden zu kontrollieren und zu täuschen, mich selbst eingeschlossen? War ich so durchgeknallt, dass ich Michael verschreckte? War ich es, die ihn betäubte? War alles, was mit meinem Verschwinden zu tun hat, erfunden und von mir aus einem unerklärlichen Grund gesteuert? Einige Beweise, die Jeffrey fand, scheinen darauf hinzudeuten, wie die Aufnahmen am Geldautomaten und der Kauf des Fernsehers mit meiner EC-Karte. Und was ist mit heute, mit dem Jungen im Pub? Überfiel er mich oder war es umgekehrt? Mein Kopf tut mir weh. Ich kann kaum mehr klar denken. Ich muss versuchen, mich zu konzentrieren.

Es stimmt zwar, dass ich mich gern selbst organisiere und ich möchte, dass alles so läuft, wie ich will, aber wer tut nicht?

Ja, ich schätze, ich mag den Gedanken, die Kontrolle zu haben, aber nicht so, wie Michael es vorschlug. Michael wollte, dass ich sein Leben organisiere; das sagte er mir oft. Auf sich allein gestellt, würde er zaudern und nichts gebacken bekommen. Er wollte, dass ich die Zügel in die Hand nehme, besonders im Bett. Das macht mich doch nicht zum Kontrollfreak, oder? Mein Gott, vielleicht hat er Recht. Ich bin ein Monster! Wie konnte ich das nicht merken?

Ich atme tief ein. Aber halt. Das alles ist komplett unverhältnismäßig. Die Schuld liegt bei Michael. Er log seine Freundin an und suchte nach Ausreden. Er ist ein verlogener, betrügerischer Bastard und ein zu großer Feigling, um für seine eigenen Taten die Verantwortung zu übernehmen. Nun versucht er, dies gegen mich zu richten, um sich selbst zu retten, und die Folgen sind ihm egal. Zuerst hätte ich es ihm nicht zugetraut, so verschlagen zu sein, ich hatte aber bisher noch nicht gemerkt, was er für eine Ratte sein konnte. Vielleicht ist er gerissener und manipulativer, als ich ihn eingeschätzt hatte. Vom Charakter her hätte ich das nicht gedacht, vielleicht ist er aber derjenige, der meine Entführung einfädelte. Jeffrey sagte mir, Michael hätte ein Alibi, aber er konnte alles geplant haben, ohne selbst vor Ort gewesen zu sein.

Als ich darüber nachdenke, nehmen meine Kopfschmerzen zu. Warum sollte er das tun? Was konnte er für ein Motiv gehabt haben? Ich merke, wie ich mir all das durch den Kopf gehen lasse.

„Ich muss mich setzen", sage ich.

„Natürlich. Geht es dir gut? Du wirkst sehr unruhig." Alesha hilft mir wieder in meinen Stuhl. Jenny beugt sich rüber und legt mir die Arme auf die Schulter.

„Mir ist etwas schwindlig und ich habe Kopfschmerzen. Hast du Paracetamol?" frage ich.

Sekunden später taucht Margaret neben mir auf. Sie reicht

mir zwei Tabletten, dazu ein Glas Wasser, um die Pillen hinunterzuspülen.

Ich schlucke sie runter, nicke ihr dankend zu und ich bereue es sofort, meinen Kopf bewegt zu haben.

„Warum sagte er nur solch grauenvolles Zeug?", denke ich laut. „Er lügt."

„Es kommt auf den Mann an", bemerkt Jeffrey. „Ich hatte bei der Truppe die ganze Zeit damit zu tun. Verdächtige logen und dann, wenn ihre Geschichten in sich zusammenfielen, schlugen sie auf jedes x-beliebige Ziel ein."

„Du glaubst ihm nicht"; sage ich erleichtert.

„Natürlich nicht", antwortet Jeffrey. „Nach Jahren, in denen ich als Kommissar arbeite, kann ich den Charakter ziemlich gut einschätzen." Ich sehe, Margaret und Alesha zustimmend nicken.

„Ich kann nicht glauben, dass ich so dumm war", sage ich.

„Was meinst du?", fragt Jenny.

„Die ganze Zeit, die ich mit Michael verbrachte, vertraute ich ihm. Bis zu der Zeit, wo er nach Newcastle ging. Sogar danach dachte ich noch eine Weile, wir könnten für immer zusammen sein. Ich liebte ihn und dachte, er liebt mich auch. Ich hätte alles für ihn getan. Wie töricht ich doch war." Tränen laufen mir über die Wangen. Ich will nicht weinen, ich will stark sein. Meine Emotionen gehen niemanden was an, ich kann aber nichts dafür. Ich denke, es ist wie ein Verlust. Der Verlust des Menschen, den ich zu kennen glaubte, regt mich auf.

„Das mit ihm war gut", sagt Jenny. „Ein Glück für dich, dass er aus deinem Leben verschwand. Ich weiß, du bist verstimmt, aber eines Tages wirst du merken, wieviel Glück du hattest, glücklich aus der Sache herausgekommen zu sein."

Ich weiß nicht, ob ich je etwas davon als Glück empfinden kann, denke ich. Ich möchte ein tapferes Gesicht machen. „Ich bin OK", sage ich. „Das sollte ich nicht an mich ranlassen. Das war nur, wegen allem drumherum und dann noch der Schock, zu hören, was Michael über mich sagte. Jetzt fühle ich mich etwas stärker." Ich stehe auf. Ich will mich frei bewegen. Meine Knie wollen nicht richtig, tragen mein Gewicht nicht und ich falle wieder auf den Sessel.

62 STUNDEN

Der Tag war traumatisch, genauer gesagt waren es drei trauma-
tische Tage, in denen eine Krise nach der anderen kam, aber
ich lebe noch. Am Donnerstag dachte ich, es könne nicht noch
schlimmer werden. Ich sollte Unrecht behalten und frage mich
nun, welches Grauen noch vor mir liegt. Ich bin zutiefst schockiert und beunruhigt. Es fühlt sich an, als würde das Leben,
das ich einst kannte, in Trümmern liegen. Alles, was ich heute
erfuhr, lasse ich mir nochmal durch den Kopf gehen und weiß
jetzt, das Leben, das ich zu kennen glaubte, war eine Lüge. Es
liegt nicht in Trümmern, sondern es existierte nie. Hätte ich
etwas gehabt, das zerstört wurde, hätte ich wenigstens Erinnerungen, die mir Trost und Kraft schenkten. Nun steht fest, dass
die Erinnerungen an meine Zeit mit Michael befleckt sind. Er
war nicht der Mann, für den ich ihn hielt. Das wird immer
schwerer zu ertragen. Die Erinnerungen, die ich für welche der
wichtigsten in meinem Leben hielt, sind falsch und, so sehr ich
es auch versuche, ich kann mich nicht an die verlorene Zeit
erinnern.

Ich bin müde und reif fürs Bett. Alesha und Jenny sind

wieder bei mir wie gestern Abend. Im Zimmer ist es dunkel, nur etwas Licht dringt vom Gang aus herein und scheint durch den Türspalt. So sehr ich mich vor Albträumen fürchte, ich merke, ich muss schlafen. Ich lege den Kopf auf das Kissen und möchte mich an angenehme Dinge erinnern: Wölkchen an einem strahlend blauen Himmel, Maisfelder im Wind, ein malerisches Bergpanorama. Meine Augen zucken, ich fühle mich schläfrig. Sie fühlen sich zu schwer an, als dass ich sie offenhalten könnte. Ich schließe sie und sehe wieder die Felder vor mir. Ich schlummere und mein Kopf sinkt tiefer ins Kissen.

72 STUNDEN

Ich merke, dass sich etwas bewegt. Meine Augen sind zu und ich muss mich anstrengen, sie zu öffnen. Als ich das tue, sehe ich klar. Die Vorhänge sind zwar zugezogen, unterhalb sehe ich aber helles Tageslicht durch einen offenen Spalt dringen.

Jenny ist im Zimmer und zieht sich an. Ich höre fließendes Wasser.

„Jenny, ist es schon Morgen?", frage ich.

„Oh, entschuldige, habe ich dich geweckt? Ich versuchte, ruhig zu sein. Es ist fast 09:00 Uhr."

Als sie sieht, wie ich mein Bett mache und mich im Zimmer umsehe, beantwortet Jenny die Frage, die ich nicht stellte: „Alesha steht unter der Dusche. Nicht mehr lange, dann ist sie fertig und du kannst dich frisch machen."

Es dauert einen Moment, bis ich merke, dass es jetzt Morgen ist und ich die ganze Nacht tief und fest schlief ohne Albträume oder Visionen. Ich bin angenehm überrascht. Normalerweise bin ich ein Frühaufsteher.

Ein paar Minuten später sitzen wir alle in der Küche. Diesmal steht Margaret am Herd.

„Familientradition: Ein komplettes Frühstück, am Sonntagmorgen. Es mag nicht das gesündeste Essen sein, aber ein bisschen dessen, das du magst, tut dir gut. Ich denke, dein Cholesterinspiegel schnellt davon nicht in die Höhe, vorausgesetzt, es ist nur einmal die Woche." Margaret klingt, als wäre sie guter Dinge.

Nach der Aufregung von gestern hatte ich keinen Appetit und brachte keinen Bissen runter. Das letzte, das ich zu mir genommen hatte, war das Mittagessen in Troon. Ein köstlicher Duft von gebratenem Speck liegt in der Luft und nun bekomme ich Heißhunger. „Da kann ich nicht widersprechen", sage ich.

Das herzhafte Essen ist verputzt, die zweite Tasse Tee halb leer getrunken, da fällt mir ein, ich muss auf mein Handy schauen. Mein Auge fällt auf eine SMS meiner Eltern, die gestern Abend noch ganz spät verschickt wurde: *Haben in Southampton angelegt, zu spät jedoch, um zu telefonieren. Morgen früh, gegen* 10:00 *Uhr, rufen wir dich an, kurz bevor wir ablegen.*

Es freut mich, von ihnen zu hören und zu wissen, sie sind bald wieder zu Hause. Margaret und Jeffrey waren wunderbare Gastgeber, Alesha und Jenny eine große Unterstützung. Wie gut sie mir taten, will ich nicht bestreiten, es fühlt sich aber nicht wie meine eigene Familie an. Sie sind nicht meine Eltern. Mir wird warm ums Herz bei dem Gedanken, bald wieder mit meinen Eltern vereint zu sein. Ich schaue auf die Uhr und stelle fest, in weniger als zehn Minuten sollten sie anrufen!

Panik überkommt mich. Was soll ich ihnen nur sagen? Ich wollte ihren besonderen Urlaub nicht verderben, deshalb zog ich es vor, ihnen nichts von meinen Problemen zu erzählen. Nicht mehr lange, dann werde ich mit ihnen sprechen und weiß nicht, wie ich am besten damit umgehen soll. Ich möchte ihnen alles sagen, nun ja, fast alles. Kein Grund, sie mit genauen Details zu beunruhigen. Jedoch bin ich immer noch davon überzeugt, dass ich es nicht abwarten kann, bis sie nach Hause kommen.

Ich erzähle den anderen, dass mich meine Eltern gleich anrufen und stehe vom Tisch auf. Margaret fragt, ob ich Beistand brauche, sie mit ihnen sprechen und alles erklären soll. So sehr ich das Angebot zu schätzen weiß, ich lehne höflich ab. Damit muss ich selbst klarkommen.

Ich gehe nach oben ins Schlafzimmer, dort habe ich meine Ruhe. Obwohl ich nicht weiß, was ich sagen soll, antworte ich vor dem zweiten Ton. „Mama, Papa, wie geht es euch? Wie war der Urlaub?"

„Großartig", antwortet meine Mama. Dem Echo nach zu urteilen, bin ich sicher, sie benutzt die Freisprecheinrichtung. Also hört mein Papa mit. „Aber in welchem Schlamassel hast du gesteckt? Wir haben unzählige SMS geschickt. Du hast sie eine Ewigkeit nicht beantwortet und als du es dann getan hast, hast du uns nicht alles erzählt. Wir haben uns große Sorgen gemacht. Was ist los? Bist du OK?"

Als ich ihre Stimme höre und weiß, wie sehr sie sich sorgen, verliere ich fast die Beherrschung. Ich habe Tränen in den Augen, weiß aber, ich darf nicht anfangen, zu weinen. Wenn ich es tue, breche ich vielleicht völlig zusammen.

„Jetzt geht es mir gut", lüge ich. „Ich wollte euch beunruhigen. Das möchte ich nicht alles am Telefon besprechen, aber seid versichert, sobald wir uns sehen, erzähle ich alles."

„Das klingt nicht gut. Sag mir doch, was los ist." Vor meiner Mama etwas geheim zu halten, ist mir nie leichtgefallen. Es ist fast so, als hätte sie einen sechsten Sinn und kann meine Gedanken lesen.

„Schon OK, Mama. Nichts, das nicht warten kann. Dann

bis bald, oder?" Ich versuche, den Frosch im Hals runter zu schlucken.

Als Antwort bekomme ich ein Schnauben, das ich als Unverständnis deute, aber mein Papa rettet mich davor, dass sie weiter nachhakt.

„Der Page wird in ein paar Minuten hier sein, uns helfen, wenn wir von Bord gehen, und uns zum Zug begleiten. Wir wären dann zum Mittagessen in London", sagt er. „Ich sprach mit dem Kundendienst der Bank", fährt mein Papa fort. „Sie waren sehr behilflich. Sie konnten uns Karten für die Nachmittagsvorstellung besorgen und selbst so spät noch einen guten Rabatt auf den Listenpreis herausschlagen. Außerdem buchten sie uns den letzten Shuttlebus, heute Abend vom Flughafen Heathrow. Wir müssen uns etwas beeilen, aber es lohnt sich. Der planmäßige Abflug ist um 20:15 Uhr und die Landung um 21:40 Uhr. Vom Flughafen aus werden wir ein Taxi nehmen und sind dann um etwa 22:30 Uhr zu Hause."

„Ruft mich an, sobald ihr in Heathrow gelandet seid", sage ich. Ich frage mich, ob Jenny bereit wäre, mich zu fahren, damit ich sie sehen kann, wenn sie landen. Noch will ich ihr nichts sagen, denn ich hatte noch nicht die Gelegenheit, sie zu fragen. Außerdem will ich sie nicht in Panik versetzen, sollten sie sehen, was für eine Angst ich habe, sie zu treffen.

Kaum habe ich aufgelegt, gehe ich zurück in die Küche und erzähle von allem, was besprochen wurde.

„Was hast du vor, Briony? Du kannst gerne hierbleiben, solange du willst, aber du sagtest, du würdest für eine Weile zu deinen Eltern ziehen. Willst du ihnen die Zeit geben, sich erst wieder zu Hause einzuleben?", fragt Margaret.

Ich überlege mir alles. Ich weiß, meine Eltern kommen gerade von ihrer Reise zurück und werden sich dann noch nicht richtig zu Hause eingelebt haben. Habe ich ihnen jedoch alles erzählt und sie hatten die Zeit, alles zu verdauen, bin ich sicher, sie werden mich bei sich haben wollen. Es wird ihnen lieber sein, ich bin bei ihnen, wo sie nach mir schauen können. Ich bin sicher, es wäre ihnen unrecht, wenn ich irgendwo anders wäre.

„Ich weiß euer Angebot wirklich zu schätzen und bin so dankbar, dass ihr mich eingeladen habt und euch so lieb um mich kümmert." Ich schaue zu Jenny und Alesha. „Ihr alle", korrigiere ich. „Ich weiß, Mama und Papa werden mich bei sich haben wollen und ich glaube, das wäre die beste Lösung."

Margaret meint: „Das kann ich verstehen, ich lasse aber das Zimmer für dich frei, nur für alle Fälle. Dann hast du zwei Möglichkeiten. Hast du heute was vor?"

„Bis jetzt habe dachte ich noch nicht darüber nach", antworte ich. Dann, nachdem ich eine Weile nachdachte, ergänze ich: „Ich hoffte, mein Gedächtnis wieder zu erlangen, aber nichts kam wieder. Ich habe nichts unversucht gelassen, es zu aktivieren. Willst du mich immer noch herumfahren?", frage ich und schaue Jenny an.

„Ja, natürlich. Ich helfe, wo ich kann, aber bist du sicher? Wäre es nicht besser, du gehst allein und kurierst dich etwas aus?", fragt sie.

Vielleicht hat sie Recht, aber ich kann nicht so weitermachen, ungeachtet des Risikos. „Ich kann nicht einfach nichts tun. Ich muss es wissen. Worum ich euch bitte, ist es, mich an alle Orte zu bringen, von denen ich glaube, in den besagten Stunden gewesen zu sein. Bei meinem Büro möchte ich anfangen. Das ist der letzte Ort, an den ich mich erinnere vor der Gedächtnislücke. Von dort aus könnte ich zu Alfredos gehen, um zu sehen, ob mir irgendwas wieder einfällt." Um zu sehen, ob sie es tun will, schaue ich Jenny an.

„Ich komme auch, wenn du willst", bietet Alesha an.

Ich lächle ihr anerkennend zu. „Wenn ich damit fertig bin, würde ich gerne zu den Geldautomaten, an denen mein Geld abgehoben wurde. Ich bin sicher, ich habe es nicht genommen, es zu prüfen, schadet aber auch nicht, nur um zu sehen, ob mir was bekannt vorkommt. Ich will auch noch zu Currys. Ich weiß nicht, ob es viel bringt, dorthin zu gehen, denn ich weiß, ich war letzte Woche schon in diesem Laden, als ich Fernseher anschaute. Einen Versuch ist es aber wert, wenn du mich fahren könntest."

Jenny schaut ernst, nickt aber trotzdem.

„Dann möchte ich noch zum Hauptbahnhof, denn dort fand ich mich als erstes wieder, als ich zu mir kam."

„Ich denke, das ist ein sehr guter Plan. Dort könnten zahlreiche Dinge sein, die als Katalysator dienen und deinem Gedächtnis auf die Sprünge helfen", sagt Jeffrey. „Die Polizei hat natürlich sicher schon all diese Orte überprüft und versucht, etwaige Überwachungsaufnahmen im Umkreis anzusehen, aber du könntest alles aus einem anderen Blickwinkel sehen."

„Wann können wir aufbrechen?", frage ich Jenny.

Sie zuckt. „Warum nicht jetzt? Sonst haben wir nichts mehr zu tun."

„Ich glaube nicht, dass du meine Nummern eingespeichert hast, falls du mich anrufen willst", sagt Jeffrey. „Speichere sie jetzt ein. In der Zwischenzeit muss ich mich um ein paar Anfragen kümmern."

Es ist zwar Sonntag, wir haben aber stockenden Verkehr, denn es findet ein Wohltätigkeitslauf für Demenzkranke in Großbritannien, statt. Die Ironie an der Sache ist mir nicht entgangen. Fast eine Stunde dauert es, bis wir in der Innenstadt sind und einen passenden Parkplatz in der Nähe meines Büros finden.

Wir steigen aus, schließen das Auto ab und werfen eine Münze in die Parkuhr. Als wir die Vorderseite des Gebäudes erreichen, liegen meine Nerven blank. Nie zuvor habe ich mir das Gebäude genau angesehen, aber jetzt tue ich es und hoffe, ich bekomme einen Anhaltspunkt. Es hat eine moderne Fassade und sieht so aus, als bestünde es aus farbigen Fertigteilen aus Beton und Glas. Das Rot wirkt warm und passt gut zu einigen der älteren Gebäude aus rotem Sandstein, die das Stadtbild dominieren. Ich nehme mir Zeit, an allen Stockwerken auf und ab zu schauen und bin verloren auf der Suche nach Inspiration.

„Gehen wir rein. Ich möchte mit dem Wachmann reden", sage ich und Alesha und Jenny folgen mir.

Ich gehe zum Schreibtisch. Da es Wochenende ist, steht

nur ein Wachmann da und macht seinen Dienst, für die paar Arbeiter die Überstunden schieben. Er sieht sehr jung aus und ich habe den Eindruck, dass er erst kürzlich mit der Schule fertig wurde. Bevor ich reden kann, spricht er mich an: „Guten Morgen, Miss Chaplin. Lange nicht gesehen."

Ich bin perplex. Er erkennt mich und weiß, wie ich heiße. Ich bin sicher, wir haben nie zuvor auch nur ein Wort gewechselt, auch wenn er mir etwas bekannt vorkommt. Er ist keiner der üblichen Wachmänner, mit denen ich spreche, als ich das Gebäude betrete und verlasse.

Mir verschlägt es etwas die Sprache, dann eilt aber Alesha zur Rettung. „Hallo, Alec. Wir fragten uns, ob du uns helfen kannst. Weißt du noch, als ich am Donnerstag mit dir sprach, bat ich dich, dir die Überwachungsbänder von Freitag vor einer Woche anzusehen, um nachzusehen, wann Briony Chaplin am Abend ging?

Als er Alesha sieht, erweicht sein Gesicht und er schaut wie ein Schoßhündchen.

„J-j-ja, natürlich, M-M-Miss Forest", stottert er. „Ich erinnere mich sogar an meine Antwort. Es war 19:23 Uhr".

Als er sieht, wie sehr sie das erstaunt, stottert er weiter: „I-i-ich habe ein gutes Gedächtnis. Es waren nicht nur ein paar Polizisten hier und stellten Fragen. Nicht i-ich sprach mit ihnen, sondern Big Campbell. Nachdem sie ihre Ausweise gezeigt hatten, zeigte er ihnen eine Videoaufnahme von der Vordertür, um es zu beweisen, auf der war aber nichts zu sehen. Sie prüften alles akribisch, vor und nach der Zeit, als Miss Chaplin ausstempelte, sie war aber nicht drauf."

Als er merkt, er hat unsere Aufmerksamkeit, fährt er mit verschwörerischer Stimme fort: „Natürlich hätte sie durch einen der anderen Ausgänge nutzen können, vielleicht durch den beim Parkhaus. Obwohl sich dort unten Überwachungskameras befinden, einen der hinausgeht kann man sicher schwer erkennen."

Das macht Sinn. Meistens benutze ich den Haupteingang. Wann immer ich auf dem Weg zum oder vom Bahnhof bin, ist das der schnellste Weg. Jedoch ging ich des Öfteren durch das Parkhaus. Immer, wenn ich raus ging, um einen Kunden zu treffen, und jemand dabeihatte, der fuhr, war das die übliche Route. Aber es gab auch andere Zeiten. Treffe ich mich mit jemandem oder bleibe aus irgendeinem Grund in der Stadt, nehme ich diesen Weg, denn auf ihm komme ich schneller ans Ziel. Das eine oder andere Mal kam es auch vor, dass ich genau zu der Zeit ging, wenn jemand anderes diesen Ausgang benutzte und, da wir noch plauderten, ich denselben Weg nahm.

Ich lasse Alesha und Jenny an meinen Gedanken teilhaben.

„In welcher Richtung liegt das Alfredos von hier aus?", fragt Jenny.

Ich nehme mir kurz Zeit, meine Gedanken zu ordnen, ehe ich gen Westen zeige. Vermutlich ist der Weg durch den Keller etwas kürzer, aber kaum der Rede wert. Ich bezweifle, dass es besonders umsichtig von mir war, diesen Weg einzuschlagen, denn es machte schon einen Unterschied.

„Ging noch jemand zur gleichen Zeit, wie ich?", frage ich.

Alec schaut auf seinen Bildschirm. „Wie ich sagte, du gingst um 19:23 Uhr. Schaut man sich diejenigen an, die ab 19:00 Uhr gingen, stellt man fest, dass Grant Bowman und Celia Hanson beide fünf Minuten vor dir gingen."

Als er meinen verblüfften Gesichtsausdruck sieht, erklärt er: „Sie arbeiten bei MacArthur's, der Wirtschaftsprüfungsgesellschaft im achten Stock. Als nächstes sieht man Dwight Collier, der um 19:29 Uhr aus seinem Büro ging. Willst du noch mehr wissen?"

„Nein, das reicht, danke. Wer hatte denn Dienst, zu der Zeit, als ich ging? Vielleicht könnte ich mit ihnen reden", meine ich.

Alec schaut wieder auf seinen Bildschirm. „Campbell hatte die Schicht am Freitagabend. Bis morgen früh wird er nicht vor Ort sein, auch wenn ich bezweifle, dass er dir helfen kann."

„Warum nicht?" fragt Alesha.

Er schenkt ihr sein süßestes Lächeln, dass mir persönlich etwas gruselig vorkommt. „Selbst wenn Campbell hier gewesen wäre, er wäre im Hinterzimmer gewesen, denn um diese Zeit hat er Pause. Die Polizei stellte ihm die gleiche Frage. Wir machen um diese Zeit immer unsere abendliche Pause."

Jenny mischt sich, sichtlich erregt, ein und sagt: „Wie, um alles in der Welt, kannst du die Zeit, wann die Leute kommen und gehen so genau bestimmen, ohne sie zu sehen?"

„Nichts leichter als das", antwortet Alec. „Bei uns melden sich die Leute nicht an oder ab. Sie zeigen ihre Firmenausweise im Scanner, der dann exakt im System dokumentiert, wann die Leute kommen und gehen. Da ich mich mit dem Computer verbinden konnte, war es mir möglich, eure Fragen zu beantworten." Er klopft auf den Bildschirm.

„Also kann man exakt sagen, wann die Karte durch den Scanner gezogen wurde. Man kann nicht ganz sicher sagen, wann jemand kam oder ging", sage ich.

Alec schaut perplex.

„Jemand könnte den Ausweis eines anderen nehmen, damit eine Aufzeichnung schalten und man weiß nicht, wer es war, es sei denn, man hat eine Aufnahme", erkläre ich.

„Schon, aber warum sollte jemand so was tun?", fragt er.

Ich antworte mit einer Gegenfrage: „Wäre es OK, wenn wir durch den Keller gehen? Ich möchte einen Blick ins Parkhaus werfen."

Er runzelt die Augenbrauen, dann stimmt er aber zu. „Ja,

kein Problem, dort unten gibt es aber nichts zu sehen. Heute ist das Gebäude fast leer und es parken nicht einmal ein halbes Dutzend Autos."

Wir gehen hinüber, zum Fahrstuhl, aber bevor ich den Knopf drücke, entschließe ich mich, Jeffrey anzurufen und ihm von meiner Entdeckung zu erzählen.

„Ein Kommissar hätte das nicht besser gekonnt. Solltest du jemals keine Lust mehr auf Marketing haben, dann finde ich sicher Arbeit für dich", sagt er. „Was hast du als nächstes vor?"

„Ich kann mich nicht erinnern, das Gebäude verlassen zu haben, egal, durch welchen Ausgang. Den Aufnahmen nach zu urteilen, scheint niemand mitgekommen zu sein, darauf kann ich mich aber nicht verlassen. Ich hätte die Abkürzung durch den Keller nehmen oder mit dem Auto von jemandem wegfahren können. Ich werde mich im Parkhaus umsehen und dann durch die Kellertür zu Alfredos gehen."

„Der Plan ist so gut, er hätte von mir sein können", sagt Jeffrey. „Viel Glück."

75 STUNDEN

Wir steigen aus dem Fahrstuhl und laufen im Keller herum. Mir kommt er bekannt vor, denn ich war früher schon mehrmals hier, ich verbinde aber keine speziellen Erinnerungen mit ihm. Zusammen mit Alesha und Jenny, versuche ich ihn abzulaufen, benutze sowohl die Ausfahrt als auch den Ausgang, erinnere mich aber an nichts. Ich folge der Straße, bis sie sich mit der kreuzt, die ich genommen hätte, hätte ich den Haupteingang benutzt. Auf dem Rückweg versuche ich, doppelt so schnell zu laufen, dann lasse ich mir den Weg zu Alfredos durch den Kopf gehen, es bringt aber nichts. Wir erreichen die Bar, die sich füllt, denn es ist Zeit zum Mittagessen.

Ich erkenne Antonio, der gerade einen Tisch abräumt. Diesen Kellner habe ich des Öfteren hier gesehen. Als ich auftauche, schaut er weg.

„Einen Augenblick", rufe ich. „Ich möchte mit Ihnen reden. Ich möchte sie fragen..."

Er schaut sich im Raum um. „Gerade ist es schlecht. Es ist zu viel los. Können Sie später oder an einem anderen Tag kommen?" Er wendet sich ab und geht Richtung Bar.

Ich packe ihn am Arm. „Bitte, helfen Sie mir?", flehe ich, er reagiert aber nicht. Beim Gehen fühle ich mich zurückgewiesen. Ich bin schon fast an der Tür, da ruft mich Antonio zurück.

„Verzeihung", sagt er. „Ich hörte, was geschah. Geht es Ihnen jetzt besser?"

Ich zucke. „Ich versuche, herauszufinden, wo ich war...", beginne ich, als er mich unterbricht. „Jetzt kann ich nicht mit Ihnen reden, aber könnte Ihnen eh nichts erzählen. Die Polizei machte eine Befragung, aber niemand kann sich erinnern, Sie in dieser Nacht gesehen zu haben. Sie haben unsere Überwachungsbänder mitgenommen."

Ich lächle schwach. „Danke, trotzdem."

Nachdem alles, durch das Gespräch mit Alec, einen solch guten Anfang genommen hatte, bin ich enttäuscht, dass es nicht so bleibt. Jedoch beflügelt mich, dass ich an beiden Orten nachfragte und auch dass die Polizei Fortschritte machte. Fest steht, sie nehmen die Anfrage ernst.

Nun hat das alles keinen großen Sinn mehr und so gehen wir zurück zu Jennys Auto, nur um dann festzustellen, dass ihr Parkschein schon zehn Minuten abgelaufen ist. Wir haben Glück. Gerade sind keine Politessen unterwegs.

Kaum haben wir die Postleitzahl, den wir vom Geldautomaten haben, in das Navigationsgerät eingegeben, sind wir auch schon auf dem Weg quer durch die Stadt in den Westteil. Wir fahren gerade darauf zu, nur um dann festzustellen, dass wir fortwährend im Kreis fahren müssen, bis wir einen sicheren Parkplatz finden. Schließlich finden wir einen Parkplatz in der Otago Street, nahe des Studentenwerks der Universität Glasgow, dann fahren wir zurück zur Great Western Road. Die Gegend kenne ich noch aus meiner Studienzeit, denn damals mieteten viele Freunde von mir dort in der Nähe ein Zimmer.

Wir kommen beim Geldautomaten an, Alesha und Jenny stehen an der Ecke, ich laufe daneben auf und ab. Ich schaue mich überall um, versuche, die Atmosphäre auf mich wirken zu lassen...und mich zu erinnern, ob ich hier schon einmal war.

„Ich kann mich nicht erinnern, diesen Geldautomaten je benutzt zu haben", sage ich, merke dann aber, er unterscheidet sich in nichts von anderen. Ich sehe ein Antiquariat für alte Bücher, auf der anderen Straßenseite. Der sticht ins Auge.

„Diesen Buchladen muss ich schon einmal gesehen haben. Ich weiß, den kenne ich woher. Warum weiß ich auch nicht genau, aber etwas an dieser Umgebung kommt mir bekannt vor."

„Was ist es? Denkst du, dass du kürzlich dort warst?", fragt Alesha.

„Ich glaube nein", antworte ich.

Ich zermartere mein Gehirn und versuche, mich zu erinnern. Alesha und Jenny schauen sich um, suchen Anhaltspunkte, aber sie können nichts tun oder sagen, um zu helfen.

Ich spüre diese nagenden Zweifel und möchte nicht hier weg, ehe ich weiß, was es ist.

„In der Nähe gibt es viele Cafés. Gehen wir erst mal in eines, dort können wir was Kühles trinken, während du nachdenkst", schlägt Alesha vor.

„Gute Idee", antworte ich.

Schweigend sitzen wir da und schlürfen unsere Drinks. Es vergeht ein bisschen Zeit, dann kann ich es mir zusammenreimen. Ich erinnere mich, dass ich erst kürzlich hier nicht nur einmal, sondern zweimal gewesen bin. Ich brauchte eine Weile, es zu merken, denn beide Male war es dunkel, aber je mehr ich darüber nachdenke, desto mehr kommt mir das alles bekannt vor.

„Ich erinnere mich an einen Tag, da hat jemand aus dem Team eine Präsentation, für einen neuen Kunden in spe, in Aberdeen, gehalten. Frühmorgens brachen wir auf, spätabends kehrten wir zurück. Stuart Ronson fuhr einen großen BMW, einen Siebener, meine ich", sage ich.

„Du hast Recht. Er fährt einen X7. Letzte Woche musste ich seine Kfz-Steuer erneuern", sagt Alesha.

Ich nicke. „Nach einem äußerst langen Tag, fuhr er uns alle nach Hause. Ich stieg als letzte aus, denn meine Wohnung liegt am nächsten von dort, wo er wohnt. Ich erinnere mich, dass wir hier in der Nähe anhielten, um jemanden aussteigen zu lassen. Aber wen?" Ich versuche, mich zu erinnern, wer sonst noch an der Präsentation mitwirkte. „Bei diesem Projekt arbeitete ich eng mit Chrissie zusammen, sie hatte aber noch etwas Anderes zu erledigen und ging nicht nach Aberdeen. Es war entweder Dwight oder Alison. Einer von beiden stieg hier aus, der andere wurde in Cardonald abgesetzt. Aber wer von beiden? Ich meine, Dwight wurde hier abgesetzt, Allison und ihr Ehemann wohnen in Cardonald."

„Ich glaube, du hast Recht, denn Allison wohnt im Südteil", bestätigt Alesha.

„Noch was. Ich erinnere mich, diese Straße mit Michael gegangen zu sein. Es muss schon Monate her sein, im Frühling, vielleicht sogar im letzten Winter, denn ich meine, es hatte Bodenfrost. Wir waren auf dem Weg zu einer Party, die ein Verwandter von ihm gab. Michael sagte, er sei sein Cousin, sie waren aber nicht wirklich verwandt. Jetzt sehe ich auf einmal alles glasklar", sage ich.

Sowohl Alesha als auch Jenny drehen sich zu mir und hören aufmerksam zu.

„Sie wuchsen zusammen auf, wie Brüder, sagte er. Ihre Eltern waren gut befreundet und Nachbarn. Sie nannten ihre jeweiligen Eltern Onkel und Tante und dachten deshalb, sie seien Cousins. Mit den Jahren verschlug es die Familien an andere Orte und sie waren nur noch entfernt befreundet, hielten aber den Kontakt, deshalb waren wir zu der Party eingeladen." Ich schließe die Augen und versuche, mich zu konzentrieren.

„Sein Name war... Billy, oder war es Bobby? Irgendwas mit B. Nein, weder noch, er hieß Barry. Ja, je mehr ich darüber nachdenke, desto sicherer bin ich mir. Barry hieß er. Sein Nachname fällt mir nicht mehr ein."

„Weiter", drängt Jenny.

„Ich erinnere mich, mit Michael gesprochen zu haben. Ich sagte, die Buchhandlung sehe interessant aus und ich sagte ihm, ich würde wiederkommen, wenn sie offen wäre. Ich erinnere mich, hier entlang gelaufen zu sein, um in seine Wohnung zu gehen. Jetzt kann ich es mir vorstellen. Oakfield Avenue. Ja, er lebte in einer Wohnung in der Oakfield Avenue, im zweiten Stock. Er lebte auch nicht zur Miete. Er hat die Wohnung erst kürzlich abbezahlt. Er hatte ein Einweihungsfest."

Ich schließe die Augen und kann mir nun vorstellen, wie er

aussieht: Glatt rasiert, kurze, blondierte Haare, mittelgroß, stämmig; nein, nicht stämmig, eher ziemlich mollig. Er hatte ein rundliches Gesicht und trug eine Hornbrille.

„Ich mochte ihn überhaupt nicht. Er war schmierig und arrogant, arbeitete in der Versicherungsbranche, wenn ich mich recht entsinne. Als Michael mich ihm vorstellte, bestand er darauf, mich auf beide Backen zu küssen. Sein Gesicht war verschwitzt, wie seine Hände auch, die meine Arme hielten. Er hielt mich so lange, dass es mir unangenehm wurde. In einem gekünstelten nordenglischen Akzent sagte er etwas Dummes zu Michael. So etwa: ‚Sieht so aus, als hättest du eine gute Partie gemacht.' Ich weiß noch, wie er mich anglotzte. Er machte ein paar eindeutige Bemerkungen in meine Richtung. Das fand ich unangemessen. Aus seinem Mund hätte ich es nie für angemessen gehalten, aber so etwas zu sagen, nachdem er mich gerade ein paar Sekunden kannte, war echt falsch. Ich bekam eine Gänsehaut, fühlte mich, wie...dafür finde ich keine Worte. Jedoch glaube ich nicht, dass ich mich allein mit ihm wohl gefühlt hätte."

„Ist irgendetwas passiert?", fragt Alesha.

„Nein. Ich war bei Michael und viele andere Leute waren auch noch hier, sodass ich Barry für den Rest des Abends ignorierte und stattdessen mit den anderen Leuten verkehrte. Damals hatte ich nicht mehr viel an ihn gedacht. Danach sprach ich mit Michael. Ich sagte ihm, dass mir Barry nicht gefällt, er tat es aber ab, versuchte mich zu überzeugen, dass er in Ordnung sei und ich mich an seinen Humor gewöhnten würde. Ich habe ihn nie mehr wiedergesehen."

Monatelang hatte ich keinen Grund, an Barry zu denken. Jetzt bin ich in der Nähe seiner Wohnung. Mein voriges Unbehagen, seinetwegen, scheint sich noch zu verstärken, da ich jetzt auch noch vermehrt Zweifel an Michael habe.

„Der Gedanke, dass der Geldautomat nur zwei Minuten

von Barrys Wohnung liegt, ist für meinen Geschmack ein Zufall zu viel. Ist es möglich, dass Michael und sein perverser Cousin für meine Probleme verantwortlich sind?", frage ich zitternd und bekomme eine Gänsehaut bei dem Gedanken.

„Ich würde gerne Jeffrey von Barry erzählen. Ich wusste nicht, wie ich mehr über ihn herausfinden konnte, ohne Michael zu fragen, obwohl ich glaube, Jeffrey findet da durchaus Möglichkeiten.

„Ohne Nachnamen wird es schwieriger, aber wie viele Menschen namens Barry werden schon im Winter oder Frühling eine Wohnung in der Oakfield Avenue gekauft haben, die im zweiten Stock ist?"

„Ich frage mich, ob wir genaueres im Grundbuch nachlesen können?", bemerke ich. Auch wenn es wohl nur ein Scherz von ihm war, Jeffrey hatte Recht: Ich fange jetzt an, wie eine Detektivin zu denken. Vielleicht sollte ich abwarten, was ich sonst noch herausbekomme, ehe ich ihn spreche.

„Ich erinnere mich, dass du nach der Party mit mir sprachst und mir davon erzählt hast", sagt Jenny. „Du warst damals sehr aufgeregt. Lag das nicht an einem derben Streit, den du mit Michael hattest? Das war im Februar. Ich weiß es, denn es war etwa um die gleiche Zeit wie mein Geburtstag, und ich hatte vor, den Abend mit dir zu verbringen, du aber warst nicht erreichbar, denn du hattest mit Michael was zu erledigen."

„Mein Gott! Du hast Recht. Wir hatten deswegen eine heftige Auseinandersetzung. Das war eines der wenigen Male, wo wir einen ernsthaften Streit hatten. Ich wollte die Party früher verlassen, aber Michael sagte, das sei unhöflich und bestand darauf, dass wir noch bleiben. Ich hatte Barry beschuldigt, der Unhöfliche zu sein und das Gefühl, Michael schlage sich auf seine Seite. Fast eine Woche sprachen wir nicht miteinander, dann entschuldigte er sich."

„Wie schrecklich", sagt Alesha.

„Vorher konnte ich mir das nicht zusammenreimen, aber weniger als vier Wochen später erzählte mir Michael von seinem neuen Job und davon, dass er nach Newcastle zieht."

Ich habe Tränen in den Augen, als ich mir alle Möglichkeiten ausmale. Fingen auf dieser Party all meine Probleme an? Wenn es Michael und Barry waren, die mich entführten, was, um alles in der Welt, hatten sie für ein Motiv? Sind sie nur krank oder war es ein Racheakt?

Alesha reißt mich aus meinen Gedanken, indem sie fragt: „Was hast du jetzt vor?"

Ich komme zurück, ins Hier und Jetzt. „Gerade kann ich nicht mehr tun. Machen wir weiter und schauen uns das Geschäft bei Currys an.

78 STUNDEN

Wir gehen zurück zum Auto, dann fahren wir nach Finnieston zurück. Ich erinnere mich, mit Jenny schon einmal hier gewesen zu sein. Jedoch trifft es mich wie ein Schlag, als ich durch die Automatiktür des Ladens gehe. Verwirrt schaue ich mich um.

„Was ist los, Briony? Stimmt etwas nicht?", fragt Alesha.

„Ich weiß, hier war ich schon einmal, es sieht aber anders aus", antworte ich. „Es ist derselbe Laden, oder?", frage ich Jenny.

„Ja, ist er", antwortet Jenny. „Ich weiß nicht, was du meinst."

Ein betagter Verkäufer geht vorbei und ich spreche ihn an.

„Diese Frage klingt vielleicht dumm, aber hat sich an diesem Laden in letzter Zeit etwas geändert?", frage ich.

„Gut beobachtet, junge Dame. Wir machten ein paar Reparaturen und änderten die Einrichtung."

„Wie lange ist das her?", frage ich.

Er schweigt kurz und überlegt. „Mittwoch, vor einer Woche, also vor elf Tagen. Die meiste Arbeit erfolgte nachts, aber am Donnerstagmorgen mussten wir auch noch absperren, um die Öffentlichkeit keiner Gefahr auszusetzen."

„Ich hatte Recht", sage ich. „Der Umbau war, nachdem ich mit Jenny hier war, aber bevor der Fernseher gekauft wurde."

„Was macht das für einen Unterschied?", fragt Jenny.

„Keinen, schätze ich. Ich will mich nur vergewissern, dass ich nicht verrückt werde", antworte ich.

„Ich bemerkte keinen Unterschied", sagt Jenny.

„Ich schätze, das liegt an meiner Arbeit", antworte ich. „Solche Sachen fallen mir auf. Gutes Marketing erfordert gute Darstellungen und Produktplatzierungen." Es ist nur ein kleiner Schritt, aber ich bin dankbar, dass mein Verstand wieder normal zu arbeiten scheint.

„Kann ich Ihnen irgendwie behilflich sein?", fragt der Mann.

Ich sage ihm, dass ich mehr über den Kauf meines Fernsehers erfahren will.

„Hm, ich weiß nicht, ob ich irgendwie helfen kann. Einen Augenblick, ich hole den Chef."

Während wir warten, schlagen wir die Zeit tot, indem wir die neuesten Tablets und Laptops anschauen. Fast zehn Minuten vergehen, dann kommt ein sehr gut gekleideter junger Mann auf uns zu. „Entschuldigen Sie, dass ich sie warten ließ, aber ich hatte noch ein wichtiges Telefonat." Er führt uns in einen Bereich, abseits des Vorführraums mit den Fernsehern, wo wir es ruhiger haben.

Nachdem ich ihm erklärte, wonach ich suche, antwortet er: „Sie wissen aber schon, dass die Polizei daran arbeitet?"

„Ja, natürlich. Ich habe die Polizei ja angerufen", sage ich ihm.

„Es gibt nichts, dass ich Ihnen sagen könnte, dass Sie nicht eh schon wissen. Wir haben nachgefragt und niemand kann sich an die Transaktion erinnern. Die Polizei hat die Kopien, die wir von den Überwachungsbändern hatten, beschlagnahmt. Sie verschwenden ihre Zeit, denn wir haben es bereits bei der ersten Anfrage geprüft und darauf nichts von Belang gefunden."

„Wenn Sie uns sonst nichts mehr sagen können, dann will ich Ihre Zeit nicht länger in Anspruch nehmen", sage ich.

„Bevor Sie gehen, kann ich Ihnen eine Frage stellen?", fragt er.

Ich nicke.

„Die Polizei sagte mir, dass Sie behaupten, jemand anderes hätte den Kauf mit Ihrer Karte getätigt."

„Ja, das tat ich."

„Bedeutet das, Sie wollen den Fernseher nicht?"

„Korrekt", antworte ich.

„Wenn das so ist, wollen Sie, dass wir die Lieferung stornieren? Das wäre einfacher, als wenn Sie sie zurückschicken müssen."

Das macht Sinn. Warum hatte ich nicht selbst daran gedacht. Vielleicht bin ich geistig noch nicht ganz auf der Höhe. „Ja, bitte."

„Wenn Sie die Karte bei sich haben, kann ich die Transaktion rückgängig machen."

Verdammt, die Karte haben ich nicht und weiß auch nicht, was mit ihr geschah. Außerdem erinnere ich mich, dass die Bank vorhatte, das Konto zu sperren. „Gibt es eine andere Möglichkeit? Meine Karte fehlt", sage ich.

„Die gibt es, aber sie ist viel komplizierter", antwortet er. Es dauert 40 Minuten, dann haben wir den formellen Papierkram erledigt, den Kauf storniert und eine Erstattung in die Wege geleitet, die per Scheck an meine Eltern geschickt wird. Ich bin dankbar und erleichtert, ein bisschen meines Geldes wieder zu haben, obwohl ich gegen Ende nicht weiß, wo mir der Kopf steht.

80 STUNDEN

Der Hauptbahnhof ist der letzte planmäßige Halt. Ich bin dankbar dafür, wie weit ich gekommen bin und gleichzeitig erschöpft, da es mich so viel Kraft kostete. Ich schätze, ich werde hier nicht lange bleiben, denn ich glaube nicht, dass ich hier sehr viel mehr erfahre. Sollte sich dieser Ort von den anderen irgendwie unterscheiden, hätte die Polizei längst eine Videoaufnahme der Bahnhofshalle, vom Donnerstagmorgen, angefordert. Ich bezweifle, dass hier einer mit mir spricht, weshalb ich hier am Bahnhof hauptsächlich bin, um auf und ab zu gehen und zu versuchen, mich zu erinnern.

Wir gehen davon aus, wir sind in ein paar Minuten wieder draußen, Jenny stimmt deshalb zu, in der Nähe der Union Street zu parken und dort im Auto zu warten, während Alesha und ich nachsehen.

Wie betreten die Treppe, wagen uns ein paar Schritte vor, halten dann an und schauen uns um. Es ist später Sonntagnachmittag und nicht viele Menschen sind dort. Viele der Kioske sind geschlossen. Ich kenne den Bahnhof, denn der Zug war das Transportmittel, mit dem ich fast immer in die Stadt fuhr, als ich mit meinen Eltern in Giffnock lebte. Seit ich in diese Wohnung zog, benutzte ich öfter den Bus. Ich schaue mich um, sehe die Uhr, das Gehäuse, die Anzeigentafeln, die Imbissstände und die Geschäfte. Alle schauen völlig normal aus, weniger voll, weniger hektisch, einfach normal. Ich schaue auf den Boden, die Fließen, auf denen ich ausrutschte, sind jetzt trocken, die Bank, an der ich mir das Knie stieß, sieht normal aus. Nichts, wodurch ich mich erinnern könnte, wie ich am Donnerstag hier ankam. Ich gehe zum Ausgang, den ich am Montag benutzte, dann den gleichen Weg zurück, den ich gekommen war. Dass ich am Donnerstag auf diesem Bahnhof war, daran kann ich mich nicht mehr erinnern. Ich erinnere mich, dass ich auf dem glatten Boden ausrutschte, mein Schuh dabei kaputt ging und ich weg taumelte. Aber alles nimmt hier seinen Anfang. An nichts, das vorher war, kann ich mich erinnern.

Ich hatte zwar nicht erwartet, etwas zu finden, bin aber enttäuscht, dass sich mein Verdacht bestätigte. Ich kehre, zusammen mit Alesha, zu Jenny und dem Auto zurück.

Wir fahren zurück, zum Haus der Hamiltons, und auf dem Weg dorthin frage ich Jenny, ob es sie stört, noch zum Flughafen zu fahren. Die Idee scheint ihr fast zu gefallen, worüber wir beide froh sind.

Ich will unbedingt Jeffrey von Barry und meiner Sorge wegen Michael, erzählen. Ehe ich aber die Gelegenheit bekomme, sagt er mir, er hätte was anderes gehört und wolle mit mir unter vier Augen sprechen. Das schreckt mich gleich auf, denn er will scheinbar nicht, dass Alesha oder Jenny davon erfahren. Was kann das sein? Da sie bereits so viel wissen, schätze ich, er möchte die Neuigkeiten nur mit mir teilen, ohne dass sie dabei sind.

Wir gehen in sein Büro und er bittet mich, Platz zu nehmen.

„Ich bin einen großen Schritt weiter", sagt er. „Als erstes meine ich, diejenigen gefunden zu haben, die Sie vergewaltigten."

Was für ein Glück, dass er mich zuerst bat, mich zu setzen, denn wäre ich gestanden, wäre ich wohl kollabiert. Mir steht der Mund offen und innerlich fühle ich mich hohl. „Wirklich? Sie haben sie gefunden? Haben Sie der Polizei gesagt, sie können sie mitnehmen?"

„Ich habe zu niemandem etwas gesagt, nicht einmal zu Margaret. Ich wollte zuerst mit Ihnen sprechen, um sicherzustellen, dass ich die richtigen Männer habe."

Ich bin bestürzt und mir ist schlecht. „Wer sind sie?", frage ich.

„Zuerst möchte ich mich entspannen", sagt er. „Es ist nicht so, wie Sie vielleicht denken. Ich machte eine Online-Suche, basierend auf der Beschreibung, die Sie mir gaben. Wenn Sie meinen, Sie hätten die Kraft dazu, würde ich Ihnen gerne eine Videoaufnahme zeigen, die ich runterlud. Seien Sie gewarnt, das ist nichts für schwache Nerven." Er macht ein ernstes Gesicht.

Woher weiß ich, ob ich das aushalten kann? Ich weiß nicht, was das auf mich für eine Wirkung haben wird, kann aber nicht ablehnen. Ich muss es herausfinden. Ich nicke und sage, in einem leisen Flüsterton: „Bitte, ich will es sehen."

Jeffreys Finger tanzen über die Tastatur und der Bildschirm leuchtet auf. Mein Schock nimmt immer mehr zu, als ich das sehe, und mir wird schlecht. Mir ist, als hätte Jeffrey die Visionen, die mich quälten, irgendwie einfangen können. Die drei Männer. Das Mädchen, das nackt auf dem Bett liegt. Die Männer ziehen sich aus und fassen sie an, geben ihr Befehle, steuern und missbrauchen sie, tun ihr weh. Ich weiß, was als nächstes kommt und mir graut davor. Das weiß ich aus meinen Albträumen und vielleicht nicht nur in meinen Albträumen.

Ich will nicht noch mehr sehen. Ich drehe mich weg, mein Mund ist trocken und mir ist flau im Magen.

Panik steigt in mir auf und mir kommt ein Gedanke: Wie hat Jeffrey das gefunden. Da er sagte, er suche online, dann muss es für jeden, der weiß, wie er danach suchen soll, zugänglich sein oder für jeden, der speziell nach diesen Sachen sucht. Meine Angst nimmt zu und ich frage mich erneut, ob ich das Mädchen bin. Könnten das Bilder der Männer sein, die Sex mit mir hatten? Hat das jemand aufgezeichnet und sind diese Aufnahmen für jeden zugänglich, der weiß, wie man sie im Internet findet? Bilder von mir, wie man mir Gewalt antut, mich nimmt, vergewaltigt und schändet. Mir ist, als breche ich gleich zusammen und greife die Stuhllehne noch fester. Meine Sicht wird trübe und ich habe Tränen in den Augen. So sehr mich das alles anekelt, ich muss wieder auf den Bildschirm schauen, um zu sehen, ob das wirklich ich bin, aber als ich das tue, ist der Bildschirm schon matt.

Jeffrey nimmt meine Hand. „Tut mir leid, dass ich dir das hier zeigen musste. Sind das die Männer aus deiner Vision?"

Ich nicke. „Das Mädchen, bin ich das?", schluchze ich dazwischen.

„Guter Gott, nein! Warum denkst du das?", antwortet er.

„Meine Visionen, ich erzählte dir von ihnen. Ich hatte Angst, dass dies Bruchteile von Erinnerungen wären, was man mir antat. Das Mädchen sieht mir sehr ähnlich. Wie kannst du dir so sicher sein?"

„Oh Briony, es tut mir leid. Ich dachte, du würdest es verstehen. Dieses Mädchen bist nicht du. Du kannst es nicht sein. Da Video wurde schon vor Monaten, lange bevor du verschwandst, online gestellt."

Ich atme tief aus, denn erst jetzt merke ich, mir stockte der Atem. Ich bin ganz verwirrt.

„Ich hatte eine Theorie, die sich als richtig herausstellte.

Ich wollte dir zu Anfang nichts erzählen, falls ich falsch läge, denn ich hatte Angst, falsche Hoffnungen zu wecken. Deshalb wartete ich, bis ich Genaues wusste. Ich hatte meine Zweifel wegen deiner klaren Visionen und weil du dich an nichts sonst erinnert hast. Die Male an deinen Handgelenken ließen den Schluss zu, dass du gefesselt wurdest und das erhärtete den Verdacht. Du sagtest, nach deiner Untersuchung, dass es keinen Anhaltspunkt auf gewalttätigen Sex gäbe, was ich für unwahrscheinlich hielt, denn du spieltest ja bei deiner Vision die Hauptrolle."

Er schweigt, um sicherzustellen, dass ich dem folge, was er sagt. „Zieht man das alles in Betracht, dachte ich, dass es gut möglich sein könnte, dass du an einen Stuhl gefesselt und gezwungen wurdest, Pornos zu schauen. Ich prüfte das online, bediente mich dabei der Beschreibungen, die du mir gabst, und konnte die zurückverfolgen, die ich dir zeigte, sowie viele andere, die ähnlich sind." Er drückt meine Hand, um mir Mut zu machen. „Zu Anfang unserer Unterhaltung sagte ich dir, ich würde dir die Aufnahme zeigen. Weil ich so aufgeregt war, sie gefunden zu haben, und dich brauchte, um zu bestätigen, dass ich die Richtigen hatte, erklärte ich nicht anständig, was ich fand. Verzeihung. Ich wollte dich nicht aufregen."

Ich stehe noch immer unter Schock, bin aber gleichzeitig erleichtert. „Also bin dieses Mädchen nicht ich. Sie ist ein weiteres Opfer, das arme Ding."

„Sie könnte freiwillig mitgespielt haben oder eine Schauspielerin sein", sagt Jeffrey. „Sie sah nicht aus, als sei sie in Not, obwohl es gut möglich ist, dass sie unter Drogen stand. Ob freiwillig oder nicht, können wir nicht wissen. Dieselben Männer waren auch auf anderen Aufnahmen, mit anderen Mädchen, zu sehen. Ich zeigte dir die hier, weil die am ehesten zu dem passt, was du beschrieben hast. Die Filmaufnahmen wurden alle auf eine Internetseite, mit Ursprung in Florida, gestellt. Sie beschmutzen, was wir für Anstand halten. Jedoch ist dies strenggenommen nichts Illegales, es sei denn, wir können beweisen, dass die Mädchen gegen ihren Willen missbraucht wurden. Jedenfalls hat unsere eigene Polizei keine rechtliche Handhabe, Filme zu untersuchen, die in den USA gedreht wurden, selbst wenn sie die Ressourcen und die Motivation *hätten*, Nachforschungen anzustellen."

Mir ist, als hätte man mir eine große Last von den Schultern genommen. „Also geschah es nicht mir", wiederhole ich. „Ich wurde nicht Opfer einer Gruppenvergewaltigung."

„Auf den Videos warst jedenfalls nicht du zu sehen", berichtigt Jeffrey. „Ich kann nicht sicher sagen, dass du nicht sexuell missbraucht wurdest. Vielleicht wird die ärztliche Untersuchung dir mehr Aufschluss geben, am besten wäre es aber schon, du erlangtest dein Gedächtnis zurück. Ich halte es nicht für einen Zufall, dass du Filme zu sehen bekamst, in denen ein Mädchen dabei ist, das dir zum Verwechseln ähnlich sieht."

„Aber warum?", frage ich.

„Wer immer dich entführt und dir diese Videos gezeigt hat, muss versucht haben, bei dir Zweifel zu wecken, ob dir überhaupt etwas zugestoßen ist. Was noch schlimmer ist, es könnte eine versteckte Drohung geben. Bis wir der Sache auf den Grund gegangen sind, musst du sehr vorsichtig sein."

Obgleich ich erleichtert bin, zu wissen, dass diejenige in den Visionen nicht ich war, treffen mich Jeffreys Worte hart. Ich bin nicht groß weitergekommen, denn ich weiß noch immer nicht, was mir zustieß und werde jetzt mehr in dem Gedanken bestätigt, dass jemand etwas mit meinem Kopf anstellte. Ich lege die Hände vors Gesicht. „Warum sollte mir jemand so etwas antun?"

„Wir wissen es noch nicht, Briony, machen aber Fortschritte. Wir finden es schon heraus."

Jeffrey reicht mir ein paar Kosmetiktücher. Ich wische mir die Tränen ab und putze mir die Nase. Mir dämmert, dass ich echt schlecht aussehen muss, mit roten Augen, das Make-up verschmiert, aber es ist mir egal.

„Wenn es dir gut geht, Briony, dann hätte ich mit dir noch andere Sachen zu besprechen...die nichts mit dem hier zu tun haben. Möchtest du eine Pause machen, vielleicht einen Tee, oder so etwas?"

„Nein, es geht mir gut. Ich möchte weitermachen. Ich brauche nur ein zwei Minuten, um mich an den Gedanken zu gewöhnen. Ein Glas Wasser wäre schön."

„Aus der Küche kannst du dir welches holen, sonst habe ich auch noch Mineralwasser hier, wenn du willst."

Die Flasche nehme ich gerne an.

81 STUNDEN

Nun, da ich anfing, möchte ich es auch fortsetzen. Ich erzähle Jeffrey davon, was ich von der Party noch weiß und von meinem Verdacht, Barry und Michael könnten etwas damit zu tun haben.

„Sehr interessant", sagt Jeffrey. „Ich muss noch etwas tiefer graben. Die Polizei in Northumbria sagte, sie hätten Michaels Alibi überprüft. Ich möchte, dass sie es nochmals nachprüfen, falls ihnen etwas entging."

„Noch etwas?", frage ich.

Für gewöhnlich ist Jeffrey sehr entschlossen, aber in diesem Fall dreht er sich weg; er sieht unsicher aus. „Was ist los?", will ich wissen.

„Ich bin nicht sicher, ob das der richtige Zeitpunkt ist", sagt er.

„Das musst du, jetzt hast du schon begonnen", sage ich.

„Ich habe noch nicht alle Informationen gesammelt", sagt er.

„Erzähl mir, was du weißt", fahre ich fort.

Jeffrey spitzt die Lippen und denkt nach. „OK, aber denk bitte dran, ich bin hier noch ganz am Anfang. Ich erhielt heute Nachmittag einen Anruf von einer gewissen, P.C. Firestone. Sie arbeitet in Zoes Team. Ihr wurde die Aufgabe zuteil, Recherchen über deine leiblichen Eltern einzuholen."

„Ja, was ist mit ihnen?", frage ich. Ich weiß nicht, was jetzt kommt, aber ich nehme an, es wird mir nicht gefallen, so ernst, wie Jeffrey schaut. Will ich das wissen? Bis jetzt habe ich es vermieden, meine leiblichen Eltern zu suchen. Ich merke, hier wird es eine Wende nehmen. Wenn ich etwas erfahre, kann ich es nicht länger ignorieren.

„Als man dich nach deinen leiblichen Eltern fragte, sagtest du Paula, deine Mutter hätte dich kurz nach deiner Geburt zur Adoption freigegeben, denn ihr Zustand war kritisch", sagt Jeffrey.

„Ja, ich sagte es ihr, weil es wahr ist. Zumindest ließ man mich immer in diesem Glauben."

„Dann wird das jetzt wohl schockierend klingen, denn es ist nicht wahr", sagt Jeffrey.

„Was? Wie?" frage ich.

„Die Wahrheit ist, deine Mutter gab dich zur Adoption frei, kurz nachdem du geboren wurdest, und starb ein Jahr danach. Jedoch nicht an einer Krankheit. Nicht eine einzige Krankheit steht in ihrer Krankenakte", sagt Jeffrey.

„Was dann?", frage ich.

„Tut mir leid, dir sagen zu müssen, dass es Selbstmord war. Sie nahm sich das Leben", sagt er.

„Aber warum? Vielleicht wusste sie, sie würde sowieso sterben und wollte es deshalb kurz und schmerzlos", meine ich.

„Vielleicht hast du Recht", sagt er, auch wenn sein Gesichtsausdruck das Gegenteil sagt. „Bis jetzt haben wir keinen Anhaltspunkt auf körperliche Probleme, obwohl Firestone noch mehr Nachforschungen anstellt. Wir wissen, man diagnostizierte bei ihr eine schwere Depression."

Ich merke, Jeffrey versucht, nett zu sein, aber ich verstehe es so, als wolle er sagen, meine Mutter war geisteskrank. Was steckte dahinter? Könnte ich vielleicht auch Krankheiten haben, die ich erbte? Paula fragte mich nach meiner Familie; sie wollte wissen, ob es Fälle von Geisteskrankheit gab. Diese Möglichkeit hatte ich außer Acht gelassen, als wäre sie für meine Erinnerungslücke nicht von Belang, aber jetzt...aber jetzt bin ich nicht mehr so sicher. Hatte mein Verschwinden nicht mit Michael und Barry zu tun...oder sonst wem? Könnte es viel harmloser sein, als ich erwartete? Könnte alles an mir liegen? Kann es sein, dass ich geisteskrank bin und dies die Ursache ist?

Aber halt, ich reagiere über. Jeffrey fand die Videoaufnahmen des Missbrauchs, an den ich mich schwach erinnerte. Die habe ich nicht erfunden. Sicher wird die Aufnahme beweisen, dass jemand anders sie auf mich ansetzte? Es gibt keine andere Erklärung. Es sei denn, meine Persönlichkeit ist irgendwie gespalten. Ich bin drauf und dran, verrückt zu werden, während ich mir das alles überlege. Natürlich könnte ich bereits verrückt sein. Obwohl ich mir sicher bin, dass ich nicht verrückt bin, stimmt es denn nicht, dass jeder Verrückte dies auch behaupten würde? Das ist nicht gut. Mir wird unwohl und das kann ich mir nicht leisten, wenn ich Antworten will. Ich muss das alles von mir abschütteln. Ich muss mehr über meine leibliche Mutter erfahren.

„Gibt es sonst etwas, das du mir über sie sagen kannst?"

Jeffrey schaut nachdenklich. „Nein, nichts, tut mir leid."

„Du verschweigst mir was. Es gibt noch mehr", unterstelle ich.

„Ich habe nichts für dich, über deine Mutter", antwortet er.

Aus irgendeinem Grund weiß ich, er sagt mir nicht alles.

Ich nehme an, er hat keine Lüge vorbereitet, sagt mir aber auch nicht die Wahrheit. „Da ist noch mehr, oder nicht? Was ist es?"

Jeffrey schaut zu Boden. Er kann mir nicht in die Augen schauen.

„Was ist los?", dränge ich mit schriller Stimme.

„OK, ich sage es dir, es könnte aber gar nichts heißen. Um ehrlich zu sein, glaube ich, dass ein Fehler gemacht wurde. Es könnte eine Fehlinformation in die Datenbank eingegeben worden sein. Wir haben versucht, es nochmals zu überprüfen. Morgen wissen wir es sicher", sagt er.

Ich zerre an seinem Arm. „Bitte, Jeffrey, sag es mir."

„Firestone sagte mir, das erste, das sie tat, war es, eine Kopie deiner Geburtsurkunde zu machen", sagt er, dann schweigt er.

„Ja, nur weiter."

„Dein Vater steht auf deiner Geburtsurkunde", sagt er.

„Natürlich", antworte ich. „Auf einer Geburtsurkunde steht gewöhnlich, wer der Vater ist. Dann sag es mir. Wer ist mein leiblicher Vater?"

Jeffrey schaut mich direkt an. „Dein Vater, Arthur James Chaplin. Er ist derjenige, der auf deiner originalen Geburtsurkunde als Vater steht."

„Das kann nicht sein! Er ist mein Adoptivvater, nicht mein biologischer." Vor Staunen bleibt mir der Mund offenstehen. Meine Augen sind zwar weit offen, ich sehe aber nichts. Ich starre ins Leere. Ich mache im Geist Arithmetik. „Ich bin jetzt 25 Jahre alt. Erst diese Woche feierten meine Mama und mein Papa ihren 30. Hochzeitstag. Als ich geboren wurde, waren sie schon mehr als vier Jahre verheiratet, dreieinhalb, als ich gezeugt wurde.

Sie waren immer sehr miteinander verbunden. Sie machen alles gemeinsam. Mir kam nie in den Sinn, dass mein Papa ein

Techtelmechtel mit jemand anders gehabt haben könnte, bei dem auch noch ein Kind gezeugt wurde.

„Ja, wir kamen aufs Gleiche raus. Es könnte ein Flüchtigkeitsfehler sein, der gemacht wurde, als die Akten für deine Adoption erstellt wurden und ein falsches Feld ausgefüllt wurde. Es ist Sonntag. Wir prüfen die Akten, sobald das Büro geöffnet hat. Ein anderer nahe liegender Weg ist, mit deinem Vater zu sprechen, aber wir wissen, er ist noch nicht wieder von seinem Urlaub zurück und solch eine Frage würden wir ihm gerne persönlich stellen."

„Ich treffe mich heute Abend mit ihm", sage ich.

„Ich glaube wirklich nicht, du solltest sagen...", beginnt Jeffrey.

„Ich weiß nicht, ob ich bis morgen warten kann. Ich weiß auch nicht, ob ich imstande bin, ihn überhaupt zu fragen", sage ich.

Ich bin sehr müde. Eine schwere Last liegt auf mir. Es könnte so sein, wie Jeffrey sagte, und jemandem könnte bei der Ablage ein Fehler unterlaufen sein, aber was, wenn es stimmt? Wie könnte Papa, der Mann, den ich immer als meinen Adoptivvater kannte, auf einmal mein leiblicher Vater sein? Wenn es stimmt, warum wollte er es mir nicht sagen? Was hatte das zu bedeuten? Weiß meine Mama davon? Wenn ja, was denkt sie darüber? Wenn nicht, wie wird sie es aufnehmen, wenn sie die Neuigkeit hört? Es kann sich doch nur um einen Irrtum handeln, nicht? Oh, mein Gott, das ist alles zu viel, für mich.

„Briony, geht es dir gut? Ich wollte nicht, dass du all das erfährst, nicht auf einmal. Das muss ein schwerer Schock für dich sein. Nach diesem schweren Tag solltest du dich vielleicht hinlegen. Eine Verschnaufpause könnte dir helfen, das alles zu verdauen. Ruhe dich jetzt erst mal aus, du hast noch viel Zeit, ehe deine Eltern zu Hause ankommen. Zum Abendessen gibt es kalte Platten, sodass du essen kannst, wann immer du Hunger bekommst", sagt Jeffrey.

„Ich weiß nicht", erwidere ich. „Ich glaube, ich muss weitermachen. Ich bin nicht sicher, ob es mir guttut, wenn ich mich jetzt hinlege. Wie spät ist es jetzt?" Ich schaue und sehe, es ist schon 18:00 Uhr. Jenny bat ich, mich mitzunehmen, damit ich meine Eltern vom Flughafen Glasgow abholen kann. Da ihr Flug planmäßig nicht vor 21:40 Uhr landen soll, haben wir sowieso noch ein paar Stunden, ehe wir los müssen.

„Weiß noch jemand davon?", frage ich.

„Ich erzählte niemanden von den Videos und deinen leiblichen Eltern. Firestone ist fast mit dem Bericht fertig, aber Zoe ist die einzige, die ihn vorerst sehen wird."

„Bitte sagt niemandem etwas, nicht einmal Margaret. Ich will, dass keiner davon erfährt, bis ich die ganze Wahrheit kenne", bitte ich.

„Natürlich sage ich nichts, es ist deine Privatangelegenheit", sagt Jeffrey.

„Aber was sollen wir sagen? Sie werden neugierig werden. Werden wissen wollen, worüber wir die ganze Zeit gesprochen haben", sage ich.

„Guter Punkt. Wir können ihnen sagen, ich hätte dir den Fortschritt bei den polizeilichen Ermittlungen dargelegt und wie die Anfrage fortgesetzt wird. Wir können, ohne zu lügen, sagen, dass ich Informationen, die bisher über die Befragungen über deine leiblichen Eltern existieren, erhielt, auch wenn es nichts Handfestes ist", schlägt er vor.

„Das könnte funktionieren, was aber, wenn sie fragen, wieso du mich allein sprechen musstest?"

„Es wird ihnen komisch vorkommen, aber ich bezweifle stark, dass sie Fragen stellen werden. Ich weiß, Margaret wird das sicher nicht." Jeffrey scheint kurz zu überlegen. „Selbst wenn jemand fragen sollte, kann ich sagen, dass es mit dem

Berufsethos zu tun hat. Technisch gesehen, bist du meine Klientin und wenn ich einem Klienten Informationen von einer Ermittlung zukommen lasse, dann muss das unter vier Augen bleiben, es sei denn, der Klient hat es ausdrücklich anders gewünscht.

81,5 STUNDEN

Bevor ich Jeffreys Büro verlasse, schaue ich in den Spiegel und ziehe mein Make-up nach. Ich will nicht, dass man sofort sieht, dass ich geweint habe. Ich trete in die Halle, Jeffrey kommt nach. Da ich höre, wie in der Lounge der Fernseher läuft, gehe ich davon aus, dass alle dort sind. Als ich eintrete, sehe ich Margaret auf einem Sofa lümmeln, ein Taschenbuch in der Hand, während sie beiläufig den Nachrichten im Hintergrund lauscht. Ich sehe mich um, aber sonst ist keiner hier.

Als sie hört, dass ich den Raum betrete, schließt sie ihr Buch und legt es auf den Beistelltisch neben ihr. „Alesha ist nicht hier. Da sie dich nicht stören wollte, bat sie mich zu grüßen. Die Mädchen erzählten, das Jenny vorhat, dich zum Flughafen zu bringen und fragten sich, ob Alesha nach Hause ging, damit sie sich noch kurz mit ihrem Freund treffen kann, ehe das Wochenende vorbei ist. Jenny nimmt sie mit. Ich glaube, sie will sich auch mit jemandem treffen, ehe sie zu dir zurückkommt."

„Freund? Ich wusste nicht, dass Alesha einen Freund hat. Sie hat mir nichts erzählt."

„Oh doch", antwortet Margaret. „Sie sind jetzt schon mehrere Monate ein Paar."

Das ist mir entgangen. Bis vor drei Tagen wusste ich eigentlich nicht, dass es Alesha überhaupt gibt und in dieser kurzen Zeit wurde sie zu einer guten Freundin und Stütze. Sie war unglaublich nett und fürsorglich und ich weiß nicht, wie ich es ohne ihre Unterstützung geschafft hätte. Sie stand mir bei, als sie sich so viele meiner intimsten Geheimnisse anhörte. Nun, da ich darüber nachdenke, ich weiß so gut wie nichts über sie.

Es kam überraschend, als Margaret mir sagte, dass sie einen Freund hat. Ich kam nie auf die Idee, sie nach irgendwas zu fragen, ehrlich gesagt. Sie erwähnte ihre Eltern, ich weiß aber nicht, ob sie Geschwister hat, was sie für eine Ausbildung hat, gar nichts. Es ging immer nur um mich. Ich war so egoistisch. Auch das bin ich nicht, meine ich. Normalerweise habe ich ein reges Interesse an anderen Menschen, besonders an meinen Freunden und ihren Leben. Manche Menschen unterstellen mir sogar, neugierig zu sein, weil ich wissen möchte, was vor sich geht, ich hilfreich bin und auch eine Stütze. Diesmal war Alesha eine Stütze und ich war schwach und selbstbezogen. Vielleicht waren die letzten paar Tage ungewöhnlich, aber wenn ich mein Leben zurückbekomme, muss ich mich wieder normal verhalten, nicht wie ein Opfer. Zunächst sollte ich sie anrufen und ihr danken für all ihre Hilfe. Aber nicht einmal damit kann ich anfangen, denn ich habe ihre Telefonnummer nicht. Außerdem, wenn sie endlich Zeit für sich hat, etwas Privatsphäre mit ihrem Freund, sollte ich mich nicht einmischen, sonst würde ich nur meine Missetat untermauern.

„Wie lange ist es her, dass sie gingen?", frage ich.

„Nicht lange, etwa 20 Minuten, meine ich", antwortet Margaret.

Wenn sie erst vor 20 Minuten nach Hause aufbrach, dann

213

sollte ich mich nicht schon jetzt melden. „Hast du ihre Handy-nummer?", frage ich.

Margaret gibt mir ihre Nummer und ich speichere sie auf meinem Handy ein. Ich rufe sie an, um ihr für all ihre Hilfe zu danken. Ich entschuldige mich aufrichtig, bitte sie, mir meinen Egoismus zu verzeihen und verspreche, ihr eine bessere Freundin zu sein.

Sie winkt meine Entschuldigung ab, äußerst Verständnis für das Trauma, das ich durchmachen musste, und verspricht, dass wir uns bald wiedersehen. Wir wünschen uns gegenseitig einen angenehmen Abend.

Der Anruf endet. Ich stehe da, das Handy in der Hand, und frage mich, was Alesha für Traumata durchmachen musste, durch die sie auf einmal so verständnisvoll wurde. Ich möchte ihr eine gute Freundin sein. Damit ich das sein kann, sollte ich mich nicht aufdrängen, das weiß ich. Ich muss es ihr überlassen, zu reden, wenn und wann sie will.

83 STUNDEN

Als meine Eltern am Flughafen Heathrow ankommen, ruft mich mein Papa an, um mir zu sagen, wie sehr ihm und Mama die Show gefallen hat. „Ein perfekter Abschluss für unseren Urlaub", sagt er. Er bestätigt, dass ihr Flug planmäßig ankommt und sagt mir, es wäre für sie am einfachsten, mit einem Taxi nach Hause zu fahren. Er hat die Nummer einer zuverlässigen Firma im Ort. Ich lehne ab und bestehe darauf, dass ich mit Jenny am Gate auf sie warte.

Papa lenkt ein und meint: „Wenn du unbedingt kommen und uns abholen willst, wären wir sehr dankbar. Jedoch kann es ein kleines Vermögen kosten, beim Flughafen zu parken. Am besten, du bleibst außerhalb des abgesperrten Bereichs, bis wir landen. Ich rufe dich dann an, wenn wir unsere Koffer haben, dann kannst du zum Ausgangsbereich. Wir sollten dann um ungefähr die gleiche Zeit dort sein. Wenn wir es so machen, dann kostet es nur einen Appel und ein Ei und du musst nicht noch eine Hypothek auf dein Haus aufnehmen. Da gibt es lediglich ein Problem: Man darf dort nur ein paar Minuten halten."

„Hört sich an wie ein guter Plan", antworte ich. Kaum habe ich den Anruf beendet, kommt Jenny im Hamiltons' an. „Ich würde gern früher gehen, dann kann ich in meiner Wohnung noch ein paar Klamotten holen", erkläre ich. „Außerdem will ich noch ein paar Lebensmittel kaufen; etwas Milch, Brot und Butter, dass der Kühlschrank nicht leer ist, wenn sie zurückkommen. Ich weiß, es wird spät werden, aber sie würden sich sicher über etwas Tee und Toast freuen nach der langen Reise."

„Das ist kein Problem", antwortet Jenny. „Wir fahren bei Salisburys vorbei und auf dem Weg kannst du dann noch etwas einkaufen."

Ich hole mein Zeug aus dem Schlafzimmer und verabschiede mich von Jeffrey und Margaret. Ich habe Tränen in den Augen, als ich sie umarme, sie festdrücke und ich nicht sicher bin, ob ich sie je loslassen kann. „Ich kann euch gar nicht genug danken", sage ich und meine es auch so.

„Machen wir es nicht allzu emotional", sagt Jeffrey. „Du kannst uns jederzeit besuchen. Außerdem haben wir noch sehr viel zu erledigen und es ist fast sicher, dass wir morgen noch reden. Ich bin sicher, bald siehst du Margaret wieder. Du bist jetzt viel stärker und wenn du erst ein paar Sachen mehr geregelt hast, wirst du auch wieder fit für die Arbeit sein."

Ich wische mir die Augen mit einem Taschentuch, dann fahren wir davon. Obwohl es mir leidtut, die gemütliche Sicherheit der Hamiltons zu verlassen, bin ich auch froh, wenn ich daran denke, meine Eltern wieder zu sehen. Froh ja, aber besorgt.

84 STUNDEN

Nachdem wir ein paar Einkäufe erledigt und frische Kleidung eingepackt haben, machen wir, auf dem Weg zum Flughafen, noch einen Abstecher in Paisley. Etwas verspätet fällt mir wieder das viele Gepäck ein, dass Mama und Papa für die Reise eingepackt haben.

„Passt das auch alles rein?", frage ich Jenny, sichtlich besorgt.

„Wäre ihr Gepäck beim Freigepäck des Fluges dabei, dann bin ich sicher, ich habe keine Probleme, es in den Kofferraum zu stopfen. Vorausahnend räumte ich so viel wie möglich raus, als ich nach Hause ging. Machen wir keine Panik, wenn alle Stricke reißen, können wir immer noch eine Tasche auf den Vordersitz legen und du kannst hinten zwischen deiner Familie reisen."

Obwohl Mama durchschnittlich groß ist, ist Papa schon ein sehr großer Mann, 1,90 m groß, 114 kg schwer, muskulös und durchtrainiert. Ich hatte angenommen, er würde vorne sitzen. Auf dem Rücksitz, zwischen ihm und Mama zu sitzen, hätte mir nichts ausgemacht. „Verzeihung, dass ich in Panik ausbrach", sage ich. „Man könnte meinen, ich hätte genug Probleme zu regeln, ohne noch welche zu suchen, die es nicht gibt."

Jenny nimmt ihre Hand vom Lenkrad, gerade lange genug, um meinen Arm zu drücken. „Alles wird gut. Vertrau mir."

Ich wollte nicht das Risiko eingehen, spät anzukommen, deshalb hatte ich darauf bestanden, früher zu gehen. Folglich erreichen wir den Flughafen ganze 15 Minuten vor der planmäßigen Landung des Flugzeugs. Wir halten uns an Papas Anweisungen, suchen uns einen Platz zum Warten und Parken in der Nähe einer Tankstelle. Jenny stellt den Motor ab. Als sie anbietet, etwas Musik zu machen, lehne ich ab, denn ich fühle mich etwas angespannt und möchte keine Kopfschmerzen bekommen. Stattdessen sitzen wir ruhig da und schauen dem Verkehr zu, der kommt und geht.

85 STUNDEN

Ich greife zum Handy, schaue im Internet und stelle fest, das Flugzeug landete planmäßig. Gegen zehn Uhr fürchte ich, es könnte ein Problem geben...vielleicht hatten sie ihren Flug verpasst. Dann kommt Papas Anruf. „Sie brauchten eine Ewigkeit, um unser Gepäck zu entladen, aber jetzt haben wir es. In ein paar Minuten sind wir draußen. Wisst ihr, wo ihr hin müsst?"

Jenny hat das Auto bereits wieder angelassen und wir nehmen uns Zeit, in den Ausgangsbereich zu gehen. Ich steige aus dem Auto, schaue mich um und ein paar Minuten später, bin ich mir sicher, sie zu sehen. Selbst aus einiger Entfernung, kann ich sehen, sie sehen gut und glücklich, wenn auch abgekämpft, weil sie den ganzen Tag unterwegs waren. Beide sind braun gebrannt, Papa hat ein jungenhaftes Gesicht, Mama eine schlanke Figur und sie sehen beide viel jünger aus als 52. Papa schiebt einen Gepäckwagen, auf dem zwei große Hartschalenkoffer und ein Handgepäckstück liegen. Mama geht neben ihm und zieht ihren eigenen kleinen Rollkoffer.

Als ich sie sehe, vergesse ich all meine einstudierten Begrüßungen. Wie ein Kleinkind, dass von seinen Eltern nach dem ersten Tag im Kindergarten „gerettet" wird, umarme ich sie, werfe sie fast um, umarme meine Mama und drücke sie ganz fest.

„Ach Mama, ich bin so froh, dich zu sehen. Papa dreht sich zu mir her. Ich schenke ihm unsere Familienumarmung.

„Es freut mich auch, dich zu sehen", sagt Papa scherzhaft.

Mama ist besonnener. „So sehr es mich freut, dass du froh bist, uns zu sehen, Emotionen so offen zu zeigen, ist sonst nicht deine Art. Was ist los, Briony?"

Wir hören Jennys Stimme, die uns zuruft: „Beeilt euch mal alle! Ich darf hier nur zehn Minuten parken und die Hälfte der Zeit ist bereits um."

Mama lässt mich zögerlich los, dennoch macht sie ein ernstes Gesicht und lässt mich nicht aus den Augen. Papa legt mir den Arm um die Schulter und bringt das Gepäck zum Auto. Jenny ist bereits draußen und öffnet die Heckklappe. Mühelos verlädt Papa die Koffer im Kofferraum des Autos.

Als das Auto beladen ist, setzt sich Papa auf den Vordersitz, neben Jenny, und ich setze mich mit Mama auf den Rücksitz.

Kaum hat sich das Auto in Bewegung gesetzt, hat Mutter wieder ihre fragende Miene.

Obwohl ich es ihnen nicht so sagen wollte, fange ich an, ihnen von meiner Gedächtnislücke und davon zu erzählen, als ich am Donnerstag „aufwachte", ohne zu wissen, wo ich war oder was in der Woche zuvor passierte.

Papa sitzt zwar vorne, er hat sich aber auf dem Sitz bewegt und sich zurückgelehnt, um zu hören, was ich erzähle. „Wie kommt es, dass du dich nicht daran erinnern kannst, was dir in einer ganzen Woche passierte?", fragt er. „Da ist noch mehr. Etwas, das du uns verschweigst."

„Ich habe keine vollständige Erinnerung daran, was in all

diesen Tagen geschah. Ich erinnere mich daran, am Freitag zur Arbeit gegangen zu sein, dann ist alles verschwommen bis Donnerstagmorgen. Versuche ich, mich daran zu erinnern, ist mein Kopf leer. Die Polizei hat die Ermittlungen aufgenommen und…"

„Du hast sicher nichts genommen, irgendeine Droge?", fragt Mama.

„Ich nehme keine Drogen", keife ich. „Es deutet alles darauf hin, dass ich entführt wurde. Ich kann mir kaum vorstellen, dass jemand mir das angetan haben könnte."

„Du musst etwas wissen. Warum sonst sollte jemand so etwas mit dir machen?", sagt Papa. Er sieht geschockt aus. „Wurdest du belästigt? Hat jemand…" Er kann nicht aussprechen, wovor im graut.

„Keine Ahnung. Am Donnerstag hatte ich eine forensische, medizinische Untersuchung, die Ergebnisse liegen aber noch nicht vor."

„Erzähle ihnen von deinen Visionen", sagt Jenny und führt die Diskussion in eine Richtung, in die ich jetzt nicht möchte.

Ich schenke ihr einen beiläufigen Blick, obwohl es Zeitverschwendung ist, denn ihre Aufmerksamkeit gilt der Straße. „Nein, ich will nicht. Nicht jetzt", antworte ich.

„Welche Visionen? Was hat es mit all dem auf sich?", will Papa wissen.

„An das, was letzte Woche geschah, kann ich mich nicht richtig erinnern, aber wenn ich versuche, darüber nachzudenken, habe ich Bilder im Kopf. Es ist schwer für mich, darüber zu sprechen. Können wir das zu Hause besprechen, bitte?"

„Warum hast du uns das nicht früher gesagt? Wir hätten doch helfen können. Wir hätten für dich da sein können. Das hättest du nicht allein durchstehen müssen", sagt Mama.

„Ich sagte ihr, sie könne dich anrufen", sagt Jenny.

Ich bin irritiert. „Bitte, halt dich da raus, Jenny. Es ist so schon schwer genug für mich, damit umzugehen, ohne dass du mir sagst, was ich hätte tun und lassen sollen." Ich schaue zu Mama und antworte: „Ich wollte es dir sagen, wirklich. Ich wollte dich bei mir haben. Aber ich wusste, es gab nichts, dass ihr hättet tun können, was geändert hätte, was ich durchmachen musste, außerdem wollte ich euren Urlaub nicht verderben. Diesen Urlaub habt ihr so lange geplant und, nach allem, was ich hörte, hattet ihr eine schöne Zeit." Ich lächle schwach. „Was hätte es für einen Sinn gehabt, ihn zu ruinieren, wenn es ohnehin keinen Unterschied gemacht hätte?"

„Ich fühle mich schrecklich, wenn ich daran denke, dass wir fort waren und uns amüsierten, während du gelitten hast", sagt Mama.

„Du hättest dich aber auch nicht besser gefühlt, wenn du mit mir zusammen gelitten hättest, nicht?"

„Wir hätten dich umarmen und trösten können. Wir hätten dir helfen können", antwortet sie.

„Ich weiß, es hätte aber keinen Unterschied gemacht", sage ich. „Außerdem war ich nicht allein. Ich hatte Jenny und Alesha und auch Margaret und Jeffrey."

„Wer sind Alesha, Margaret und Jeffrey? Du hast sie nie zuvor erwähnt", meint Papa.

„Alesha ist ein Mädchen, die mit mir zusammen im Büro arbeitet. Sie ist eine gute Freundin geworden. Sie war mir eine große Stütze. Margaret Hamilton ist meine Chefin bei der Arbeit. Nachdem sie von meinem Problem erfuhr, bestand sie darauf, dass ich bei ihr und ihrem Mann bleibe, bis ihr wieder zu Hause seid. Auch Jenny und Alesha durften bei mir bleiben."

„Du hast einmal eine Chefin namens Margaret, erwähnt und dass du sie nicht ausstehen kannst. Das kann doch nicht ein und dieselbe Person sein, oder?", fragt Papa.

„Eigentlich schon. Ich hatte sie falsch eingeschätzt. Sie ist echt nett und..."

„Warum will sie, dass du bei ihr übernachtest? Hat sie etwas mit deinem Verschwinden zu tun? Und was ist mit diesem Jeffrey?", fragt Papa.

„Jeffrey ist ihr Ehemann. Er ist ein pensionierter Kommissar und jetzt ein freier Privatdetektiv. Er bot mir an, Nachforschungen über die Geschehnisse anzustellen."

„Ich verstehe nicht", sagt Mama. „Warum willst du mit ihnen unter einem Dach wohnen?"

„Bitte hör auf, mich auszufragen. Ich sage euch alles...alles, was ich weiß, aber bitte, lasst es mich auf meine Art tun." Ich fange an zu weinen.

„Oh Briony, es tut mir leid. Ich wollte dich nicht aufregen. Ich stehe nur so unter Schock. Ich möchte dir helfen, so gut ich kann. Es ist so schwer, das alles zu begreifen", sagt sie, löst ihren Gurt, rutscht näher zu mir und drückt meinen Kopf an ihre Brust. Es ist ein schönes Gefühl, mich an meine Mama kuscheln n zu können.

Schluchzend beginne ich zu erklären, dass ich mich in meiner Wohnung nicht wohl fühlte, Margaret kam, um mich zu sehen und mir anbot, sich um mich zu kümmern. Ich erzähle ihnen, wie nett und großzügig sie und Jeffrey waren. „Sie sagten, ihr könnt sie jederzeit anrufen und mit ihnen sprechen, falls es hilft."

Wir fahren durch Giffnock. Wir sind schon fast zu Hause. Jenny fährt von der Fenwick Road ab auf die Merryburn Avenue und nach einer kurzen Strecke hält sie vor unserer Auffahrt. Wir steigen alle aus und tragen die Koffer mit vereinten Kräften zur Vordertür. Erst als ich sehe, dass mein Papa Probleme hat, die Tür zu öffnen, weil er gegen einen Stapel ungeöffneter Post drückt, erinnere ich mich wieder an mein Versprechen, alle paar Tage nach der Post zu schauen, welches ich nicht hielt. Ich hatte sie im Stich gelassen. Ich habe eine plausible Erklärung für mein Versagen. Jedoch mache ich mir selbst Vorwürfe, dass ich vorhin nicht kam, um sie vom Flughafen abzuholen. Das kann ich jetzt auch nicht mehr ändern. Mama und Papa sagen zwar nichts, ich hoffe aber, sie sind nicht allzu enttäuscht von mir.

Nachdem wir das Gepäck in der Halle deponiert haben, setzen wir uns alle in die Lounge. Mama ist echt froh, als ich die Einkäufe zeige. „Danke, dass du das getan hast, Liebes", sagt sie. „Ich denke, eine Tasse Tee wäre nicht schlecht."

„Jenny, ich weiß es wirklich zu schätzen, dass du meine Eltern vom Flughafen abgeholt hast. Du warst in den letzten Tagen, in denen ich dich brauchte, eine unglaubliche Stütze. Ich weiß, seit mehr als zehn Jahren bist du meine beste Freundin, aber das hast du in letzter Zeit wirklich bewiesen", sage ich. „Es ist jetzt fast 23:00 Uhr und ich weiß, morgen musst du früh anfangen. Ich will dir nicht noch mehr zur Last fallen. Willst du nach Hause gehen?"

Mir entgeht nicht, wie verstohlen sie zu meinen Eltern schaut. Zweifellos will sie prüfen, ob sie sich ohne ihre Hilfe um mich kümmern.

Sie gähnt. „Ja, du hast Recht. Ich sollte weiter. Sag mir morgen, wie du zurechtkommst." Ich stehe auf und umarme sie, bevor sie geht. Mama umarmt sie auch, dann geht sie zur Tür und Papa drückt seinen Dank aus.

„Dann trinken wir den Tee zu dritt", sagt Mama und nimmt die Tasche mit den Lebensmitteln, die ich mitbrachte.

In den nächsten zwei oder mehr Stunden, erzähle ich meinen Eltern von meinen letzten vier Tagen. Papa fragt mich wieder nach den Visionen. Ich hatte es nicht im Auto besprechen wollen und will es noch immer nicht. Jedoch beschreibe ich kurz und knapp, worum es ging, gehe aber nicht ins Detail. Dann erkläre ich ihnen, was Jeffrey herausgefunden hat und dass wir davon ausgehen, dass jemand gezielt mich ausgesucht hat. Ohne das Wochenende zu erwähnen, dass ich mit ihm verbracht hatte, erzähle ich ihnen auch von meinen Sorgen, Michael und seinen Freund Barry betreffend. Von den Transaktionen mit meiner Bankkarte und dass ich jemanden zufällig am Bankautomaten sah, erzähle ich ihnen auch.

Ob es nun wegen der späten Stunde, der anstrengenden Reise oder davon kommt, dass sie von meinem Martyrium erfuhren, weiß ich nicht, ich bin aber sicher, Mama und Papa sind nicht mehr braun, sondern blass. Papas Gesicht sieht wirklich blass aus.

89 STUNDEN

Wir sind alle erschöpft und die Frage nach meiner Geburtsurkunde hatte ich noch gar nicht gestellt. Ich wollte mit Papa reden, zunächst unter vier Augen, wir hatten bisher aber noch keine Gelegenheit. Das müssen wir verschieben, denn ich meine, keiner von uns hat die Kraft, das zu regeln. Ich gehe ins Schlafzimmer. Es ist dasselbe, dass ich seit frühester Kindheit hatte, bis ich in meine Wohnung zog. Nichts hat sich geändert: Es hängen noch dieselben Poster an den Wänden und auf dem Bett und im Regal sind noch dieselben Stofftiere. Ich wasche mich, ziehe mich um und hülle mich in die Decke. Es dauert nur ein paar Minuten, ehe Mama nach mir sieht. „Ruf mich, wenn du was brauchst. Ganz gleich, zu welcher Zeit, ruf mich einfach", sagt sie.

Ich bin zwar sehr müde, schlafe aber schlecht. Wie viel Zeit vergangen ist, weiß ich nicht, ich höre aber ein Gespräch. Ich höre Mamas Stimme: „Beruhige dich, Arthur. Du benimmst dich lächerlich."

Papa erwidert: „Ich sag's dir, wenn ich diesen Kerl finde,

drehe ich ihm den Hals um. Es wird ihm noch leidtun, unsere Familie je kennen gelernt zu haben. Ich bringe ihn um."

Da erwidert Mama: „Es reicht, Arthur! Genug jetzt. Du willst doch nicht, dass Briony dich hört."

Ich versuche, mehr zu hören, es ist aber alles still.

Ich nicke wieder ein. Wieder habe ich diese Bilder im Kopf. Abermals von diesen drei Männern. So abscheulich sie sind, jetzt scheinen sie nicht mehr so bedrohlich, denn ich weiß, sie kommen von Videos. Ich weiß nicht, ob es daherkommt, dass ich sie klarer gesehen habe, oder ob es daher kommt, dass ich mehr weiß, dass die Lücken sich füllen, aber die Bilder sind jetzt klar und ich sehe sie wie auf einer Bildröhre. Ich bekomme auch einen besseren Eindruck des Zimmers, in dem ich war. Dieselben Bilder, die ich zuvor sah: Der große Fernseher, der Computer, der Tisch und die Stühle, die schweren Vorhänge. Das muss der Raum sein, in dem ich gefangen gehalten und an einen Stuhl gefesselt wurde, während ich einen Porno anschauen musste. Wieder schaue ich auf den Tisch, sehe die Kisten mit den Flaschen, die Etiketten: „So und so, Medikamente, steht darauf. Mehr kann ich nicht erkennen.

Ich muss wieder eingenickt sein. Ich wache auf und fühle mich unwohl, als würde ich beobachtet. Ich schalte die Nachttischlampe ein, merke, es ist 05:14 Uhr und sehe lauter Augen, die auf mich starren. Vom Regal schauen die Puppen aus Kindertagen auf mich herab. Warum hatte ich sie aufgehoben? Ich hätte sie wegwerfen oder verschenken sollen. Ich bin erwachsen. Was soll das Spielzeug in meinem Zimmer? Ich bin 25 Jahre alt, verdammt nochmal. Jahrelang spielte ich nicht damit, wohl seit der Grundschule.

Papa wirft auch nicht so gerne Sachen weg. Das muss ich wohl von ihm haben. Das muss in meinen Genen liegen, wenn er mein leiblicher Vater ist. Sich nicht von ihnen lösen zu können ist eine Sache; sie aber auf einem Regal zu haben, ist zu viel. Ich will das alles raus schaffen, die Puppen, die Poster, die anderen Habseligkeiten, aber es ist mitten in der Nacht. Das werde ich morgen erledigen, aber erst mal möchte ich, dass sie mich nicht mehr ansehen. Erschöpft steige ich aus dem Bett und räume alles vom Regal, lege das Spielzeug auf den Boden in eine Ecke, alle säuberlich an die Wand.

95 STUNDEN

Nach meinen nächtlichen Aktivitäten muss ich tief und fest geschlafen haben, denn ich wache um 08:15 Uhr ganz erholt auf. Im Haus höre ich nichts, will meine Eltern nicht wecken, gehe auf Zehenspitzen ins Badezimmer, um mir den Schlaf aus den Augen zu waschen, dann gehe ich wieder in mein Zimmer, um mir die Jeans und den Pullover anzuziehen. Ich schleiche in die Küche und setze den Teekessel auf.

Das Wasser kocht noch nicht, da bemerke ich Papa hinter mir. Er sieht frisch und ausgeruht aus und hat wieder Farbe im Gesicht. Er schließt leise die Tür und sagt: „Mama ist noch nicht wach. Tut mir leid wegen gestern Abend. Ich war zu schorf. Das wollte ich nicht. Was du uns erzähltest, war ein großer Schock für uns."

Ich bin nicht sicher, ob er davon erzählt, wie Mama und er mich ausfragten, oder von seinem bedrohlichen Ausbruch danach. Es spielt keine große Rolle, also zucke ich nur.

„Konntest du schlafen?", fragt er. „Ich hörte, dass du dich mitten in der Nacht bewegt hast."

„Überraschend gut", antworte ich und erkläre ihm, dass ich das Spielzeug wegräumte.

„Ich schätze, die Zeiten sind vorbei", sagt er. „Wenn du sicher bist, dass du sie nicht mehr brauchst, kann ich sie in eine Schachtel packen, dann kommen sie in die Garage. Entweder du bringst sie weg oder ich. Wenn du willst, können wir das Schlafzimmer neu einrichten, oder du kannst alles umstellen. Nur für den Fall, dass du wieder zu Hause einziehen willst."

Ich genoss meine Unabhängigkeit, deshalb bin ich nicht sicher, wie lange ich bleiben will. Erst mal möchte ich nicht über meine nicht vorhandenen Pläne reden. „Das wäre gut. Aber ich möchte noch nicht so weit gehen, sie zu verschenken. Es gibt viele Gebrauchtwarenläden, die sie gerne hätten", sage ich.

„Du kannst damit machen, was du willst, aber bist du sicher, du möchtest sie nicht behalten?" Als er meinen verwirrten Gesichtsausdruck sieht, sagt er noch: „Für die Zukunft, deine eigenen Kinder, so du welche willst." Er lächelt und fügt noch hinzu: „Ich wäre gerne eine Opa."

„*Paaapa!*", sage ich, extra lang, um meinem Ärger Ausdruck zu verleihen.

Er lächelt. „Egal, wie alt du bist, du wirst immer mein kleines Mädchen sein." Er umarmt mich, ich lege den Kopf auf seine Schulter und er wiegt mich vor und zurück. „Du weißt. Mama und ich lieben dich und wir würden alles tun, damit du glücklich bist."

Es geht mir gut. In seinen starken Armen fühle ich mich sicher und beschützt. Ein paar Sekunden vergehen, da platzt es aus mir heraus: „Papa, ich muss dich was fragen. Können wir uns setzen und reden, bitte?"

„Das klingt ernst. Natürlich. Du kannst mit mir über alles, was du willst und wann du willst reden."

Wir sitzen uns am Küchentisch gegenüber. Ich überlege,

wie ich es am besten sage. Ich schaue auf die Tischdecke, denn ich kann ihm nicht in die Augen sehen.

„Komm schon, Kleine spucks aus." Er sieht mein Zaudern.

Vorsichtig sage ich: „Es gehört zur polizeilichen Ermittlung, sich meinen Hintergrund, meine Familie, anzusehen."

„Und?"

„Sie haben sich das Original meiner Geburtsurkunde angeschaut. Das könnte alles ein Fehler in der Verwaltung sein, aber sie sagten..., sie sagten, du seist mein biologischer Vater..." Ich schweige und sehe ihm ins Gesicht. „Ist das wahr?"

Innerhalb von wenigen Sekunden ändert sich der Gesichtsausdruck meines Vaters. Er lässt die Schultern hängen, sein Gesicht erscheint faltig und grau. Als altere er vor meinen Augen. „Ich habe mich immer gefragt, ob wir eines Tages dieses Gespräch führen. Ich denke, es ist besser, wir warten auf deine Mutter, ehe wir weiterreden."

Ich schätze, das ist ein Ja. „Ich wusste nicht, ob es wahr ist und dachte dann, *sollte* es wahr sein, weiß es Mama vielleicht nicht. Deshalb wollte ich zunächst unter vier Augen mit dir sprechen."

Papa nickt, sagt aber nichts. Wie aufs Stichwort hören wir Schritte, dann kommt Mama in die Küche.

Papa erzählt ihr von meiner Frage. Sie spitzt die Lippen. „Wie ich sehe, kocht das Wasser schon. Gießen wir etwas Tee auf, dann können wir uns setzen und alles bereden."

Tee! Mamas Standardantwort und Rat für alles, schätze ich. Hier scheint das aber nicht viel zu bringen. „Was gibt es denn zu bereden?", frage ich. „Das ist eine einfache Frage."

Mama ist damit beschäftigt, Tee aufzusetzen. Sie kehrt mir beim Sprechen den Rücken zu. „Es ist nicht so leicht. Es geschah vor langer Zeit."

„Ich bin 25, also muss es, nach Adam Riese, vor 26 Jahren passiert sein", beginne ich.

Mama ignoriert den Ton in meiner Stimme. „Wir wollen, dass du es verstehst. Wir hätten es dir schon früher sagen sollen, aber es war nie die richtige Zeit."

Das frustriert mich. Ich bin auf Antworten aus, die aber nicht schnell genug kommen. Als Mama wiederkommt und die Teekanne und die Tassen auf den Tisch stellt, sehe ich, was für ein trauriges Gesicht sie macht. Sie hat Tränen in den Augen. Ich wollte nicht, dass es so endet. Ich bereue schon, so streitbar gewesen zu sein.

Wir sitzen alle da und schlürfen unseren Tee, ehe Mama sagt:

„Dein Vater und ich lieben Kinder. Als wir heirateten, wollten wir eine große Familie, es sollte aber nicht sein. Ein Jahr nach unserer Hochzeit, hatte ich eine Fehlgeburt. Sechs Monate später, wurde bei mir eine Eileiterschwangerschaft diagnostiziert. Es gab Komplikationen. Ich hatte...", beginnt meine Mutter, dann schweigt sie, wischt sich die Tränen mit einem Taschentuch ab und auch mir kommen die Tränen.

„Ich hatte einen Kaiserschnitt. Fast wäre ich gestorben. Danach war ich unfruchtbar."

Ich nehme Mamas Hand und halte sie. „Ich wusste, du kannst keine Kinder bekommen, hast aber nie erklärt, warum."

„Dein Papa und ich haben nie aufgehört, uns zu lieben, wir machten aber eine schwere Zeit durch. Zurückblickend sehe ich, wir waren beide fertig, hatten mit unserer eigenen Trauer zu tun, aber es war die dunkelste Stunde in unser beider Leben."

Papa nimmt Mamas andere Hand und küsst ihre Finger. „Es war schrecklich. In dieser Phase existierten, aber lebten wir nicht", sagt er. „Ich war damals wie von Sinnen. Ich fühlte mich, als hätte ich alles verloren. Dumm war ich auch. Ein Mädchen arbeitete mit mir im Büro, wir mochten uns. Was kann ich sagen? Es gibt keine Entschuldigung. Wir hatten eine Affäre."

„Meine Mutter, meine leibliche Mutter?"

Papa nickt schwach. „Sie hieß Theresa, Theresa Conway. Nun denn, sie wurde schwanger. Als sie es mir mitteilte, sagte sie, eine Abtreibung wolle sie zwar nicht, das Kind aber auch nicht behalten. Ich bot ihr meine Hilfe an, dass sie dich allein großziehen konnte. Ich wollte ihr Geld geben, das lehnte sie ab. Sie wollte dich zur Adoption freigeben. Da gestand ich deiner Mutter alles."

„Zuerst wollte ich sie umbringen", sagt Mama. „Da stand ich nun, wollte Mutter werden, starb fast bei einer Geburt, dann kommt sie, bekommt ein Kind bekommen, nur um es dann weg zu geben. Dann dachte ich, vielleicht sollte es so sein...Gottes Plan, meine Unfruchtbarkeit wieder gut zu machen."

Das rührt mich richtig. Ich hätte meine Mutter nie für religiös gehalten und sie so reden zu hören, kommt mir seltsam vor.

„Wir besprachen alles. Dein Vater stellte mich Theresa vor und sie stimmte einer Adoption zu. Wir standen ihr während der Schwangerschaft zur Seite und kurz nach deiner Geburt erledigten wir den Papierkram und zahlten ihr Geld. Sie gab dich in unsere Obhut."

„Ihr habt mich gekauft!", sage ich erstaunt.

„Nein, so war es überhaupt nicht", sagt Mama. „Sie hatte schon entschieden, dich zur Adoption freizugeben. Wir machten es ihr nur leichter."

„Was ist mit ihr geschehen?" frage ich.

„Nach allem, was ich hörte, bekam sie Depressionen. Sie ließ sich mit den falschen Leuten ein und begann, Drogen zu nehmen", sagt meine Mutter.

„Was?! Meine leibliche Mutter war ein Junkie?"

„So ist es nicht, Briony. Vor deiner Geburt nahm sie noch

keine Drogen. Das war eine Phase ihres Lebens. Die kam viel später", sagt Mama.

„Scheinbar nicht sehr viel später. Sie lebte nicht mehr lange", sage ich.

Mama scheint verblüfft, dass ich es weiß. Sie schaut, als wolle sie mich einschätzen und schweigt kurz. „Es ging sehr schnell bergab mit ihr."

„Warum habt ihr mir nie was davon gesagt?", frage ich.

„Wir wollten es, fanden aber nie die passende Gelegenheit", sagt meine Mutter und wiederholt ihre Aussage von vorhin.

„Ihr habt mir gesagt, sie wäre krank gewesen", sage ich.

„Auf eine Art war sie das, schätze ich", sagt mein Vater. „Eine Drogenabhängige könnte man schon als krank bezeichnen."

„Erspart mir diese Predigt, bitte. Ihr sagtet mir, sie hätte mich weggegeben, weil sie krank war. Das sagte ich der Polizei, aber sie berichtigten es."

„Es tut mir leid", sagt meine Mutter. „Es war eine Notlüge, die wir dir erzählten, als du zu jung warst, die Wahrheit zu begreifen. Du hast aber Recht, wir hätten es dir sagen sollen, als du älter warst."

„Aber Papa, warum hast du mir nicht gesagt, dass du mein leiblicher Vater bist?"

Meine Mutter antwortet für ihn. „Das war meine Schuld. Wir wollten dich zusammen adoptieren, dass wir gleichwertige Eltern sind. Ich wollte nicht, dass du Papa als deinen Vater und mich nur als deine Stiefmutter siehst."

Jetzt kenne ich also die Wahrheit.

Ich brauche etwas Zeit für mich. Ich gehe zurück in mein Schlafzimmer und lege mich hin. Ich lasse mir alles, was ich Neues erfuhr, durch den Kopf gehen. Arme Mama, armer Papa. Es war sicher nicht leicht für sie. Zwei Fehlgeburten, die schließlich zur Unfruchtbarkeit führten, müssen sie fast auseinandergerissen haben. Was meine leibliche Mutter angeht, sie muss Grauenhaftes mitgemacht haben. Wie traurig, dass ich nie die Gelegenheit hatte, sie kennen zu lernen. Ich würde gern mehr über sie erfahren. Mir fällt ein, dass ich nicht fragte, ob sie Familie hatte. Vielleicht habe ich Onkeln, Tanten, Großeltern, die ich noch nie sah, die mir von ihr erzählen könnten. Das Unbehagen, das ich verspürte, als ich von ihrem schlechten Geisteszustand erfuhr, wird jetzt noch stärker, da ich von ihren Drogenproblemen erfuhr. Mich treibt die Sorge um, ich könnte eine Schwäche geerbt haben, umso mehr, als dass meine Gedächtnislücke nun kleiner wird.

Ich bin froh und gleichzeitig enttäuscht, mehr über meine Herkunft erfahren zu haben. Wie schade, dass meine Eltern mir das alles nicht sagen konnten, als ich jünger war. Stattdessen warteten sie, bis sie gezwungen waren, es zu sagen, während ich versuche, mit meinen jetzigen Problemen klar zu kommen.

97 STUNDEN

Es ist jetzt fast 10:00 Uhr. Ich entscheide mich, Jeffrey anzurufen, um ihm zu sagen, worauf ich stieß. Ich möchte ihm mitteilen, dass meine Geburtsurkunde richtig war, um ihm und der Polizei zu ersparen, noch länger Zeit damit zu verbringen. Ich nehme mein Handy vom Nachttisch und sehe, ich habe einen verpassten Anruf und eine Sprachnachricht. Der Anruf kam von Michael. Ich runzle die Stirn. Weswegen, um alles in der Welt, hat er mich wohl angerufen? Vielleicht noch mehr verletzende Worte?

Ich schaue auf die Sprachnachrichten, kaum höre ich aber seine Stimme, lege ich auf. Ich will es löschen, entscheide mich dann aber dagegen. Gut möglich, dass es ein Beweis ist, denke ich. Auf dem Bildschirm sehe ich, ich habe eine ungelesene Nachricht. Auch die ist von Michael. Dauernd bin ich am Grübeln. Die Neugier überkommt mich und ich öffne die Nachricht.

Verzeihung. Ich habe dummes Zeug geredet. Das meinte ich nicht so. Ich war wütend, denn die Polizei kam ungelegen und man sagte mir nicht, worum es ging Ich wusste nicht, was dir zugestoßen ist und dachte, du seist sauer auf mich. Geht es dir gut? Bitte, lass uns reden.

Ich kaue auf meiner Lippe und denke nach. Was ist los? Woher dieser plötzliche Sinneswandel? Ist an dem, was er sagt, etwas Wahres dran? Tut es ihm leid, oder will er mir Sand in die Augen streuen, dass ich ihn nicht weiter verdächtige? Sollte er das vorgehabt haben, hat es nicht funktioniert, denn jetzt misstraue ich ihm noch mehr. Ich will wissen, was er vorhat, werde ihn aber nicht zurückrufen. Vielleicht kann Jeffrey mehr erfahren. Ich wollte ihn sowieso anrufen.

Nach dem ersten Ton hebt Jeffrey ab. „Freut mich, dass du anrufst, ich wollte dich nämlich sprechen, dich aber nicht allzu früh anrufen."

Ich erzähle ihm davon, was meine Eltern mir offenbaren, und höre ihn seufzen. „Wie fühlst du dich dabei", fragt er.

„Ich habe eine Angstneurose, ehrlich gesagt. OK, ich verstehe ihre Motive und weiß auch, was sie durchmachen mussten, mich aber so alt werden zu lassen, ohne mir was zu sagen...bis alles auf diese Weise herauskommt... So viel in meinem Leben ist eine Lüge. Ich fühle mich...ich weiß nicht... verraten, ist wohl das richtige Wort."

„Das kann ich nachfühlen. Es muss ein Schock gewesen sein, aber versuche, nicht zu hart zu ihnen zu sein. Natürlich, sie hätten besser damit umgehen und dir reinen Wein einschenken können, ändert das aber wirklich etwas an deinen Gefühlen zu ihnen? Sie sind die gleichen Eltern, die dich dein ganzes Leben liebten und sich um dich kümmerten. Sie lieben dich noch immer und wollen dein Bestes."

„Das glaube ich auch. Ich muss mich nur an den Gedanken gewöhnen. Jedoch steht mein Entschluss fest. Kann ich jemals diesen ganzen Mist mit meinem eigenen Leben, durchstehen, dann möchte ich mehr über meine leibliche Mutter erfahren.

Ich würde gerne erfahren, ob es da draußen noch Familienmitglieder gibt, die ich nie kennen lernte."

„Ich denke, du hast Recht", sagt Jeffrey. „Das wird dir helfen, mit all dem zurechtzukommen. Ich könnte dir helfen."

„Du sagtest, du wolltest mich anrufen", sage ich. „Hast du Neuigkeiten?"

„Ja, schon, in etwa", antwortet er. „Nichts Konkretes. Nachdem wir gestern von Michael und seinem Alibi sprachen, rief ich meinen Freund in Northumbria an, um zu sehen, wie weit sie kamen. Er schaute sich an, was passierte und sagte es mir gestern Abend. Sieht so aus, als hätte man es ein bisschen vermasselt."

Mein Herz rast. „Was meinst du?"

„Fast alles, was man mir vorhin schon sagte, stimmt, aber nicht alles. Sieht so aus, als wären die Polizisten, die ihn am Samstag sprechen wollten, gerade zu der Zeit an seiner Wohnung angekommen, als er sie mit seiner Freundin verließ. Sie sagten ihm, sie müssten ihn sprechen und baten darum, einzutreten. Das lehnte er ab. Er sagte, er habe es eilig und wolle wissen, worum es geht, ehe er dem zustimme."

„Ja, er kann sehr ungeduldig sein, besonders wenn er Stress hat", sage ich.

„Normalerweise hätten sie vorgeschlagen, unter vier Augen mit ihm zu sprechen, er aber bestand offenbar darauf, es hier und jetzt zu tun. Sie fragten ihn, wo er die letzte Woche war, worauf er ihnen die Reiseroute von seinem Arbeitsweg zeigte, die bewies, er war nicht einmal in der Nähe von Glasgow. Er rückte auch noch freiwillig die Nummer seines Chefs raus, damit er das bestätigen konnte. Als er fragte, was das alles soll, fiel dein Name und er wurde fuchsteufelswild. Er sagte, er hätte dich monatelang nicht gesehen. Nachdem sie ihn mit seiner Lüge konfrontierten und ihn nach dem letzten Wochenende fragten, schrie ihn seine Freundin an und er setzte seine Schimpftirade auf dich fort."

„OK, aber wie unterscheidet sich das von dem, was du mir schon sagtet?", frage ich.

„Die Untersuchung, die sie anstellten, war anders. Sein Chef hat bestätigt, dass er von letztem Montag bis Freitag bei der Arbeit war, am späten Montagmorgen hat er in Sunderland angefangen. Sie fragten ihn nicht nach der Zeit zwischen Freitagabend und Montagmorgen."

„Oh Gott", bringe ich nur heraus.

„Sie machten heute Morgen weiter und fragten nach dem vorigen Wochenende. Um 08:00 Uhr gingen sie zurück zu seinem Haus und fingen ihn ab, bevor er zur Arbeit ging. Er gab zu, an diesem Freitag gegen Mittag Feierabend gemacht zu haben. Er sagte, er ging früher, weil er Halsschmerzen hätte und befürchte, er brüte etwas aus. Er gab an, das Wochenende in seiner Wohnung verbracht zu haben und dass seine Freundin fast die ganze Zeit dort gewesen sei. Sie versuchten, seine Aussage zu bestätigen, indem sie mit seiner Freundin, genauer gesagt Ex-Freundin, sprachen. Jedoch hat er sie seit Samstag nicht gesehen, sie ist nicht zu Hause und geht auch nicht ans Telefon. Auch seine Nachbarn wurden gefragt, jedoch erfolglos. Unterm Strich gibt es niemandem, der seine Geschichte bestätigen kann."

Ich erzähle Jeffrey, dass Michael mich heute Morgen versuchte anzurufen und auch von der Nachricht.

„Ah! Als sie erklärten, warum sie nochmals kommen, sagten sie ihm, dass sie untersuchen, was zwischen deinem Verschwinden zwischen Freitag vor einer Woche, und Donnerstag geschah", erklärt Jeffrey. „Nach allem, was ich hörte, äußerte er sich besorgt. Ob das gespielt war oder nicht, können wir nur raten."

„Ich will nicht mit ihm sprechen", sage ich.

„Es gibt keinen Grund, wieso du es nicht hättest tun sollen. Du kannst seine Nummer blockieren, wenn du willst. Ich kann dir zeigen, wie, wenn wir uns das nächste Mal sehen."

„Ja, ich glaube, das würde ich gerne versuchen", sage ich.

„Also was jetzt?"

„Ich rufe Zoe an, um zu sehen, ob sie etwas in Erfahrung bringen konnte. Sie war in einer Besprechung. Ich erwarte ihren Rückruf, wenn sie meine Nachricht erhält", sagt Jeffrey.

„Ich schließe am besten mit meinen Eltern Frieden. Sie fragen sich sicher, was mir passiert ist. Lasst mich wissen, wenn ihr mehr wisst."

Nur Sekunden, nachdem ich aufgehängt hatte, klingelt mein Handy wieder. Jenny ist dran.

„Hi, Briony. Ich rufe nur an, um zu fragen, wie es dir heute Morgen geht."

Wir plaudern noch ein paar Minuten und kommen dann überein, uns gegen Ende der Woche nochmals zu treffen. Das Gespräch ist belanglos. Ich hoffe, dass ist ein Zeichen dafür, dass ich in die Normalität zurückkomme.

Mit Jenny zu sprechen, war für mich wie eine Aufforderung, Alesha anzurufen. Ich frage mich, ob ich es aufschieben will, nach unten zu gehen. Ich schätze, ja, aber es stimmt auch, dass ich diese neue Freundschaft pflegen will und jetzt ist eine gute Zeit anzurufen, denn Alesha hat sehr wahrscheinlich ihre Kaffeepause.

Wie mit Jenny reden wir auch nicht über meine gegenwärtigen Probleme, sondern eher über leichte Themen, Musik, Filme und Urlaub. Ich hüpfe mehr die Treppe hinunter.

Mama und Papa sind beide in der Küche. Papa sitzt am Tisch, geht die viele Post durch, von der das meiste Müll ist, dann legt er sie auf separate Stapel: bezahlen, behalten, später lesen, entsorgen. Mama streckt den Kopf in die Speisekammer, einen Notizblock und Stift in der Hand, denn sie schreibt eine Einkaufsliste.

Als sie sich umdreht und mich sieht, sagt sie: „Ich wollte dich gerade anrufen. Wir gehen zunächst in den Lebensmittelladen, gleich danach in den Urlaub. Ich gehe jetzt in den Supermarkt und kaufe ein. Wollte nur fragen, ob ich dir was mitbringen kann. Wenn du nichts Besseres zu tun hast, möchtest du mir vielleicht Gesellschaft leisten, dann kannst du alles, was du für dich brauchst, aussuchen."

Ich merke, dass ich überhaupt nichts zu tun habe, außer vielleicht Margaret anzurufen. Es bringt mir überhaupt nichts, zu Hause Trübsal zu blasen. Ich sollte bei der Arbeit sein, dass ich meinen Geist für etwas Praktisches nutze. Ich werde sie fragen, ob ich morgen wieder anfangen kann. „Danke, Mama, sehr gerne. Ich ziehe mich kurz um."

Bevor ich das Zimmer verlasse, höre ich mein Handy erneut klingeln. Ich schaue auf den Bildschirm und sehe, Jeffrey ruft an. Ich eile schnell die Treppe hinunter, dann in mein Schlafzimmer und hebe ab.

„Hast du noch was von Zoe gehört?", frage ich und vergesse, in meinem darüber das angenehme Gespräch.

„Sie rief tatsächlich an. Nicht viel, bis jetzt. Sieht so aus, als bekommen wir die Ergebnisse tröpfchenweise."

„Was hat sie gesagt?", frage ich.

„Es ist etwas seltsam", sagt Jeffrey. „Die ersten zurückliegenden Ergebnisse sind die ersten Nachforschungen, die sie anstellten. Jedoch nichts von deiner ärztlichen Untersuchung. Sie ist dran. Jedoch hat sie in deiner Wohnung etwas herausfinden können.

„Wirklich? Was genau?", frage ich.

„Ich weiß es noch nicht. Kommt darauf an, wohin das führt. Sie fanden haufenweise Fingerabdrücke und DNS-Spuren, konnten sie aber noch nicht zuordnen."

Ich bin ganz aufgeregt. „Es wurden haufenweise gefunden. Heißt das, jemand war in meiner Wohnung? Derjenige, welcher mich entführte?"

„Nicht so vorschnell. Das beweist nur, dass mehrere Leute in deiner Wohnung waren, was nicht heißen muss, dass es die Entführer waren. Als nächstes müssen sie katalogisieren, was sie haben, dann diejenigen aussortieren, die Sie sowieso erwartet haben, um zu sehen, ob für uns etwas übrigbleibt."

Mein plötzliches Hochgefühl verfliegt etwas. „Also war's das?"

„Nein, sie sagte mir, sie hätten die Tablettendöschen, den Umschlag und das Geld nun auf Fingerabdrücke untersucht. Es gab viele Fingerabdrücke, sie fanden jedoch nur deine, also führt uns das nicht weiter, du kannst aber alles wiederhaben. Das wusste ich als erstes über das Geld."

„Welcher Umschlag und welches Geld?" frage ich.

„Die zweimal 200 Pfund, die vom Geldautomaten abgehoben wurden. Sie sagte mir, du hättest die Inventarliste dessen, was aus der Wohnung verschwand, unterschrieben."

„Was? Ich verstehe nicht." Ich erinnere mich daran, dass der Polizist der KTU, der mir vor dem Restaurant meine Wohnungsschlüssel wiedergab, mir auch einen Zettel gab. Das erkläre ich Jeffrey, während ich die Handtasche durchwühle. Als ich die Inventarliste lese, sehe ich darauf „Umschlag und Geld" notiert, als wäre es aus einem Kleiderschrank meiner Garderobe entwendet worden. Das kam mir vorher nicht in den Sinn. Ich war nur die Liste durchgegangen und hatte nicht darüber nachgedacht. Wenn überhaupt, dachte ich, dass wenn sie „Geld" schrieben, vielleicht unbezahltes Wechselgeld gemeint war. Ich hätte mir nie träumen lassen, dass sie das Geld fanden, das vom Geldautomaten abgehoben wurde. Ich erkläre Jeffrey, was ich denke.

„Sie sagte mir, es war in einer Kommode, wo man Strickwaren aufbewahrt. Es war versteckt unter der Kleidung und deine EC-Karte war auch dort."

„Ich fasse es nicht!", sage ich. Das heißt, alles Geld, das von meiner Bank abgehoben wurde, ist weg. „Aber warum? Warum sollte jemand so etwas tun?"

„Das ist nicht alles, Briony. Eine der Pillendöschen enthielt die Steroide, von denen du uns erzählt hast, aber ein anderes war als Aspirin gekennzeichnet, enthielt aber Ecstasypillen."

„Das kann nicht stimmen! Ich nehme keine Drogen. Schon sehr oft bekam ich welche angeboten, aber das ist nichts für mich." Ich bin außer mir bei dem Gedanken, dass Drogen in meiner Wohnung gefunden wurden. „Die muss jemand dort platziert haben."

„Noch was. Als sie in der Wohnung waren, stellte die KTU fest, du hast in der Wohnung intelligente Zähler."

„Ja", antworte ich. „Sie wurden eingebaut, bevor ich einzog."

„Sie überprüften den Anbieter, Scottish Power, sagte sie, meines Wissens, und der Strom- und Gasverbrauch ist enorm. Es gibt guten Grund zu der Annahme, dass jemand die Wohnung nachts nutzte."

„Ich verstehe nicht", sage ich.

„Sie können zurückverfolgen, was benutzt wurde und wann. Sie überprüften den Zähler am Boiler und notierten, wann er an war und anhand des Gasverbrauchs können sie sehen, wann er heizte. Dann, indem sie das mit dem Stromverbrauch in Verbindung bringen, können sie sehen, welches Gerät verwendet wurde und wann. Sonst etwas, außerhalb des Timers, konnten sie nicht finden. Aufgrund der Spuren, die sie fanden, wurden das Licht, der Fernseher und der Computer hin und wieder eingeschaltet. Außerdem fand man an der Wand Spuren von Spikes, mit denen sie wohl zum Stromkasten kletterten."

Ich bin sprachlos, schockiert und zugleich fasziniert, dass sie über solch tiefes technisches Verständnis verfügen.

„Bist du noch da, Briony?", fragt Jeffrey.

Der Bann ist gebrochen. „Ja, natürlich. Verzeihung. Ich war ganz überrascht. Ihr wollt mir also sagen, jemand lebte in meiner Wohnung." Ich gehe die Schlüsse durch, die man daraus ziehen kann. „Denken sie, ich war es? Meinen sie, ich nahm Drogen und bildete mir das alles ein oder hätte eine Art Zusammenbruch?"

„Das sagen sie nicht, obwohl, um ehrlich zu sein, ich glaube nicht, dass sie alle Möglichkeiten ausschöpften", sagt Jeffrey.

Und du? Ich denke nach. *Was meinst du?*

Nicht zum ersten Mal empfinde ich Selbstzweifel. Ich weiß noch immer nicht mehr darüber, was in diesen fehlenden Stunden mit mir passierte. Jetzt gibt es stichhaltige Beweise dafür, dass mir überhaupt nichts angetan wurde. Konnte ich auf so einer Art mentalem Irrweg sein? Hatte ich mich seltsam verhalten, ohne es zu merken, und bringe es jetzt einfach nicht mehr zusammen? Weder am Montag noch am Dienstag und auch nicht am Mittwoch, ging ich zur Arbeit. Habe ich vielleicht das Geld abgehoben und den Fernseher bestellt? Aber warum sollte ich so etwas tun und warum, sollte ich zu diesem Zweck quer durch die ganze Stadt laufen. Das klingt unglaublich seltsam, aber ist es abwegiger als die Alternative? Warum sollte mich jemand entführen und dann Beweise manipulieren, dass jeder, einschließlich mir, mich für unzurechnungsfähig hält? Selbst wenn jemand für diese Tat ein Motiv gehabt hätte, wie konnte er es in die Praxis umsetzen? Mir ist das unbegreiflich und je mehr ich darüber nachdenke, desto schlimmer fühlt sich mein Kopf an.

Ich höre Mama rufen, ob ich bereit bin, auszugehen. Ich wollte mich gerade fertig machen, als Jeffreys Anruf kam und das Chaos seinen Lauf nahm. Ich frage mich, ob ich nicht besser zu Hause bleiben sollte. Aber warum? Hier habe ich nichts zu tun. Ich kann mich doch nicht dauerhaft abschotten. Nein, ich muss mich irgendwann der Realität stellen, je eher, desto besser. „Ich komme", schreie ich zurück und ziehe mich schnell um.

99 STUNDEN

Außerhalb des Hauses fühle ich mich wohler. Ich schiebe den Einkaufswagen im Laden umher, meine Mutter kauft Sachen und streicht sie von ihrer Liste.

Wir sind oberhalb des Milchregals und auf dem Weg zu den Delikatessen, als mich eine Stimme ruft.

„Briony, bist du es?"

Ich drehe mich zu der Frau um, die auf mich zu läuft. Es ist Mrs. Douglas, Jennys Mutter. Ich lächle gezwungen.

„Dich habe ich ja schon ewig nicht mehr gesehen. Wie geht es dir?", fragt Mrs. Douglas und redet dann weiter, ohne meine Antwort abzuwarten. „Mit dir hätte ich um diese Zeit und montags am wenigsten hier gerechnet. Was ist los? Hast du frei?"

Warum sollte sie nach etwas fragen, was sie bereits weiß? Das frage ich mich. Letzten Donnerstag, als Jenny mich bat, bei ihr zu bleiben, sagte sie, sie hätte ihrer Mutter erzählt, dass ich entführt wurde, obwohl sie mir hoch und heilig versprach, mich nicht mit Fragen zu löchern. Hat das Mrs. Douglas bereits vergessen? So etwas kann jemand wohl schwer vergessen, aber vielleicht liegt es genau daran. Oder spielte sie das vielleicht nur vor? Wie dem auch sei, ihre Frage klingt aufrichtig.

„Hallo, Mrs, Douglas, schön, Sie wieder zu sehen. Das ist meine Mutter. Ich weiß nicht, ob ihr beide euch erinnert, es ist ja schon lange her. Sie und mein Vater kommen gerade aus dem Urlaub zurück und ich nahm mir den Tag frei, um ihnen zu helfen, sich wieder einzuleben", sage ich und diese kleine Notlüge kommt der Wahrheit am nächsten, es dürfte also leicht sein, sie zu beschwindeln.

Meine Mutter und Mrs. Douglas begrüßen sich herzlich, ich lehne mich zurück.

„Sie haben echt Glück, eine solch besonnene Tochter zu haben", sagt Mrs. Douglas und lächelt mich an. „Ich bekomme meine Jenny in letzter Zeit fast gar nicht mehr zu Gesicht."

„Oh, warum das?", fragt meine Mutter und auch ich frage mich, wovon sie spricht. Denn ich erinnere mich, dass Jenny am Samstagabend bei den Hamiltons aufbrach, um mit ihrer Mutter zu Abend zu essen.

„Ach, die jungen Leute, heutzutage. Technisch gesehen lebt sie noch zu Hause, ist derzeit aber kaum mehr dort. Sie arbeitet tagsüber in der Apotheke und hilft dann noch ihrem Bruder, seine Praxis für Hypnotherapie aufzubauen, ist also sehr beschäftigt. Selbst dann sah ich sie dazwischen noch oft, besonders beim Essen", kichert sie. „Aber die letzten paar Monate, seit sie die Beziehung mit ihrem Freund einging, war sie kaum zu Hause, weder tagsüber noch nachts."

Ich schlucke erstaunt. *Freund? Welcher Freund? Was soll das alles?* Das frage ich mich.

Sie sieht mich an und fährt fort: „Ich nehme an, du siehst derzeit mehr von ihr als ich, oder? Ich glaube, der einzige Weg, um sicherzustellen, dass ich sie sehen kann, ist es, in der Klinik einen Termin mit ihr auszumachen." Mrs. Douglas lacht über ihren eigenen Witz.

Mir fällt es schwer, das Gehörte aufzunehmen. Seit Monaten hat Jenny einen Freund und mir nichts davon gesagt. Die meiste Zeit wohnte sie bei ihm, wenn ich dem, was Mrs. Douglas mir sagte, Glauben schenken kann. Warum? Warum wollte sie es nur verheimlichen? Was ist der Grund für ihre Geheimnistuerei? Wir sind doch immer noch beste Freundinnen. Wenn sie ihn schon seit Monaten hat, dann hat es um etwa die gleiche Zeit angefangen, als ich mit Michael Schluss gemacht habe. Jenny wusste, dass ich damals aufgeregt war. Vielleicht versuchte sie, meine Gefühle nicht zu verletzen und hat deshalb nicht über ihre neue Beziehung geredet, weil sie dachte, es würde mich verletzen. In der Hinsicht war sie immer sehr rücksichtsvoll. Wenn aber schon Monate vergangen sind, warum hat sie mir in all der Zeit nichts davon gesagt? Ist es so, wie mit meinen Eltern, die Informationen verschweigen, weil sie meinen, sie beschützen mich, dann aber nie die richtige Gelegenheit finden, mir die Wahrheit zu sagen.

„Briony, Mund zu, es zieht", sagt meine Mutter und stupst mich am Arm an. „Mrs. Douglas hat dich was gefragt."

„Was?", frage ich und schüttle mein betretenes Schweigen ab.

„Ich sagte, ‚Ich schätze, Sie sehen Sie derzeit öfter als ich.' Nicht wahr?", wiederholt sie.

„Letztes Wochenende sah ich sie kurz, wenn auch unter ungewöhnlichen Umständen", antworte ich offen und ehrlich. Ich möchte mehr erfahren, will aber nicht, dass sie merkt, dass ich ihr Informationen entlocken will.

„Mögen Sie ihn wenigstens?", frage ich.

Ich habe ihn eigentlich noch gar nie getroffen, obwohl ich wollte. Ich bat Jenny, ihn zum Tee mitzubringen, dass ich ihn kennen lernen kann, aber sie waren immer zu sehr mit ihren eigenen Dingen beschäftigt. Sie trafen sich auf der Firmenfeier eines Freundes, meine ich. Man könnte meinen, er hätte ihre Familie kennen lernen wollen, aber ich weiß, manche dieser Amerikaner können etwas seltsam sein."

Er ist aus Amerika! Ich erfahre allmählich mehr. Ich lächle und ermutige sie, fortzufahren.

„Ich schätze, Jenny hat Angst, ich könnte sie in Verlegenheit bringen. Mir fällt nie sein Name ein. Wie spricht man es nur aus? Dwain, Dwade, Dweeb?"

„Dwight?", frage ich reflexartig.

„Ja, natürlich. Dwight, so heißt er. Man sollte ja meinen, ich kann mich an den Namen erinnern. Gab es nicht einen amerikanischen Präsidenten, der auch so hieß?"

„Ja, Eisenhower", antwortet Mama.

Nun bin ich noch viel platter. Jennys geheimnisvoller Freund ist Dwight. Mein Dwight, der mit mir zusammen in einem Büro arbeitet. Nun, ich gehe davon aus, es handelt sich um denselben. Wie viele andere Männer, mit Namen Dwight, wohnen und arbeiten in Glasgow? Ich sage „Männer", denn ist es mein Dwight, dann ist er weit älter als wir; er muss schon Ende 30 sein. Jenny hat mir immer sofort von ihren Beziehungen erzählt, wie ich auch ihr. Das tun beste Freundinnen. Warum also hat sie ihre Beziehung mit Dwight vor mir geheim gehalten? Hat sie Angst, es könnte mir nicht gefallen, weil er älter ist, oder gibt es einen anderen Grund? Nein, am Alter kann es nicht liegen. Jenny hatte oft Dates mit Typen, die viel älter als sie waren. Ist es, weil er im selben Büro arbeitet wie ich und sie das Bedürfnis verspürt, den Kontakt zwischen uns zu unterbinden? Jenny ist wie ich und möchte, dass immer alles nach ihren Vorstellungen organisiert ist.

Aber wie kamen sie anfangs nur zusammen? Mrs. Douglas sagte, sie dachte, sie hätten sich bei der Bürofeier eines Freundes kennen gelernt. Wenn ich es mir überlege, dann muss es bei diesem einen Freund gewesen sein. Ich erinnere mich, Jenny zu einem Partynacht eingeladen zu haben, kurz, nachdem ich bei Archers anfing. Die Firma hatte für alles bezahlt und jeder von uns durfte noch einen Partner oder Freund mitbringen. Das war, nachdem ich mich von Michael getrennt hatte, so hatte ich Jenny gefragt. Viel von dieser Nacht, bringe ich nicht mehr zusammen. Weil ich neu war, kannte ich nicht viele Leute und wollte unbedingt einen guten Eindruck schinden. Ich glaube nicht, Margaret war dort, obwohl ich an dem Abend lange mit dem Direktor, Stuart Ronson, gesprochen hatte. Ich weiß sicher, Jenny war hier, denn wir fuhren zusammen im Taxi, kann mich aber nicht erinnern, mit ihr Zeit verbracht zu haben.

Hatte ich sie sich selbst überlassen? Traf sie dort Dwight und schloss eine Freundschaft, ohne dass ich es überhaupt mitbekam? Seither hat keiner von ihnen je mit mir darüber gesprochen. Hätte ich Jenny im Beisein von anderen Leuten verlassen, hätte sie es nicht gewusst. Dann wäre das echt verkehrt von mir gewesen, aber unbeabsichtigt. Vielleicht war Jenny verärgert und sagte es deshalb nicht. Sie könnte es unverzeihlich gefunden haben.

„Briony! Briony, hörst du uns zu?", fragt meine Mutter und reißt mich aus meinen Gedanken.

„Ja, was ist los?", frage ich.

„Mrs. Douglas hat dich gerade gefragt, was du von Dwight hältst. Geht es dir gut? Du bist etwas blass geworden und scheinst unserem Gespräch über Dwight nicht zu folgen."

„Oh, tut mir leid. Aber nein, es geht mir gut, ehrlich. Ich bin nur etwas müde, denn ich schlief nicht viel." Dann wende ich mich an Mrs. Douglas und sage: „Was Dwight angeht, ich kenne ihn flüchtig, weil er im gleichen Büro arbeitet wie ich. Er machte auf mich immer einen guten Eindruck, ich kann mich aber nicht erinnern, je mit ihm und Jenny aus gewesen zu sein."

Wir reden ein paar Minuten, ehe Mama uns entschuldigt und wir fortfahren, denn Mama erklärt, sie sollte schon längst zu Hause sein.

Kaum sind wir außer Hörweite, fragt mich Mama wieder, ob ich OK bin und fügt hinzu, sie habe mir die Anspannung angesehen.

Ich erkläre ihr, wie überrascht ich war, zu erfahren, dass Jenny einen festen Freund hat, der mit mir im Büro arbeitet und ich zum ersten Mal davon hörte.

„Ich dachte, sie wäre deine beste Freundin", sagt meine Mutter.

„Das dachte ich auch. Ich muss sie anrufen, sobald wir wieder zu Hause sind. Ich möchte herausfinden, was es mit all dem auf sich hat."

Wir kaufen den Rest auf Mamas Liste. Meine Mutter sagt, sie möchte einen großen Blumenstrauß für Margaret und Jeffrey kaufen als kleinen Dank, dass sie sich so gut um mich kümmerten, erklärt sie. Wir überprüfen nochmals die Einkäufe und fahren zurück zum Haus. Ich helfe beim Auspacken, ehe ich nach oben eile, um Jenny anzurufen. Mamas Worte hallen in meinen Ohren nach. „Ich mache dir einen Tunfischsalat. Möchtest du ihn unten oder in deinem Zimmer essen?"

„Ich komme dann runter", antworte ich, dann setze ich mich auf mein Bett, um Jenny anzurufen. Ich wähle ihre Nummer.

„Hi Briony, bist du OK?", fragt sie. Mir fällt auf, dass mir in letzter Zeit jeder dieselbe Frage stellt.

Ich möchte zwar Informationen, weiß aber, ich muss behutsam vorgehen. „Ich war mit Mama einkaufen und bei Morrisons trafen wir deine Mutter."

„Oh", antwortet sie und ihre Stimme klingt besorgt.

„Ja, sie sagte mir, du seist in letzter Zeit kaum zu Hause. Sie sagte, du hättest einen neuen Freund."

Schweigen.

„Jenny, bist du hier?"

„Ja." Ihre Stimme klingt trocken.

„Sie sagte, dein Freund sei Amerikaner..., dass sein Name Dwight ist. Ist das derselbe Dwight, mit dem ich zusammenarbeite, der von Archers?"

„Ja."

„Jenny, warum hast du mir das nicht gesagt? Natürlich freue ich mich für dich. Aber ich verstehe es nicht. Wie kannst du mit einem meiner Arbeitskollegen ausgehen und mir nichts davon sagen? Und wieso hat mir von euch allen auch niemand was gesagt? Sie sagte mir, es liefe schon seit Monaten."

Sie schweigt kurz, dann sagt sie kalt: „Es dreht sich nicht immer alles nur um dich, Briony. Hör her, ich bin bei der Arbeit. Ich kann jetzt nicht reden. Reden wir ein anderes Mal darüber." Die Leitung ist tot.

Ich bleibe sitzen und schaue eine Weile auf den aufgehängten Hörer. Was hatte ihre Bemerkung zu bedeuten? Sie sagte, es drehe sich nicht alles nur um mich. War da etwas in ihrem Leben passiert, von dem ich nichts weiß? Etwas, das ich nicht bemerkte oder danach fragte? Oder beschuldigt sie mich, egoistisch zu sein? Ich kann nicht leugnen, dass ich in den letzten paar Tagen ichbezogen war, aber ist das nicht verständlich, nach allem, was ich durchgemacht habe? Vielleicht sind das nur Ausreden.

Vielleicht will sie sagen, dass ich immer egoistisch bin. Ich bin doch nicht narzisstisch, oder? Selbst wenn, wie sollte ich davon wissen? Sicher, die bloße Tatsache, dass ich mich frage, ob ich es bin, bestätigt, dass ich es nicht bin. Aber war ich eine gute Freundin? Ich kenne Jenny seit Jahren. Solange ich denken kann, waren wir eng befreundet und machten alles gemeinsam. Wir kamen zurecht, halfen uns gegenseitig. Wir waren füreinander da...oder waren wir das? Wurde ich selbstzufrieden und erwartete Jennys Freundschaft und Unterstützung, ohne auch immer für sie da zu sein?

In diesen letzten paar Tagen war Jenny mein Fels in der Brandung. Sie hat mich herumgefahren, wo immer ich hinwollte und um nichts gebeten. Zwar nicht in den letzten paar Tagen, aber zu der Zeit, als ich mit Michael Schluss machte, hat sie mich getröstet. Sie war der erste Mensch, an den ich mich vor zwei Wochen wandte, nach dem Wochenende, als Michael wieder nach Glasgow kam und ich mich fühlte, als hätte man mich beraubt. Was habe ich je für sie getan? Mir fallen alle möglichen Sachen ein, die wir zusammen machten, wo wir uns gegenseitig unterstützten; beim Lernen, bei sozialen Kontakten, beim Kauf von Klamotten. Wir hatten eine gute Zeit. Aber, so sehr ich mir das Hirn zermartere, ich kann mich an kein einziges Mal erinnern, wo sich Jenny so auf mich verließ, wie ich mich auf sie. Gab es eine Zeit, wo sie meine Hilfe brauchte und ich nicht für sie da war oder es schlicht nicht bemerkte?

Ich versuche angestrengt, unsere Beziehung zu analysieren. Jahrelang standen wir uns nahe und trafen uns regelmäßig, nur jetzt, wenn ich so darüber nachdenke, stelle ich fest, die Beziehung fröstelte etwas seit letztem Jahr, oder so. Als ich mit Michael zusammen war, hatte ich weniger Zeit für sie, aber kann man das nicht erwarten? Es gab Zeiten, da hatten wir beide einen Freund, weswegen wir uns gegenseitig nicht so beachteten. Manchmal hatten wir beide zur gleichen Zeit einen Freund, aber meistens zogen wir unser eigenes Ding durch und sprachen regelmäßig miteinander, entweder persönlich oder per Telefon. Ich denke an den letzten Freund, von dem mir Jenny erzählte. Das muss bestimmt schon über ein Jahr her sein. Das war lange, bevor sie Dwight kennen lernte.

Ziemlich ungewöhnlich! Ich runzle die Stirn und denke scharf nach. Hat sie da aufgehört, mir Dinge zu erzählen. Hörte sie auf, mir Sachen anzuvertrauen, weil sie mich für egoistisch und ichbezogen hielt?

„Briony, alles OK? Kommst du nicht zum Mittagessen?"

Ich war so in Gedanken, ich vergaß, meine Mutter erwartete mich unten zum Essen. Ich gehe ziemlich durcheinander die Treppe hinunter.

101 STUNDEN

Ich gehe in die Küche und sehe, dass meine Eltern bereits auf mich warten. Der Tisch ist gedeckt und an jedem Platz ist ein Teller, darauf ein hart gekochtes Ei, in zwei Hälften geschnitten, daneben geräucherter Lachs, Thunfisch und Mayonnaise. In der Mitte des Tisches stehen Schüsseln, gefüllt mit grünem Salat, angerichtet mit Tomaten, dann gibt es noch fertigen Salat aus dem Supermarkt.

Mein Vater hält eine Flasche Merlot und einen Korkenzieher in der Hand. „Das ist für eine Weile die letzte Gelegenheit, zum Mittagessen Alkohol zu trinken. Ab morgen arbeite ich wieder."

„Was mich daran erinnert, dass ich Margaret anrufen muss, um ihr zu sagen, dass ich wieder zu arbeiten anfangen kann", sage ich.

„Bist du sicher, dass du das tun willst, Briony? Ich weiß nicht, ob du dazu schon bereit bist. Du hast heute verstört gewirkt", meint meine Mutter.

„Nein, obwohl ich deine Sorge verstehe, jedoch möchte ich mich nicht eingesperrt fühlen. Ich könnte es nicht ertragen, den ganzen Tag zu Hause zu sein. Ich weiß nicht, wie du das machst, Mama." Kaum sind mir die Worte über die Lippen gekommen, da bereue ich sie auch schon wieder, denn ich sehe, was meine Mutter für ein Gesicht macht.

„Verzeih mir, das wollte... Was ich meinte, ich muss arbeiten, denn ich muss mich mit etwas von dem ablenken, was ich durchmachen musste." Als Übung zur Schadensbegrenzung ist das hier nicht sehr erfolgreich. Ich tadle mich selbst, dass ich so unsensibel war. Ich muss versuchen, umsichtiger zu werden und erst nachzudenken, ehe ich spreche.

Als ich das merke, kommt die Sorge in mir auf, dass meine unbedachte Gefühllosigkeit nichts Neues ist. Bin das wirklich ich? Trample ich auf den Gefühlen anderer Menschen herum? Kann es stimmen, dass ich so egoistisch bin? Deshalb könnte Jenny aufgehört haben, mir Dinge anzuvertrauen. Ihre letzten Worte waren: „Es geht nicht immer nur um dich." Ist das symptomatisch dafür, wie ich meine Familie, Freunde und Kollegen behandelte? Ich könnte jemanden so unfair behandelt haben, dass er auf Rache aus war. Könnte das der Grund für meine Entführung sein?

„Tut mir leid, Mama, wirklich. Das meinte ich nicht so. Du hattest Recht, als du sagtest, ich sei ein bisschen abgelenkt. Ich bin noch immer etwas wirr im Kopf und die Worte kommen nicht so an, wie ich möchte."

„Was ich sagen wollte, Briony, ist, dass wenn du nicht klar denken kannst, es vielleicht keine gute Idee ist zu arbeiten. Du könntest mehr Schaden als Nutzen anrichten", meint meine Mutter.

„Ich verstehe, was du meinst, möchte aber mit Margaret sprechen. Ich würde gerne wissen, ob ich was tun kann, um mich nützlich zu machen und in die Normalität zurück zu kommen, selbst wenn es nur langsam geht."

Meine Mutter zuckt und mein Vater ergänzt: „Wenn du dir sicher bist."

———

Margarets Stimme nach zu urteilen, freut sie sich, von mir zu hören. Sie hört sich meinen Wunsch an und sagt, sie kommt wieder auf mich zu. Eine Viertelstunde später, ruft sie mich an. „Ich habe mit Stuart gesprochen und wir haben uns geeinigt, was wir tun können. Wir haben ein Projekt, das kam neu rein, und wir es müssen viele Nachforschungen getan werden, um es zu starten. Das ist alles Schreibtischarbeit mit Telefon und Computer. Das ist schon eher etwas für einen Anfänger, aber wir sind uns sicher, damit kommst du gut zurecht und du kannst dich wieder an die Arbeit gewöhnen."

„Klingt perfekt", sage ich.

„Wir meinen, es wäre am besten, wenn du langsam startest, dann kannst du schauen, wie du zurechtkommst. Zu Anfang würden wir dir eine Teilzeitbeschäftigung anbieten. Komm doch morgen, um 10:00 Uhr und arbeite ein paar Stunden, sagen wir, bis 14:00 Uhr oder 15:00 Uhr. Von da aus können wir die Arbeitszeit steigern."

104 STUNDEN

Am späten Nachmittag kommt noch ein Anruf, von Jeffrey.
„Ich habe noch ein paar Nachrichten, manche gut, andere
weniger gut", meint er.

Ich bin ganz Ohr. „Bitte fange mit den schlechten an. Das
muss ich hinter mich bringen. Alles andre macht es dann
einfacher."

„OK. Zoe sagte, die KTU ist mit deinem Computer fertig
und du kannst ihn wiederhaben."

„Das klingt gar nicht so schlecht", sage ich und frage mich,
ob ich erleichtert sein soll.

„Ist es auch nicht. Was sie fanden, ist weniger gut."

Ich versuche, mich zu erinnern, ob ich mit dem Computer
etwas getan habe, das problematisch sein könnte. Auch wenn
ich ihn gelegentlich zum Arbeiten nutze, für mich besteht sein
hauptsächlicher Verwendungszweck zur Nutzung von sozialen
Netzwerken und YouTube. Gelegentlich spiele ich, Glücks-
spiel nicht, und illegale Seiten rufe ich auch nicht auf. Dann
fällt mir etwas ein und mir wird flau im Magen. Hin und
wieder lud ich Filme und Musikvideos runter. Vielleicht sind

Jeffreys schlechte Nachrichten, dass ich Urheberrechte verletzte und verklagt werde. „Nur weiter"; sage ich und fürchte, was ich gleich zu hören bekomme.

„Der KTU ist es gelungen, das Passwort zu knacken und die Spur zurück zu verfolgen, als es benutzt wurde. Scheinbar wurde es eingeschaltet und nachts benutzt, nämlich am Freitag, Samstag und Sonntag, in der Zeit, in der du vermisst wurdest. Jedes Mal wurde es benutzt, um sich in Sexseiten einzuloggen, auch zu den Videos mit den drei Männern.

„Oh, mein Gott", bringe ich nur heraus.

„Die weniger guten Nachrichten sind, dass Zoe sich sicher ist, dass nur du die Videos in deiner Wohnung angesehen hast."

Ich atme tief ein und versuche, mich zu beruhigen. „Sie sagten, es gäbe auch noch ein paar gute Neuigkeiten", sage ich.

„Zunächst ein Update der Tests, die wir in deiner Wohnung durchführten. Sie fanden Spuren von Fingerabdrücken und DNS von dir, wie erwartet, aber auch von Jenny, Alesha und jemand, der dir sehr ähnelt, von dem wir glauben, es sei dein Vater. Wir haben auch Daten von zwei weiteren Frauen, die wir nicht zuordnen konnten, vielleicht Margaret und deine Adoptivmutter, dann noch von zwei bisher nicht identifizierten Männern. Damit wir die Leute eingrenzen können, kannst du dich erinnern, wer alles kürzlich in deiner Wohnung war?"

Ich nicke in Richtung des Telefons, was nichts bringt und Enttäuschung macht sich in mir breit. „In welchem Zeitraum?", frage ich.

„Die Fingerabdrücke wurden vermutlich verwischt, als du die Wohnung das letzte Mal gründlich gereinigt hast. Zusammen mit der DNS auf den Bettlaken, obwohl ein paar Spuren noch länger haften könnten. Hauptsächlich zu diesem Zweck müssen wir wissen, wer Grund hatte, in der Wohnung zu sein während der letzten, sagen wir, zwei bis drei Wochen."

Ich überlege, wann ich die Wohnung zuletzt putzte. Zu meiner Schande war das schon vor einer Weile her, ein paar Tage vor dem Wochenende, als Michael zu Besuch kam. Ich hatte vor, in der Woche darauf alles komplett zu putzen, es aber nicht getan. Nachdem Michael gegangen war, wechselte ich das Bettzeug, aber die alten Laken und Kissenbezüge vergaß ich im Wäschekorb. Auch in der restlichen Wohnung wischte ich nicht einmal Staub.

Irgendwie verlegen, erkläre ich das Jeffrey und gebe an, dass Alesha, Jenny und Margaret letzten Donnerstag hier waren, Jenny am Sonntag nochmals kam, Michael letztes Wochenende hier war und Papa und Mama am Tag zuvor, als mein Vater hier war, um mit mir die Vorhänge aufzuhängen. Sonst fällt niemand mehr ein.

„Ich darf also davon ausgehen, dass noch ein weiterer Mann hier war." Ich sehe Jeffrey am anderen Ende der Leitung fast mit den Schultern zucken, ehe er wieder das Wort ergreift. „Noch was. Ich habe Nachforschungen über deine leibliche Mutter angestellt."

„Schon!" Ich bin fassungslos. „Was hast du herausgefunden?"

„Ich konnte ein paar Verwandte aufspüren, die noch am Leben sind. Du hast eine Großmutter in Irland und einen Onkel in Musselburgh, nahe Edinburgh. Dein Onkel ist verheiratet und hat zwei Töchter."

„Ich habe weitere Familienmitglieder! Kann ich dort hin und sie sehen?" Der Gedanke macht mich verrückt.

„Bis jetzt habe ich sie nur ausfindig gemacht. Ich kann noch nicht sagen, ob sie dich sehen wollen. Sie wissen vielleicht nicht einmal, dass es dich gibt."

„Wie können wir das herausfinden? Ich möchte sie treffen", sage ich, ohne zu zögern.

„Ich kann versuchen, einen Kontakt herzustellen", sagt

Jeffrey. „Ich weiß nicht, wie es laufen wird, also immer mit der Ruhe. Das läuft nicht immer, wie bei *Vermisst* und ich bin nicht Sandra Eckardt."

„Oh, siehst du dich eher als Julia Leischik?", feixe ich.

Jeffrey kichert und ehe er das Gespräch beendet, sagt er: „Ich will sehen, was ich tun kann."

***

Ich verbringe den restlichen Tag mit meinen Eltern. Mama hat ein herzhaftes Abendessen gezaubert. Dann, nach dem Essen, schauen wir uns viel Blödsinn im Fernsehen an. Magazine, Seifenopern und der Pilot einer neuen Serie gehören haupt-sächlich zum Programm und *University Challenge* bietet mir die einzige Denkphase dieses Abends. In den 30 Minuten beantwortete ich sieben Fragen richtig und ich bin froh, meinen Durchschnittswert übertroffen zu haben. Außerdem erreichte ich mehr Punkte als Mama und Papa zusammen. Vielleicht bin ich ungerecht, denn die anderen Sendungen waren vielleicht nicht so schlecht, aber die Spielshow weckte als einziges, wenigstens halbwegs meine Aufmerksamkeit.

Der restliche Abend saß ich vor dem Fernseher und plau-derte mit meinen Eltern. Jedoch galt fast meine ganze Aufmerksamkeit der Selbstbeobachtung. Ich zog mein eigenes Verhalten in Zweifel und phantasierte darüber, wie ich mit meiner neuen Familie umgehen sollte. Das aber hätte Zeit, bis ich mit der Familie meiner leiblichen Mutter vereint wäre.

118 STUNDEN

Letzte Nacht schlief ich unruhig und ich hatte wieder einen anstrengenden Tag. Ich gehe früh zu Bett. Meinem Wunsch entsprechend, hat Papa all mein Spielzeug und die Poster in die Garage geschafft. Der Raum sieht nackt aus und es fühlt sich kalt und steril an. Auch wenn ich genau darum bat, bezweifle ich nun, dass es eine weise Entscheidung war, dass er alles auf einmal fortschafft. Vielleicht hätte ich ein paar Bilder oder wenigstens meinen Teddy aus Kindertagen behalten sollen. Jetzt ist es zu spät. Ich schätze, ich gewöhne mich daran oder, noch besser, finde wieder die Stärke und Zuversicht unabhängig, in meiner eigenen Wohnung zu sein.

Ich wache immer wieder auf und träume von denselben Zweifeln und Hoffnungen, die mich zuvor beunruhigten.

Um 07:00 Uhr, als ich Papas Wecker nebenan höre, wache ich auf. Ich drehe mich um, versuche, noch eine Stunde zu schlafen, aber erfolglos. Da er groß gewachsen ist, ist Papa auch nicht so leichtfüßig unterwegs. Selbst wenn ich imstande gewesen wäre, den Lärm der Dusche und seiner Schritte zu ignorieren, das fortwährende Gekeife meiner Mutter, wie sie im sagt, er solle ruhiger und umsichtiger sein, ist allgegenwärtig.

Ich liege im Bett, starre an die Decke oder zähle die geometrischen Formen auf dem Bettzeug, während ich versuche, mich zu entspannen. Es wird Acht, dann nach Acht. Dann höre ich, wie die Vordertür ins Schloss fällt. Genug ist genug. Ich stehe auf, wasche mich und ziehe mich an, dann mache ich mich fertig für die Arbeit. Als ich die Küche betrete, hat Mama bereits den Tisch gedeckt, Säfte, frisches Obst, Müsli, kaltes Fleisch, Käse und Gebäck stehen auf dem Tisch. Das Buffet ist üppiger als in so manchem Hotel. Dem gestrigen Abendessen und dem Frühstück nach zu urteilen, könnte ich schwören, sie möchte mich mästen. Ich muss entweder in meine eigene Wohnung oder ihr sagen, sie solle das lassen, aber, da sie so umsichtig ist, will ich nicht undankbar oder unfreundlich erscheinen.

Ich trinke etwas Saft, gieße mir eine Tasse Tee ein und esse etwas Toast.

„Ich muss früh raus, dass ich meinen Zug noch erwische", sage ich.

„Ich könnte dich fahren, wenn du willst", schlägt Mama vor.

„Danke, ich weiß dein Angebot zu schätzen, es hat aber keinen Zweck, dass du den halben Morgen im Berufsverkehr steckst", antworte ich. „Die Zugfahrt dauert nicht lange und der Gang zum Bahnhof und zum Büro wird mir helfen, meinen Kopf frei zu bekommen." Die Wahrheit ist, ich fühle mich etwas eingeengt, aber ich versuche, umsichtiger zu sein, um ihre Gefühle nicht zu verletzen.

Kaum betrete ich das Büro, eilt Alesha herbei, umarmt mich, bevor Margaret mich sieht, und führt mich in einen Nebenraum. Dort befindet sich ein Computer und ein Telefon. Sie reicht mir eine Akte mit Einzelheiten zum neuen Kunden

und seinen Wünschen. Sie sagt mir, dass die restlichen Ange-
stellten informiert wurden, dass ich, nach ein paar Tagen
Krankheit, wiederkomme. Die Entschuldigung hört sich
einfallslos an, wird aber schon gehen.

Ich fühle mich, als wäre ich wieder in der realen Welt und
genieße es sichtlich. Gegen Mittag bin ich bereit für einen
Kaffee. Ich gehe in die Garderobe, die wir liebevoll unsere
Küche nennen, denn darin befindet sich auch eine Arbeitsflä-
che, ein Kühlschrank und eine Mikrowelle, für alle nutzbar. Ich
schalte den Teekocher ein und drehe mich um, wobei ich auf
Dwight stoße.

„Schön, dass du wieder hier bist. Fühlst du dich jetzt
besser?", fragt er. Er wirkt aufrichtig.

Ich bin verwirrt. Er kennt doch sicher den wahren Grund
für mein Fehlen? Hat Jenny ihm nichts davon erzählt? Vielleicht schätzte ich sie falsch ein und sie hat mein Geheimnis
für sich behalten, sogar vor ihrem Freund. Wenn dem so ist,
wie erklärte sie ihm all die Zeit, die sie mit mir verbrachte?

„Viel besser, danke." Da er jetzt und hier vor mir steht,
muss ich ihn einfach fragen. „Ich habe erst kürzlich erfahren,
dass du mit Jenny zusammen bist. Warum hast du mir nichts
davon erzählt?"

Lächelnd antwortet er: „Aha, eine Frage", dann dreht er
sich um und geht ins Hauptbüro.

Ich will ihm hinterher, um ihn auszufragen, aber jetzt, vor
all meinen Arbeitskollegen, ist nicht die richtige Zeit dazu.

Ich widme mich meiner Recherche, der Tag vergeht und
ich bemerke gar nicht wie die Stunden verrinnen. Es ist schon
fast 15:00 Uhr, da geht die Tür auf und Margaret tritt ein. Ich
schaue auf die Uhr, dann wieder zu ihr. „Der erste Tag, den ich
wieder hier bin, hat mir großen Spaß gemacht, aber meinst du,
ich habe für den ersten Tag genug gearbeitet?", frage ich.

Margaret schaut auf ihre Uhr, dann auf die Papiere, die ich abarbeitete, dann antwortet sie: „Ja, du scheinst gut voran gekommen zu sein, ich wollte dich aber aus einem anderen Grund sprechen."

Jetzt schaue ich sie neugierig an.

„Ich möchte das in meinem Büro besprechen. Jeffrey rief an und sagte, er hätte noch mehr Informationen, die er dir geben kann. Er schlug vor, dass ich dabei bin, wenn du es erfährst. Wenn du willst, können wir das Konferenztelefon benutzen, es hat eine Freisprecheinrichtung. Ich möchte keinen Druck machen, es liegt bei dir.

„Was hat er herausgefunden?", frage ich.

„Keine Ahnung, Briony. Er hat mir nichts erzählt. Er hat Nachrichten für dich, wird mich also nur hinzuziehen, wenn du es möchtest. Er sagte aber, du könntest Unterstützung erhalten. Alternativ könntest du bis heute Abend warten und dann, zusammen mit deinen Eltern zu uns nach Hause kommen."

„Bis heute Abend möchte ich nicht warten. Ich möchte es jetzt wissen", sage ich. Wenn ich nicht weiß, was er mir zu sagen hat, bin ich nicht sicher, ob es leichter oder schwerer ist, wichtige Neuigkeiten, im Beisein meiner Eltern, zu erfahren. Manchmal kann Mama emotional reagieren und es ist nichts Ungewöhnliches für Papa, aus der Haut zu fahren, wenn nicht alles nach seinen Vorstellungen läuft.

„Er kann dich in sein Büro bestellen, wenn du willst, da habt ihr eure Ruhe, oder du kannst in mein Büro kommen, wenn du willst, dass ich dabei bin."

Was für ein Dilemma. Normalerweise geht mir meine Privatsphäre über alles, ich weiß aber nicht, was ich erfahren werde. Jeffreys Urteilsvermögen vertraue ich, obwohl ich ihn noch nicht lange kenne. Wenn er vorschlug, dass jemand dabei sein sollte, dann wird er einen Grund haben. Margaret war ebenfalls eine Lebensretterin für mich. „Danke, ich komme dann in dein Büro", sage ich.

Kaum haben wir das Büro betreten, da macht Margaret die Tür fest zu und hängt ein Schild mit der Aufschrift *Bitte nicht stören* ins Fenster. Gespannt warte ich auf das erste Wort. Alles was Jeffrey mir zu sagen hat, könnte so verstörend sein, dass er meint, ich bräuchte Margarets Beistand? Ich nehme auf einem Stuhl Platz, überschlage die Beine, lege sie dann wieder auseinander und stehe auf. Wieder setze ich mich, tippe mit dem Fuß auf dem Boden und meine Hände zittern unruhig.

Margaret schaltet die Freisprecheinrichtung an und drückt die Wählvorrichtung. Jeffrey hebt fast zeitgleich ab.

„Ich bin in meinem Büro, die Freisprecheinrichtung ist an und Briony sitzt neben mir", sagt Margaret.

„Ich weiß, ich schlug es vor, aber bevor ich anfange, musst du mir bestätigen, dass du damit einverstanden bist, dass Margaret uns zuhört."

„Ja, ja, bitte, nur zu", antworte ich und meine Knie zittern jetzt.

„OK, danke. Briony, ich habe die Ergebnisse deiner medizinischen Untersuchung. Ich habe dir viel mitzuteilen."

„Ja?"

„Zunächst wurde deine Aussage und unser Verdacht bestätigt."

„Was genau?", frage ich.

„OK, körperlich konnten wir keine Beweise für sexuellen Missbrauch oder Vergewaltigung finden. Tut mir leid, aber ich muss mehr ins Detail gehen. Wir fanden keine Hämatome oder Abschürfungen, weder innerlich noch im Vaginal-, Rektal-, Oral- oder Halsbereich.

Ich atme tief ein und halte den Atem an.

„Da du so lange vermisst wurdest, kann nicht völlig ausgeschlossen werden, dass du, in den ersten ein oder zwei Tagen nicht doch sexuell missbraucht wurdest. Zwischen dieser Zeit und deiner Untersuchung ist zu viel Zeit vergangen."

Ich atme schnell aus, als hätte mich jemand in den Bauch geschlagen. Er hat keine schlechten Nachrichten, aber das beruhigt mich noch nicht ganz.

„Wir fanden Spuren von Fesseln an deinen Fußknöcheln, Handgelenken und am Hals. Es war kein schweres Gerät, sie waren eher von leichterer Art wie man sie für SM-Spielchen oder im Spielwarenladen erhält. Man hat dir auch Ohrstöpsel verpasst, damit du nichts hörst. Das könnte man getan haben, damit du keine Hintergrundgeräusche oder Stimmen hörst, die du später erkennen könntest. Das deckt sich mit deinen Aussagen über deine Visionen von den Videos. Du sagtest, sie hätten nichts gesagt, aber, nach allem, was wir im Internet fanden, gab es ein Lied. Ich schätze, der Grund dafür war sensorische Deprivation. Man könnte versucht haben, deine Orientierung zu stören und Verwirrung auszulösen."

Ich nicke.

„Wenig überraschend, fanden wir unter deinen Nägeln Hautpartikel von Jenny. Das erwarteten wir auch, weil du, während der Vernehmung, kurz vor der Untersuchung, fest ihre Hand hieltest. Jedoch gab es sonst keine DNS-Spuren auf deinem Körper. Der Grund könnte sein, dass du gründlich mit einem nicht-organischen, geruchslosen Reiniger gewaschen wurdest. Das war kein normaler Kosmetikartikel, sondern ein Spezialmittel. Scheinbar verpasste man dir so eine Art Vollbad und offenbar mehr als einmal. Das Produkt konnten wir noch nicht finden, sieht aber schon ungewöhnlich aus, wird vielleicht in der Chirurgie verwendet. Das heißt, haben wir es erst einmal gefunden, können wir die Lieferkette ziemlich genau eingrenzen."

Den Gedanken, dass eine unbekannte Person meinen ganzen Körper sorgfältig und mit der Hand gereinigt hat, finde ich abscheulich. Die Vision oder Erinnerung, von Händen, vielen Händen, die mich überall berührten, kommt wieder auf. Das könnte die Erklärung sein. Bei dem Gedanken zucke ich zusammen. Meine Atmung wird flacher und kürzer. Ich bekomme nicht genug Luft in meine Lungen.

Margaret nimmt sanft meine Hand. „Möchtest du einen Schluck Wasser?", fragt sie. Sie nimmt eine Flasche Evian von ihrem Schreibtisch und reicht sie mir. Ich sehe, es war eine weise Entscheidung von Jeffrey, dass sie dabei ist.

„Nun bringen wir ein bisschen Fleisch auf die Knochen. Wir haben die Ergebnisse der Blutprobe. Es wurden Spuren von drei verschiedenen Drogen, in unterschiedlicher Dosierung, gefunden. GHB, GBL und Ketamine. Die Abkürzungen stehen für Gammahydroxiebuttersäure und Gammabutrylactone, wenn du auf die chemische Bezeichnung Wert legst. Alles drei sind weit verbreitete Vergewaltigungsdrogen und es ist gut möglich, dass sie einzeln oder als Cocktail verwendet wurden, damit du nicht mitbekommst, was mit dir geschah. In der Vernehmung sagtest du auch, du nimmst Steroide, wegen einer Sportverletzung. Das Zusammenspiel dieser Chemikalien könnte auch eine nicht vorhersehbare Wirkung gehabt haben."

„Ist das der Beweis, dass ich die Wahrheit sagte?", frage ich.

„Niemand hat dich der Lüge bezichtigt", sagt Jeffrey. „OK, es gab vielleicht den ein oder anderen Zweifel an der Richtigkeit dessen, was du ausgesagt hast, aber niemand hat je behauptet, du hättest gelogen oder jemanden in die Irre führen wollen."

„Stattdessen dachtet ihr, ich sei nicht voll zurechnungsfähig."

„So ist es nicht, Briony. Bitte. Jedoch, wenn ich fortfahren dürfte, gibt es eine andere, sehr bemerkenswerte Entdeckung aus deiner Blutprobe."

Hatte er nicht bereits alles entdeckt. Ich versuche, mir zu denken, was es sein könnte.

„Briony, dem Test nach zu urteilen, bist du schwanger."

„Was?! Das ist doch nicht dein Ernst", antworte ich.

„Daran besteht kein Zweifel", antwortet Jeffrey.

Oh man! Ich machte mir um so viele andere Dinge Sorgen, aber darauf war ich nicht gefasst. Ich schlage die Hände über dem Kopf zusammen.

„Ich muss vergewaltigt worden sein", flüstere ich. „Du sagtest vorhin, dass es sich nicht ausschließen lässt. Mein Gott, ich trage das Kind eines Vergewaltigers."

„Nein, Briony, das ist wirklich sehr unwahrscheinlich. Um ehrlich zu sein, ist es praktisch unmöglich. Deinem HCG-Spiegel nach zu urteilen, ist der Fötus mit großer Wahrscheinlichkeit älter als eine Woche."

„Der einzige Mensch, mit dem ich zusammen war, ist Michael am Wochenende davor", sage ich. „Ich nahm die Pille, als wir zusammen waren, hörte aber auf, sie zu nehmen, als er mich verließ. Als wir uns vor zwei Wochen trafen, hatte ich nicht erwartet, dass wir zusammen schlafen würden. Nun weiß ich wieder, es war spontan und wir benutzten kein Kondom. Michael muss der Vater sein."

Ich bin fassungslos. Mir fehlen die Worte. In meinem Kopf dreht sich alles, meine Gedanken überschlagen sich, bei dem Gedanken, dass in mir ein lebendiges Leben heranwächst. Meine Eizelle, befruchtet mit Michaels Samen. Ich wollte nicht, dass das passiert. Als Michael und ich ein Paar waren und ich mir eine gemeinsame Zukunft mit ihm vorstellen konnte, hatte er oft davon gesprochen, dass er eine Familie wolle. Den Gedanken hatte ich verworfen. Ich war noch nicht bereit dazu. In meinem Kopf hatte ich mir meine Zukunft und meine Karriere zurechtgelegt und Kinder kamen nicht vor. Nun befinde ich mich auf unbekanntem Terrain. Ich bin einsam, alleinstehend, habe mich von Michael getrennt und jetzt, nach einem One-Night-Stand, erwarte ich ein Kind, sein Kind.

Margaret sieht, wie fertig ich bin und nimmt meine Hand. „Woran denkst du gerade?", fragt sie. „Es könnte dir helfen, darüber zu reden."

Ich bin ganz durcheinander. Zuerst frage ich mich: Will ich das Kind behalten? „Ich bin in einem früheren Stadium der Schwangerschaft. Ich könnte es abtreiben lassen. Mutter zu werden, zog ich nie ernsthaft in Erwägung. Ob es daran lag, dass ich zu jung war, oder aus anderen Gründen, ich sah mich nie als Mutter. Aber einen Fötus abzutreiben; allein der Gedanke kommt für mich nicht in Frage. Es ist kein Fötus, sondern ein Baby! Es wächst in mir und es entstand aus der Liebe zwischen mir und Michael. Ja, dass ich Michael wirklich liebte, kann ich nicht leugnen. OK, es hielt nicht und wir trennten uns, aber selbst, wenn unsere Beziehung kurz war und nicht hielt, dieses Baby wurde beim Liebesakt gezeugt."

„Du hast noch Zeit, dir darüber klar zu werden. Du musst dich nicht gleich entscheiden", sagt Jeffrey.

Ich bin sicher. Ich werde meine Meinung nicht ändern. Ich muss den praktischen Nutzen abwägen, ein Kind groß zu ziehen. „Meine leibliche Mutter muss dasselbe Dilemma durchgemacht haben. Sie hat mich zur Adoption freigegeben. Ich weiß zwar nicht viel über sie, aber wenig später nahm ihr Leben eine unschöne Wendung. Vermutlich konnte sie mit ihrer Entscheidung nicht leben. Auf alle Fälle will ich nicht in ihre Fußstapfen treten. Vermutlich sind erst ein paar Minuten vergangen, seit ich die Nachricht erhielt, ich weiß aber bereits, was in meinem Kopf vorgeht. Ich will mein Baby nicht nur auf die Welt bringen, sondern es auch großziehen. Ich weiß nicht, was meine Eltern sagen werden. Zweifellos werden sie entsetzt sein, aber ich hoffe, sie lieben mich so sehr, dass sie mich unterstützen. Ob sie es sein werden oder nicht, ich lasse mich nicht davon abbringen, mein eigenes Kind groß zu ziehen."

„Ich bin sicher, sie werden dir zur Seite stehen, aber ich will, dass du weißt, dass Jeffrey und ich dir helfen werden, wo wir können", sagt Margaret. Sie breitet die Arme aus und drückt mich ganz fest. „Was ist mit Michael?"

Ich lasse mir die Frage durch den Kopf gehen. „Aus seiner Nachricht vom Samstag, und aus seinem Gespräch mit der Polizei geht hervor, was er von mir hält. Er hasst mich. OK, er versuchte heute Morgen, auf mich zuzukommen, um die Wogen zu glätten, ich bin mir aber über seine Motive nicht im Klaren."

Ich muss wissen, dass er mit meiner Entführung nichts zu tun hatte, denn wenn doch, dann ändert das alles. Ich muss Jeffrey und die Polizei ihre Ermittlungen machen lassen. Was ich dennoch sicher weiß ist, dass Michael von mir weg wollte, als er nach Newcastle zog und dann nochmals bei unserem Treffen am Wochenende. Jetzt hat er es nicht verdient, Teil meines Lebens zu sein.

„Mir kommt noch ein Gedanke", sage ich. „Hat mein Kind das Recht, zu erfahren, wer sein Vater ist? Das, was ich kürzlich ertragen musste, hat mich eines gelehrt. Jahrelang liebte ich meine Adoptiveltern und vertraute ihnen und dachte, mehr muss ich nicht wissen. Nun, da ich das alles erfuhr, fühle ich mich im Stich gelassen, weil sie mir nicht die Wahrheit sagten. Aus diesem Grund möchte ich unbedingt mehr erfahren."

„Ich verstehe", sagt Margaret.

Ich fahre fort: „Ich hatte nie eine Chance, meine leibliche Mutter kennen zu lernen und weiß nicht, ob ich meinem Kind dasselbe antun will, indem ich ihm verschweige, wer sein Vater ist oder indem ich die Sache vor dem Vater geheim halte. Michael muss es erfahren. Vielleicht will er es wissen, vielleicht auch nicht. Vielleicht will oder will er auch nicht, Teil des Lebens meines Babys sein. Wenn ja, müssen wir irgendwie damit umgehen lernen."

Die Zeit vergeht und ich versinke in Gedanken. Es gibt zu viel abzuwägen und ich lasse mir die Situation durch den Kopf gehen. Für mich ist es noch zu früh, eine Antwort zu jeder Überlegung zu suchen. Wenn ich mich nicht überlasten will, muss ich es langsamer angehen und versuchen, eines nach dem anderen zu tun.

„Bist du noch da, Briony?", fragt Jeffrey.

„Ja, ich bin noch da. Verzeihung. Ich dachte nach."

„Gerade habe ich nichts mehr zu sagen. Ich gehe jetzt, denn ich muss noch andere Dinge herausfinden. Margaret wird sich um dich kümmern."

Tränen laufen mir über die Wangen.

Margaret reicht mir ein Taschentuch und drückt mich fest

an sich, den Kopf habe ich auf ihrer Schulter. „Bist du sehr aufgeregt?", fragt sie.

„Nein, das ist das Seltsame", antworte ich. „Ich dachte nie, dass ich das je sagen würde, aber ich bin glücklich. Wirklich glücklich, schwanger zu sein."

Margaret bietet mir an, mich nach Hause zu fahren und mit mir zu meinen Eltern zu gehen, als moralischer Beistand, wenn ich ihnen die Wahrheit sagen muss.

128 STUNDEN

Es ist schon 17:00 Uhr vorbei, als wir zurück sind. Mein Papa ist erst wenige Minuten der Arbeit zurück. Meine Eltern freuen sich, Margaret kennen zu lernen und laden sie ein, mit uns allen in der Lounge Platz zu nehmen.

„Sie haben mir die Fahrt erspart. Ich wollte Ihnen die geben." Mama holte einen großen Blumenstrauß, den sie Margaret gibt. „Nur ein kleines Zeichen unserer Dankbarkeit, dass Sie sich unserer Tochter angenommen haben. Wir wären früher nach Hause gekommen, wenn wir es gewusst hätten. Sie müssen verstehen, sie bedeutet uns sehr viel."

Margaret nimmt die Blumen. „Danke. Sehr nett von Ihnen. Jedoch muss ich Ihnen sagen, auch uns bedeutet sie sehr viel. Sie ist ein liebenswertes Mädchen, sehr begabt und ein Segen für uns alle", antwortet Margaret.

„Vorsicht, sie wird noch übermütig, bei all den Komplimenten", sagt Mama.

„Mama, Papa, bitte setzt euch. Ich muss mit euch etwas bereden", sage ich.

„Worum geht es? Hat die Polizei herausgefunden, was passierte?" Der Eifer meiner Mutter ist spürbar.

„Nein, es hat nichts mit der Sache zu tun", sage ich. „Es ist sehr persönlich."

„Wenn das so ist, willst du dann nicht warten, bis Margaret fort ist?", fragt Papa. „Das meine ich keinesfalls respektlos", ergänzt er und schaut zu ihr.

„Nein, sie soll bleiben. Sie war bei mir, als ich es erfuhr, es ist für sie also nicht neu."

Mama und Papa sehen beide verwirrt aus. Schweigend setzen sich beide hin und warten, dass ich das Wort ergreife.

Ich schaue zu Margaret, will ihren moralischen Beistand. Sie nickt mir ermutigend zu. Ich atme tief ein, ehe ich anfange. „Ich hoffe, ihr seid nicht enttäuscht, von mir. Das war weder geplant, noch wollte ich, dass es passiert, aber ich erfuhr kürzlich, dass ich schwanger bin."

Ich sehe, meine Mutter hat Tränen in den Augen. „Hängt das mit deiner Entführung zusammen? Kommt das daher, dass du vergewaltigt wurdest?"

„Nein, ich sagte euch bereits, damit hat es nichts zu tun?", antworte ich.

Ohne groß nachzudenken, springt Papa auf und es platzt aus ihm heraus: „Was hast du dir nur dabei gedacht, Briony? Das ist ernst! Du bist weder verheiratet, noch hast du einen Freund. Was hast du dir nur dabei gedacht? Weißt du überhaupt, wer der Vater ist?"

Es überrascht mich nicht, dass sie von mir enttäuscht sind, aber ich bin verletzt und als ich Papas Standpauke höre, überkommen mich die Emotionen. Wer weiß, vielleicht habe ich von ihm das Temperament geerbt. „Ich glaube kaum, dass es eines Genies bedarf, um zu wissen, was ich mir dabei dachte. Aber nach deinem Geständnis von gestern, finde ich es schon etwas anmaßend von dir, die Moralkeule auszupacken."

Als ich die Tränen meiner Mutter sehe, bereue ich meinen Ausbruch. Mein Vater setzt sich geknickt hin.

„Entschuldigt, dass ich so reagierte", sage ich. „Ihr verdient eine anständige Erklärung."

Ich erzähle ihnen weiter, wie ich monatelang ohne Sex lebte, bevor dann das Wochenende mit Michael kam. Ich erwähne, dass ich es ihm noch nicht erzählt habe, aber dessen ungeachtet, sehe ich mit ihm keine Zukunft. Ich erkläre ihnen ferner, dass ich es meiner leiblichen Mutter nicht gleichtun will. Ich habe mich entschieden, mein Kind groß zu ziehen. Trotz Papas Einlassungen, was er Michael alles antun will, akzeptieren sie meine Entscheidung und sagen, sie wollen mir beistehen, mir helfen und mich unterstützen, so gut sie können.

Besser, als ich erhofft hatte. Wir wissen alle, für keinen von uns wird es leicht werden. Jedoch wird es zum besten Ergebnis führen, wenn wir uns gegenseitig helfen und zusammenhalten.

Ihre Stärke und Unterstützung haben sich abermals als unbezahlbar erwiesen und Margaret geht nach Hause.

Mama und Papa wollen das Gespräch fortführen, um Pläne schmieden zu können. Jedoch entschuldige ich mich, denn ich finde, ich müsse Michael anrufen.

Ich gehe in mein Schlafzimmer und wähle seine Nummer. Er ist noch nicht zu Wort gekommen, da stelle ich mich mit seinen Worten vor. „Michael, hier spricht die verdammte, verrückte Schlampe."

„Briony, das meinte ich nicht so. Hör mal, ich bin so froh, dass du anrufst. Ich wollte unbedingt mit dir sprechen. Ich muss es dir erklären, aber zunächst möchte ich sicher sein, dass es dir gut geht."

„Es ist viel passiert. Es gibt etwas, das ich mit dir besprechen will", sage ich.

Michael unterbricht mich: „Bevor du das tust, hör mir bitte zu. Ich würde gerne..."

Da ich das schnell über die Bühne bringen muss, möchte ich kein langes Gespräch führen. Er muss mich anhören, also unterbreche ich: „Nein, lass mich zuerst was sagen. Es ist wichtig." Ich gebe ihm nicht die Gelegenheit, mich zu unterbrechen. „Erinnerst du dich an unser gemeinsames Wochenende vor zwei Wochen? Ich musste feststellen, dass ich schwanger bin."

„Und das Kind ist von mir?", fragt er.

„Natürlich ist es von dir."

Ohne zu zögern sagt er: „Wundervolle Neuigkeiten! Ich wollte immer, dass wir beide eine Familie haben."

„Moment mal, Michael. Das hast du falsch verstanden. Wir haben keine Familie. Ich werde ein Kind bekommen und, trotz all meiner Zweifel, kam ich zu dem Schluss, dass du das Recht hast, es zu erfahren."

„Aber wir müssen zusammen sein. Das wollte ich immer", sagt Michael. „Der einzige Grund, wieso ich nach Newcastle ging, war der, dass du nicht bereit warst, dich zu binden. Du sagtest mir, du wolltest keine Familie und hast sogar Jenny geschickt, dies noch zu bekräftigen, indem du mir sagtest, du hättest deine Karriere immer allem vorangestellt. Du warst mit unserer Beziehung, so wie sie war, zufrieden, wolltest aber nicht, dass mehr daraus wird."

Ich erinnere mich gut an unsere gemeinsamen Gespräche, als ich hartnäckig sagte, ich wolle noch keine Familie. Was er sonst noch sagt, verstehe ich noch weniger. „Hör mal, Michael, ich rief an, weil ich dachte, du solltest die Neuigkeiten von mir hören. Ich kann jetzt aber nicht reden. Gönnen wir uns ein oder zwei Tage, die Nachrichten sacken zu lassen, dann reden wir wieder."

Ich gehe runter und sehe, meine Mutter hat Abendessen gekocht. Ich habe keinen Appetit, aber sie besteht darauf, dass ich was probiere, jetzt, wo ich für zwei essen muss.

Den ersten Happen kann ich noch verdrücken, dann werde ich erlöst, denn mein Handy klingelt. Es ist Jeffrey.

„Briony, kannst du mir sagen, wo wir Jenny finden?", fragt er. Er sagt mir, sie gehe nicht an ihr Handy und sie hätten es schon bei ihr zu Hause, in der Apotheke und der Klinik ihres Bruders versucht, jedoch.

„Was hat das zu bedeuten?", frage ich.

„Ich erzähle dir später alles, aber erst einmal brauche ich von dir alle Informationen, die du mir geben kannst. Wir wollen zügig fortfahren."

Als ich vorschlage, ihren Freund zu kontaktieren, fragt er mich nach den Einzelheiten.

„Ich weiß nichts, vielleicht Margaret. Er arbeitet bei uns im Büro. Sein Name ist Dwight Collier. Ich selbst erfuhr erst heute davon. Bitte, sag mir, warum musst du sie sprechen?"

„Wir wollen sie befragen, sobald es geht. Ich kann jetzt nicht reden. Ich will alles über Dwight wissen, es dann Zoe geben und dich dann anrufen, um alles zu erklären."

Ich frage mich, wieso sie mit Jenny sprechen wollen. Könnte sie in Gefahr sein oder glauben, sie könnte etwas wissen? Was auch immer, es klingt ernst.

Ich bin ungeduldig und will es wissen. Ich gehe in meinem Zimmer auf und ab.

Zehn Minuten verstreichen und ich frage mich, ob ich Jeffrey zurückrufen sollte. Nein, sollte ich nicht, denn er sagte, er ruft mich an, sobald er kann.

Ich sehe, mein Handy leuchtet auf und ich hebe ab, ehe es anfängt, zu klingeln.

„Was ist los, Jeffrey?"

„Margaret hatte die Informationen nicht da, also musste sie nachsehen. Ich gab Zoe Dwights Adresse und sie schickt einen Wagen hin, um alles zu überprüfen. Sie werden Jenny abholen, wenn sie dort ist."

„Aber warum?"

„Ich weiß noch nichts Genaues. Jedoch kann ich dir sagen, Jenny hatte mit deiner Entführung zu tun."

Meine Beine fühlen sich schwach an, als versagen sie

gleich. Ich falle auf den Stuhl neben meinem Bett. „Aber warum? Wie?"

„Ich hatte schon eine Weile diesen Verdacht, wollte es aber nicht sagen, falls er falsch gewesen wäre. Wir haben nun die Beweise, die wir brauchen, um sie festzunehmen und zu befragen."

„Welche Beweise?"

„Nach allem, was KTU herausfand, können wir sagen, sie war in deiner Wohnung", antwortet er.

„Natürlich war sie", antworte ich. „Letzten Donnerstag schickte ich sie dort hin, um für mich neue Klamotten zu holen. Sie fuhr mich, nach der ärztlichen Untersuchung, wieder zurück. Dann, am Freitag, gingen wir beide dort hin, ehe Zoe mit den Technikern kam. Dann wieder, am Sonntag, war ich mit ihr dort, bevor wir zum Flughafen gingen."

„Das ist noch nicht alles, Briony. Sie hat die Wohnung nicht nur aufgesucht. Den Beweisen nach zu urteilen, sieht es so aus als hätte sie dort gewohnt."

„Das kann aber nicht sein! Davon hätte ich etwas mitbekommen."

„Viele Fingerabdrücke und auch die DNS bestätigen deine Aussage. Jedoch gibt es Spuren, die sich nicht erklären lassen, deshalb müssen wir sie sprechen."

„Was genau?"

„Ich will noch ein paar Beweisstücke durcharbeiten. Ihre Fingerabdrücke auf der Tastatur deines Laptops waren verdächtig, aber nicht ausreichend. Was wir aber im Bade- und im Schlafzimmer fanden, ist entscheidend."

„Was?",

„Es gab Haare und DNS-Spuren von ihr in der Dusche, was beweist, sie hast sie benutzt. Außerdem waren Spuren auf deiner Zahnbürste. Die Beweise deuten darauf hin, dass sie in deiner Wohnung lebte, als wäre sie du, vielleicht so tat, als wäre sie du. Zusammen mit den Beweisen auf dem Stromzähler, kommen wir zu dem starken Verdacht, dass es in der Zeit war, als du vermisst wurdest."

Ich suche nach einer Erklärung. Wann übernachtete Jenny das letzte Mal in meiner Wohnung? Hat sie das überhaupt jemals getan? Gibt es eine logische Erklärung, warum sie hätte meine Dusche benutzen sollen? Mir läuft es kalt den Rücken herunter.

„Das ist nicht alles. Sie schlief in deinem Bett, obwohl, „schlafen" ist vielleicht nicht der richtige Ausdruck."

„Verzeihung, ich verstehe..."

„Die Laken wurden kürzlich gewechselt. Die auf dem Bett wurden frisch gewaschen. Wir fanden auch DNS auf der Matratze. Wir mussten feststellen, dass sie die Laken in deinem Wäschekorb und ein zweites nutzte, von dem du uns erzählt hast, dass du es selbst gewechselt hast."

Das ist doch alles nicht wahr. Warum hätte Jenny das tun sollen?

„Gegenwärtig ist es nichts weiter als eine Vermutung, aber, wenn ich alle Beweise zusammennehme, komme ich zu dem Schluss, dass sie in deiner Wohnung war und aus irgendeinem Grund so getan hat, als wäre sie du. Sie benutzte dein Badezimmer, deine Dusche, sogar deine Zahnbürste. Und mit großer Wahrscheinlichkeit lag sie auf deinem Bett und schaute auf deinem Computer Pornos."

„Warum? Warum hat sie mir das angetan?"

„Ich weiß nicht, Briony. Aus Erfahrung weiß ich, es gab Fälle, da haben Menschen das Leben eines anderen gelebt aus reiner Eifersucht. Ich mache mich jetzt auf den Weg. Ich hoffe, wenn sie Jenny haben, erfahre ich mehr. Ich rufe später nochmal an."

130 STUNDEN

Ich kann nicht abschätzen, wie lange ich schon auf dem Stuhl sitze und mein Blick ins Leere schaut. Ich fühle mich komplett ausgebrannt, als hätte ich eine schwere Last zu tragen. Jahrelang war Jenny meine beste Freundin gewesen. Alles haben wir zusammen gemacht. Wie konnte sie das nur tun? Sie ist intelligent und erfolgreich, warum sollte sie auf mich eifersüchtig sein? Mein Mund fühlt sich trocken, ich brauche einen Schluck Wasser. Schweren Schrittes gehe ich hinunter in die Küche.

„Briony, geht es dir gut?" Mama kommt aus der Lounge, um mich zu sehen. Im Hintergrund höre ich, wie im Fernsehen eine Arztserie läuft. „Oh, mein Gott! Was ist los? Du bist kreidebleich", sagt sie. Sie führt mich in die Lounge und setzt mich auf das Sofa, dann nimmt sie die Fernbedienung und schaltet den Fernseher aus.

Papa kommt, setzt sich neben mich und legt mir den Arm auf die Schulter. „Was ist los, Liebes? Ist etwas passiert? Brauchst du einen Arzt?"

Ich nehme die Kraft auf, zu wiederholen, was Jeffrey mir erzählte.

Schweigen. Mama drückt mich fest an sich. Papa steht auf, geht auf und ab und atmet flach.

„Warum sollte sie dir so etwas antun?" fragt Mama und wiederholt nur die Frage, die ich mir immer wieder selbst stellte.

Papa flüstert, dann aber wird seine Stimme immer lauter.

„Verzeihung, entschuldigt."

Mama und ich schauen ihn gleichzeitig an.

„Es ist meine Schuld. Es ist alles meine Schuld. Das hätte nie passieren dürfen. Ihr müsst mir verzeihen", fährt er fort. Seine Schultern hängen schlaff herunter, er schaut zu Boden, die Hände zu Fäusten geballt. Er schluchzt. Noch nie zuvor hatte ich meinen Vater weinen sehen.

„Wie war das, Arthur?", fragt meine Mutter mit scharfer Stimme.

Mir bleibt die Luft weg. Es gibt noch mehr Geheimnisse, auch wenn ich es nicht hören will.

„Ich hatte eine Affäre", schluchzt mein Vater und bekommt kaum Luft.

„Was sagst du da?", fragt meine Mutter wieder. „Raus mit der Sprache."

Mein Vater fällt auf einen Sessel, beugt sich vor, den Kopf gesenkt, die Hände darauf zusammengeschlagen. „Es begann vor über einem Jahr." Er schaut zu mir. „Ihr Mädchen wart eine Nacht aus und kamt ziemlich betrunken nach Hause. Ich bot Jenny an, sie nach Hause zu fahren. Als wir auf dem Weg am Park vorbeikamen, bat sie mich, anzuhalten." Mein Vater schweigt, schluchzt und erzählt dann weiter: „Ich hielt an, denn ich dachte, sie fühle sich vielleicht unwohl und ich wollte es nicht riskieren, dass sie sich im Auto übergibt. Ich schätzte die Situation falsch ein, denn so betrunken war sie nicht...ich sah es nicht kommen...sie drehte sich zu mir und küsste mich. Sie besorgte es mir."

Ich bin sprachlos.

„Was sagst du da, Arthur? Du und Jenny?", kreischt meine Mutter.

„Ich wollte nicht, dass es passiert. Ich schätze, ich fühlte mich geschmeichelt. Ein junges Mädchen wollte mich. Da fühlte ich mich wieder jung. Das musst du verstehen."

„Mit Jenny? Sie ist nicht älter als deine Tochter. Sie war die beste Freundin deiner Tochter. Sie ist jung, du nicht. Du bist nur ein trauriger, alter Bastard, der ein Kind ausnutzte. Es gibt keine Entschuldigung dafür!", kreischt meine Mutter und steht auf. Sie streckt die Finger mitsamt den Nägeln aus. Sie sieht aus, als wolle sie ihm gleich die Augen auskratzen. Ich sitze wie angewurzelt, da. Alles wirkt so unecht, als schaue ich ein schreckliches Drama im Fernsehen an.

„Sie hat angefangen", sagt mein Vater und meint, das mache es besser. „Wie ich sagte, es war eine Affäre. Das ging dann noch etwa drei Monate so weiter, bis ich es beendete."

„Möchtest du auch noch ein Lob dafür, dass du mit etwas aufgehört hast, das du nie hättest anfangen sollen?" Ich kann Mamas giftige Anschuldigung schon fast schmecken.

„Nein, das meinte ich nicht so", sagt mein Vater. „Jenny wollte, dass es weitergeht. Sie wollte, dass ich euch verlasse und sie nehme. Ich sagte ihr, das würde ich niemals tun. Ich sagte ihr, das könne ich dir und Briony nicht antun.

Sie war außer sich. Sie keifte, dass Briony immer alles hatte; ein schönes Zuhause, eine Familie, Sicherheit, all das Spielzeug und den Kram, den sie als Kind auch gerne gewollt hätte. Sie, Jenny, hätte keinen Vater, sagte sie. Ich versuchte, sie zu beschwichtigen. Ich bot ihr sogar Geld. Das warf sie mir vor die Füße. Sie sagte, sie würde einen Weg finden, mit ihr auf Augenhöhe zu kommen. Ich wusste, sie war wütend, und hielt das für eine leere Drohung. Ich glaubte nicht, dass sie etwas vorhatte. Bis gestern Abend, sah ich sie nicht wieder. Ich dachte, ihre Worte bedeuten nichts, wären im Eifer des Gefechts so dahingesagt und schnell wieder vergessen."

Träume ich oder bin ich wach. Mein Vater gibt geradezu, eine Affäre mit meiner besten Freundin gehabt zu haben und auch, dass Jenny mich immer verachtet hat? Ich schüttle den Kopf, versuche einen klaren Gedanken zu fassen, es ändert sich aber nichts.

Mein Vater schaut mich an. „Als wir aus dem Urlaub zurückkamen und hörten, was dir zugestoßen ist, erinnerte ich mich an ihre Drohung und hatte ein oder zweimal Zweifel. Die schlug ich beiseite, denn ich glaubte nicht, dass Jenny zu so etwas Schrecklichem imstande wäre. Ich hatte Unrecht. Sie muss das seit Monaten geplant haben. Bitte, glaubt mir. Ich hatte keine Ahnung, was passieren würde."

Mein Vater will die Hand auf die Schulter meiner Mutter legen. „Hör zu, Liebes..."

Sie springt zur Seite. „Rühr mich nicht an! Weg von mir. Ich will dich nicht sehen. Ich kann deinen Anblick nicht mehr ertragen. Raus! Raus aus diesem Haus."

„Ich kann doch sonst nirgends hin", fleht mein Vater.

„Vielleicht hättest du dir das vorher überlegen sollen... bevor du angefangen hast, mit einem Kind zu vögeln", sagt meine Mutter.

„Sie ist kein Kind. Sie ist Mitte 20, Herrgott nochmal. Ich bin kein Pädophiler. Sie...", beginnt mein Vater, merkt aber, er verschwendet seine Zeit. Er dreht sich stattdessen zu mir, hat einen richtig flehenden Blick. „Bitte, Briony. Wir sind ein Fleisch und Blut."

Wenn er bewusst nach dem Schlechtesten, was er sagen konnte, suchte, so hätte er mich nicht mehr verärgern können. Sein Versuch, unsere genetische Verbindung zu benutzen, so kurz nachdem er zugab, dass es sie gibt, widert mich an. Das zu benutzen, in der Hoffnung, ich würde mich von Mama abwenden und auf seine Seite schlagen, ist widerwärtig. Ich drehe mich weg. Ich kann seinen Anblick nicht mehr ertragen. Nie könnte ich ihm vergeben, was er getan hat und sicher nicht die Folgen dieser Handlungen dulden.

Nachdem Papa das Zimmer verlassen hat, kommt Mama zu mir und hält mich fest. „Entschuldige, Briony. Ich habe das Gefühl, es ist meine Schuld."

„Wie könnte es deine sein?", frage ich. „Mit dir hatte das nichts zu tun." Ich schmiege meinen Kopf an ihre Schulter.

„Ich hätte es merken müssen. Er hatte immer so einen Blick auf andere Frauen geworfen. Ich tat so, als ob mich das nicht betrifft. Ich hätte mich ihm schon früher stellen sollen", sagt sie.

„So schlimm wäre es nicht gewesen, hätte er auf andere nur einen Blick geworfen", sage ich und versuche, durch schwarzen Humor die Stimmung aufzuhellen.

Mama lächelt mich nachgiebig an. „Ich bin sicher, es gab auch andere Zeiten. Ich stellte ihn nicht zur Rede, als ich es hätte tun sollen. Ich dachte mir nichts dabei, als er Blicke auf andere warf, denn ich dachte, das wäre eine vorübergehende Phase, der er bald müde würde, bevor er zu mir zurückkommt. Keinen Augenblick hätte ich mir träumen lassen, dass er etwas mit einem Mädchen anfängt, das halb so alt ist wie er, das wir dazu noch alle kennen, was noch viel schlimmer ist.

Mama und ich verbringen den Rest des Abends damit, uns zu trösten. Ich möchte Jeffrey anrufen und ihm sagen, was wohl Jennys Motiv gewesen war, will aber Mama nicht allein lassen. Sie will, das ich weitermache, ich enthalte mich und rufe aus der Lounge aus an, Mama hört mit.

„Wir müssen noch die Einzelheiten ausarbeiten, aber es ergibt langsam alles Sinn", sagt Jeffrey. „Da sie Apothekerin ist, hat Jenny Zugang zu allen möglichen Medikamenten. Zoe beantragte einen Durchsuchungsbefehl für Dwight Colliers Wohnung und sie hoffen, er bekommt diesen, bevor sie dorthin gehen und nach ihr suchen. Sie werden zweifellos auch das Haus ihrer Mutter überprüfen wollen, denn da ist Jenny gemeldet, vielleicht auch Philips Klinik, denn Jenny arbeitete dort. Da sie deine Schlüssel hatte, hatte sie zu jeder Zeit freien Zugang zu deiner Wohnung. Sie muss das Ecstasy in deinem Badezimmerschrank deponiert haben. Sie hat sicher auch das Geld, das sie aus dem Geldautomaten stahl, zusammen mit deiner EC-Karte in deinem Garderobenschrank versteckt."

„Aber warum?", frage ich. „Wieso sollte sie das Geld stehlen, nur um es dann wieder in meiner Wohnung zu verstecken?"

„Ich habe da eine mögliche Theorie", antwortet Jeffrey. „Ich glaube nicht, dass sie jemals vorhatte, das Geld zu behalten. Sie hat es nur genommen, dass du Panik bekommst und deine Geschichte für die Polizei unglaubwürdig klingt. Dasselbe gilt für das Ecstasy. Sie muss gewusst haben, dass du bald herausfindest, dass deine Karte fehlt und Geld von deinem Konto abgehoben wurde. Sie muss davon ausgegangen sein, dass du versuchen würdest, Nachforschungen darüber anzustellen, was mit dem Geld geschah. Wenn die Polizei informiert würde, hätten sie ja die Überwachungskameras geprüft. Sie war wohl davon ausgegangen, sehen sie erst einmal die Aufnahme, auf der es so aussah, als hättest du das Geld abgehoben, wäre deine Glaubwürdigkeit völlig dahin. Dass du dann vielleicht an deinem eigenen Verstand gezweifelt hättest."

„Das funktionierte auch. Ich fragte mich, ob ich eine Art Kollaps hatte und mir das alles nur einbildete oder schlimmer, selbst den Stein ins Rollen brachte."

„Ich glaube, gleich zu Anfang ging ihr ganzer Plan in die Hose", sagt Jeffrey. „Ich denke, sie erwartete, dass du zusammenbrichst, sobald du merkst, dass du dich an die Entführungstage nicht erinnern kannst. Sie muss geglaubt haben, dass du als erstes sie anrufen und sie um Rat bitten würdest. Dann hätte sie alle Fäden in der Hand gehabt. Sie hat vermutlich geplant, es dir auszureden, die Polizei einzuschalten oder wäre mitgekommen, um dein Selbstvertrauen zu schwächen."

„Aber ich rief sie nicht gleich an."

„Nein, hast du nicht, denn dir kam Alesha zu Hilfe. Du hattest liebevolle Unterstützung und den Rat eines Menschen, der sich um dich sorgte. Selbst als Jenny mit eingreifen konnte, wurde alles, was sie tat, von Alesha und später von Margaret und mir, vereitelt."

„Also hat Alesha mich gerettet."

„Ja, ich glaube schon", meint Jeffrey. „Hätte sie nicht eingegriffen, nicht auszudenken, zu was du geworden wärst. Ich muss gehen und möchte die Leitung freihalten, falls Zoe anruft. Wenn ich was höre, rufe ich an, versprochen."

134 STUNDEN

Die Zeit vergeht langsam. Ich habe meine Zweifel, dass ich an diesem Abend noch etwas von Jeffrey höre. Um kurz vor 22:00 Uhr leuchtet mein Handy auf und ich sehe, jemand ruft mich an.

„Ja?" Das kam zögerlich.

„Wir haben sie!", sagt Jeffrey, mit sichtlichem Triumph in der Stimme.

„Was ist passiert?", frage ich atemlos, denn ich bin so aufgeregt.

„Zoe ging zu Dwight in die Wohnung, zusammen mit der KTU. Als sie Jenny sagten, sie wollen sie befragen, stockte sie und sagte kein Wort. Zwei von Zoes Leuten führten sie ab. Als Zoe Dwight den Durchsuchungsbefehl zeigte, gab er auf und gestand, inwieweit er mit der Sache zu tun hatte.

„Wow!", kann ich nur sagen.

„Er hat sich nur gewünscht, dass es sein Onkel nicht erfährt."

„Was hat sein Onkel damit zu tun?", frage ich.

„Seine größte Angst ist, dass sein Onkel von ihm enttäuscht

sein könnte und ihn wieder in die USA bringt. Es ist noch nicht endgültig, doch könnte er lange ins Gefängnis kommen. Wir müssen es seinem Onkel gar nicht sagen. Das wird die Presse wahrscheinlich für uns übernehmen."

„Oh, mein Gott! An die Presse hatte ich gar nicht gedacht. Werde ich durch die Nachrichten alles nochmals durchleben müssen?"

„Um ehrlich zu sein, haben wir keine Kontrolle darüber, Briony. Vermutlich wird der Staatsanwalt auch wegen Steuervergehen Anklage erheben. Wir haben schon genug Beweise, sie wegen Entführung anzuklagen, auch wenn Dwight nichts gestanden hat. Es wird noch mehr werden, denn die Orte, an denen Jennys Auto war, haben wir noch gar nicht erfasst, auch nicht, von wo aus sie telefonierte. Natürlich sind auch noch nicht alle Ergebnisse der KTU ausgewertet. Inwieweit der Fall in den Nachrichten ausgeschlachtet wird, hängt von der Verteidigungsstrategie von Jenny und Dwight ab."

„Was hat Dwight gesagt?"

„Er sagte, es sei alles Jennys Idee gewesen. Sie hätte ihn überredet, mitzumachen. Sie hat sich am Freitagabend mit dir treffen wollen, um sicherzustellen, dass du Überstunden machst. Sie gab ihm Tabletten und sagte ihm, er solle sie in deinen Kaffee tun, nachdem alle gegangen waren, als du allein mit ihm gearbeitet hast. Als du dann komplett bewusstlos warst, nahm er deinen Firmenausweis und, als niemand ihn beobachtete, stempelte er erst dich und ein paar Minuten später sich aus, dass es so aussah, als hättet ihr beide ein paar Minuten nacheinander das Gebäude verlassen. Er ging dann zurück in dein Büro und brachte dich mit dem Fahrstuhl zum Parkplatz. Er schaffte dich in den Kofferraum seines Wagens und fuhr dich dann zu seiner Wohnung. Du hattest übrigens Recht. Seine Wohnung befindet sich keine 100 Meter vom

Geldautomaten entfernt, von dem dein Geld abgehoben wurde."

„Aber warum haben sie das getan?", frage ich.

„Aus der Aussage deines Vaters machten wir uns schon einen Reim über Jennys Motive. Dwight sagte uns, sie hätte ihm gesagt, dass sie immer das Gefühl gehabt hätte, ihre Leben sei aus den Fugen geraten und dass sie dir die Stabilität, die du hast, nicht gönnt. Ihr Ziel war es, den Spieß umzudrehen, sodass du gezwungen gewesen wärst, mit denselben Zweifeln und der gleichen Unsicherheit zu leben, die sie immer erfahren hatte."

„Was ist mit Dwight?"

„Offensichtlich wusste er, Stuart und Margaret sahen dein Potential, gleich als du bei Archers anfingst, während sie seine Arbeit nie honorierten. Er hat eine überhöhte Meinung von seinen eigenen Fähigkeiten und sie das spüren lassen, wobei er die Tatsache außer Acht ließ, dass es sein Onkel war, der ihm die leitende Position in Glasgow verschaffte. Es war reiner Zufall, dass Jenny sich auf der Party mit ihm zusammentat und sie merkten, dass du für sie zur Bedrohung wirst. Sie schmiedeten einen Plan, dich in Misskredit zu bringen, damit Dwight gleichzeitig zeigen konnte, was er draufhat. Das lief aber nicht ganz so gut, wie erhofft, denn als Dwight die Chance bekam, seine Ideen zu präsentieren, vermasselte er es."

Ich schüttle den Kopf und es fällt mir schwer, alles aufzunehmen, was ich höre.

„Jennys Plan bestand darin, dich gefangen zu halten, nicht nur übers Wochenende, sondern bis zur Präsentation am kommenden Dienstag. Sie hatte vor, durch einen Drogencocktail und Hypnose, die zu falschen Erinnerungen führen, dich zu verwirren, dass du nicht mehr unterscheiden kannst, was wahr und was Fantasie ist."

„Jetzt weiß ich es wieder: Kurz nachdem sie anfing, ihrem

Bruder in seiner Klinik zu helfen, sagte sie mir, sie lerne Hypnose. An einem Abend probierte sie spaßeshalber ihre neuen Fähigkeiten an mir aus. Sie ließ mich eine Zwiebel essen und mich glauben, es wäre ein Apfel. Nachdem ich hörte, was ich getan hatte, ließ ich sie keine Experimente mehr mit mir machen."

„Sieht so aus, als wäre das noch einer deiner Wünsche gewesen, dem sie keinerlei Beachtung schenkte", sagt Jeffrey.

„Sie müssen noch die üblichen Befragungen über sich ergehen lassen, wir erwarten also, dass noch mehr Details ans Licht kommen. Dwight sagte, er starb vor Angst, denn Jenny ließ dich mit ihm allein, als sie zu deiner Wohnung aufbrach. Sieht so aus, als hätte er an diesem Freitagabend einen schweren Schock erlitten, denn du hattest eine heftige Reaktion auf die Drogen, die sie ihm gab. Einmal hattest du einen Krampf und er befürchtete, du könntest sterben, du hast dich nach einer Weile aber wieder erholt. Dwight sagte, er wolle den Plan abblasen, aber Jenny meinte, sie säßen schon zu tief drin und sie müssten weitermachen."

„Werde ich irgendwelche bleibenden Schäden davontragen?", frage ich.

„Davon gehe ich nicht aus, ich bin aber kein Experte. Ich glaube, am besten sprichst du mit deinem Arzt, um ganz sicher zu sein. Du musst sowieso einen Termin machen wegen deiner Schwangerschaft."

„Was ist mit den Drogen?", frage ich. „Könnten sie meinem Baby geschadet haben?"

„Auch das solltest du mit deinem Arzt besprechen." Es ist nie gut, Drogen oder Alkohol während der Schwangerschaft zu sich zu nehmen. Manche können zu einer Fehlgeburt führen, dieses Risiko dürfte aber gering sein, denn sie sind jetzt wohl schon nicht mehr in deinem Körper. Ich weiß nichts von einer direkten Verbindung zwischen diesen Drogen und Komplikationen bei der Geburt, du solltest aber besser professionellen Rat einholen."

„Ich rufe gleich morgen an und mache einen Termin aus", sage ich.

„Dwight wusste von den Bargeldabbuchungen und dem Kauf des Fernsehers. Er erzählte, Jenny hätte sich dafür deine Kleidung angezogen. Er sagte auch, der Grund, warum sie in deine Wohnung ging, war es, Beweismittel zu platzieren."

„Was ist mit den Pornovideos?", frage ich.

„Offenbar war das seine Idee. Auf die Internetseite stieß er, als er in den USA war und es sieht so aus, als wäre Jenny davon begeistert gewesen. Sie liebte den Gedanken, diese Bilder in deinen Kopf zu pflanzen."

„Sagte sie, wem sie mehr schaden wollte, mir oder meinem Vater?"

„Dwight wusste nur, sie hatte es auf dich abgesehen. Deinen Vater erwähnte sie nicht, aber es könnte sein, dass Jenny hoffte, du würdest deine Eltern anrufen, damit ihr Urlaub ruiniert gewesen wäre."

„Es ist vorbei", sage ich. „Ich kann nicht glauben, was letzte Woche alles passiert ist."

„Da gibt es noch etwas Merkwürdiges, das dich vielleicht interessieren könnte", sagt Jeffrey.

„Was ist los?",

„Die Zeit, in der du vermisst wurdest, erstreckt sich zwischen 19:00 Uhr und 20:00 Uhr am Freitagabend, bis irgendwann zwischen 08:00 Uhr und 09:00 Uhr, am Donnerstagmorgen. Insgesamt eine Stunde länger als fünfeinhalb Tage, 133 Stunden genauer gesagt. Die Zeitspanne, in der wir das alles herausgefunden haben, ist gleich lang, vom Donnerstagmorgen, bis zu Dwights Geständnis, um etwa 21:40 Uhr, heute Abend. Das sind etwas mehr als fünfeinhalb Tage, 133 Stunden. Identisch."

EPILOG

Donnerstagnachmittag

Ich sitze im Auto meiner Mutter und mache mich auf den Weg
von der Geburtshilfe zum Queen Elizabeth University Hospital. Ich bin euphorisch, denn ich habe gerade meine Untersuchung für die 20. Woche hinter mir und sie fanden nichts
Ungewöhnliches. Es war eine Freude, mein Kind zu sehen,
aber was noch wichtiger ist, bei der Untersuchung sah ich
jeden einzelnen Knochen, das Herz, das Rückenmark, das
Gesicht, die Nieren und den Bauch meines Babys. Der Arzt
mit dem Ultraschallgerät untersuchte noch elf seltene Abnor-
mitäten genauer. Auch wenn es nie eine Garantie gibt, fühle
ich mich gut, diese Phase meiner Schwangerschaft erreicht zu
haben, ohne die geringsten Anzeichen von Problemen.

Mein Hausarzt war wunderbar. Als ich ihn aufsuchte, um
über meine Schwangerschaft zu reden, war er nett und
verständnisvoll. Er machte mir Mut, indem er sagte, es
bestünde ein geringes Risiko, da diese Belastungen nur
vorübergehend und begrenzt seien. Jedoch warnte er mich vor

möglichen Nebenwirkungen der Drogen, die mir Jenny gegeben hatte: Fehlgeburt, Frühgeburt und Herzfehler seien wohl die häufigsten. Er untersuchte mich regelmäßig und ich fühlte mich stärker und selbstbewusster, mit jedem Tag, der verging.

Meine Untersuchung für die 20. Woche verläuft gut. Bis jetzt ist alles in Ordnung und mein Baby scheint, für diese Phase der Schwangerschaft, wohl geformt und normal groß zu sein. Ich sage „Baby", denn sie sollten mir nicht sagen, ob es ein Junge oder ein Mädchen wird, aus Angst, ich könnte mich noch mehr binden. Noch ein paar Wochen, dann fühle ich mich selbstsicher genug, es zu erfahren. Mama möchte es unbedingt wissen. Sie hat schon ordentlich gestrickt, benutzte neutrale Farben, will aber unbedingt zwischen Rosa und Blau entscheiden können. Ich glaube, dieses Baby könnte die Lücke in ihrem Leben füllen, nun, da Papa weg ist.

Mein Instinkt sagt mir zwar, es wird ein Junge, aber letztes Jahr hat mich mein Instinkt so oft getäuscht, dass ich nicht darauf wetten würde.

Trotz aller Beweise, die ich zu sehen bekam, habe ich keine Erinnerung mehr an die Zeit, wo Jenny und Dwight mich betäubt hatten. In Dwights Haus fand man meine Unterwäsche und sie gingen davon aus, dass er sie als Trophäe versteckt hatte. Jenny hatte während ihrer gesamten Befragung geschwiegen. Jedoch kann ich, aufgrund von Dwights Aussage sagen, dass sie mich die meiste Zeit nackt gefesselt hatten und mich zwangen, Pornos zu schauen. Er behauptet, all das sei Jennys Idee gewesen. Während des Verhörs gab er zu, dass er mich in dem Zustand als Geisel hielt und mich Jenny täglich wusch. Das heißt, die Erinnerung daran, dass mich Hände überall berührten, war auch echt. Das müssen Dwights und Jennys Hände gewesen sein.

Er beharrte darauf, dass sonst niemand mit der Sache zu

tun hatte. Er behauptet, mich auf keine andere Art missbraucht zu haben. Ich möchte ihm glauben, wie aber kann ich sicher sein? Jenny hatte den Auftrag, Chaos und Unsicherheit in mein Leben zu bringen. Ich werde wohl nie ganz genau wissen, was in diesen schrecklichen 133 Stunden geschah, werde aber nicht zulassen, dass ich dadurch zugrunde gehe. Ich muss an mein Baby denken. Sie soll nicht die Siegerin sein.

Mir geht es besser und mein Therapeut freut sich über meine Fortschritte. Die Albträume kommen weniger häufig und heftig. Oft, wenn ich wieder die Bilder der drei Männer vor Augen habe, die mich missbrauchen, sehe ich in diesem Mädchen Jenny und in einem der Männer Papa.

Papa versucht immer noch, Kontakt mit mir aufzunehmen und möchte wissen, wie es mir geht. Ich blockierte seine Nummer, er sucht aber immer noch nach Alternativen, mich anzurufen. Ich kann ihm nicht verzeihen, was er Mama und mir angetan hat. Ich nehme an, die Zeit wird kommen, da kann ich mit ihm sprechen, aber ich denke, in nächster Zeit ist das nicht der Fall. Nicht um seinetwillen, auch nicht um meinetwillen, aber wenn mein Kind einen Großvater hat, sollten sie sich vielleicht kennen lernen. Ich hörte läuten, dass Papa eine neue Freundin hat, die nur ein paar Jahre älter ist als ich. Das Beuteschema bleibt wohl bei jedem das gleiche, meine ich.

Ich bin sehr froh, über meine Arbeit bei Archers und darüber, dass ich Alesha und Margaret täglich sehen kann. Ich wurde befördert, als eine Stelle frei wurde, habe jetzt mehr Verantwortung und folge Dwight, der aus verständlichen Gründen nicht mehr hier ist, nach. Es ist wohl euphemistisch ausgedrückt, dass er nicht mehr kommt, denn er konnte ja schlecht, von einer Zelle in Barlinnie aus, weiterarbeiten. Es ist nicht sicher, wie lange es dauern wird, bis sein Fall vor Gericht landet, aber, als ein wohlhabender Ausländer, der eine Jacht besitzt, wurde geglaubt, er könne sich absetzen, weswegen er, bis zur Verhandlung, in Haft kam. Von Jenny habe ich nichts gesehen oder gehört. Es ist wohl zu früh zu sagen, ich sehe sie niemals wieder, denn ich weiß, mit großer Wahrscheinlichkeit sehe ich sie im Gerichtssaal nochmal. Auf schuldig zu plädieren und mir das Leben zu erleichtern, ist nicht ihre Art.

Dwights Onkel Carlton besuchte uns im Büro. Er ist zwar ein knallharter Geschäftsmann, machte aber einen menschlichen Eindruck und es wurde nur allzu klar, dass er Dwight zu uns schickte, um ihn weit weg von der Firmenzentrale zu wissen. Carlton hatte seine Verantwortung der Familie gegenüber ausgeschöpft und das Gefühl, er müsse sich von Dwight lösen.

Mit Jeffrey rede ich regelmäßig. Ich las irgendwie, dass Freundschaften, die aus der Not heraus entstanden, die innigsten und langlebigsten seien. Das würde ich nicht bestreiten.

Dank Jeffreys Nachforschungen, war es mir möglich, die Familie meiner leiblichen Mutter zu besuchen. Meinem Onkel Sam schrieb er einen Brief und rief ihn an. Er hat ein Treffen arrangiert und es auf den Tag gelegt, an dem Seans Mutter, meine Großmutter, aus Irland zurückkommt. Ich weiß nicht, was mich erwartet und zittere bei dem Gedanken. Am Samstag ist es soweit und Alesha möchte mitkommen. Sie wurde eine solch gute Freundin und stärkt mir immer den Rücken. Wir werden quer durch Edinburgh mit dem Zug fahren. Wir dachten, es wäre am besten, sich zunächst auf neutralem Boden zu treffen, deshalb arrangierten wir es in einem Café in der Princess Street. Obwohl sie dachte, beim ersten Treffen nicht dabei zu sein, wäre am besten, hat meine Mutter mich ermutigt, die Reise zu machen. Sie sagte mir, wenn es dort gut geht, würde sie gerne meine neue Familie auch in unser Haus einladen. Ich bin erleichtert, dass ihr das nichts ausmacht.

Als ich höre, wie meine Mutter den Motor startet, komme

ich zurück in die Gegenwart. Ich drehe mich um und sehe Michael, der einen herrlichen Strauß trägt und über beide Backen strahlt. Wir hatten gewartet, dass er zum Parkhaus kommt und ich hatte fälschlicherweise angenommen, er wäre auf die Toilette gegangen. Jetzt weiß ich, er war beim Floristen. Michael hatte darauf bestanden, bei der Ultraschalluntersuchung dabei zu sein, denn er wollte unbedingt sein Baby sehen. Er konnte sich erfolgreich nach Glasgow zurückversetzen lassen, um uns nahe zu sein, und gleichzeitig seine höhere Position behalten. Er möchte unbedingt, dass sich unsere Beziehung wieder einrenkt, denn er will, dass wir zusammen und eine Familie sind. Auch ich würde das gerne und werde es in Erwägung ziehen, möchte es aber langsam angehen. Ich weiß jetzt, dass Jennys Lügen und ihre Einmischungen erheblich dafür verantwortlich waren, dass meine Beziehung mit Michael in die Brüche ging. Die Zwietracht, die sie säte, ließ Michael glauben, wir hätten keine gemeinsame Zukunft, weswegen er nach Newcastle zog. Jedoch fällt es mir schwer, ihm zu verzeihen, dass er so schnell etwas mit einer anderen anfing und es mir nicht sagte, nach dem Wochenende, das wir gemeinsam verbrachten, Vielleicht trügt die Offenbarung von Papas Lügen meine Urteilskraft, aber ich habe es nicht eilig, eine neue Beziehung einzugehen. Erst einmal bin ich froh, wie alles ist.

135 TAGE (3244 STUNDEN)

SAMSTAGNACHMITTAG.

Als der Zug Haymarket verlässt, wird mir immer mehr klar, dass es jetzt nur noch fünf Minuten nach Waverly, dem Hauptbahnhof von Edinburgh, sind. Bis jetzt hat Alesha das Gespräch wunderbar am Laufen gehalten, sodass ich zu abgelenkt bin, um darüber nachzudenken, was auf mich zukommt. Auf der Reise schmiedeten wir Pläne für einen gemeinsamen Abend, nur wir vier: Alesha, ihr Freund, Calum, Michael und ich. Zuerst werden wir was essen, dann ins Kino Springfield Quay gehen. So sehr ich indisches Essen liebe, ich werde auf das Curry verzichten, denn ich habe genug mit meiner Schwangerschaft am Hals, sodass ich nicht noch scharfes Essen brauche.

Ich stehe auf und gehe zum Ausgang, noch bevor der Zug zum Stehen kommt, muss aber dann warten, bis sich die Tür öffnet. So sehr ich es eilig habe, einen Sturz möchte ich auch nicht riskieren. Ich achte auf meine Schritte, Alesha nimmt meinen Arm, als wir über die steile Rampe gehen und dann weiter zur Princess Street. Als sie das Schild von Starbucks sieht, geht Alesha voraus, um mir die Tür aufzuhalten.

Gerade gehe ich durch, da werde ich förmlich erstickt, von Cath Conway, meiner Großmutter, die mich weinend an sich drückt. „Als ich dich herlaufen sah, dachte ich, ich sehe Gespenster", sagt sie. „Ich hätte dich überall erkannt. Du bist meiner Theresa wie aus dem Gesicht geschnitten."

Weder Cath noch Sean wussten, dass es mich gibt, bis Jeffrey Kontakt mit ihnen aufnahm. Sie heißen mich mit offenen Armen willkommen. Ich bin überwältigt vor Freude. Ich fühle mich, als wäre ich über dem Berg, denn ein neues Leben liegt vor mir, mit netten, neuen Freunden und zusätzlich einer neuen Familie.

Als sie unsere Zusammenkunft sieht, sagt Alesha, sie möchte nicht weiter stören, ich bin aber noch nicht bereit, sie ziehen zu lassen. Ich habe das Gefühl, auch sie gehört zur Familie. Wenn ich daran denke, was ich in den letzten Wochen durchmachte, sind Alesha, Margaret und Jeffrey für mich mehr als nur Familie geworden.

ENDE

Sehr geehrter Leser,

Wir hoffen, Ihnen hat es Spaß gemacht, 133 *Stunden* zu lesen. Falls Sie einen Moment Zeit haben, hinterlassen Sie uns bitte eine Kritik auch wenn es nur eine kleine ist. Wir möchten von Ihnen hören.

Mit freundlichen Grüßen,

Zach Abrams und das Next Chapter Team

BIOGRAFIE

Zach Abrams ist Autor von Thrillern und Krimis. Er lebt in Schottland, verbringt aber den Großteil des Jahres in der Gegend Languedoc, Frankreich. Abrams hat eine ungewöhnlich vielseitige Ausbildung und ungewöhnliche Berufe ausgeübt und deshalb sehr viel Lebenserfahrung, die er nutzt, um seine Figuren und Geschichten zu entwickeln. Nach einem naturwissenschaftlichen Abschluss, praktischer Erfahrung im Management und einer Weiterbildung in der Buchführung, arbeitete er viele Jahre als Finanzvorstand, Geschäftsführer und Berater in verschiedenen Bereichen, zunächst im Transportgewerbe, dann auf einer Straußenfarm, in der Fertigung, schließlich in öffentlichen Dienst.

Er hat auch viel Erfahrung im Schreiben von Berichten, Briefen und Präsentationen. Romane, „eine ehrlichere Art zu schreiben", wie er meint, schreibt er noch nicht so lange.

Vor „133 Stunden", hat er schon sechs andere Romane herausgebracht und darüber hinaus, zusammen mit Elly Grant, eine Sammlung von Kurzgeschichten sowie ein Sachbuch zur Unternehmensführung geschrieben. Bis jetzt sind sechs Bände seiner Mystery-Reihe um Alex Warren, die in seiner Heimatstadt Glasgow (Schottland) spielt, entstanden.

Der erste ist „Made a Killing". Bei diesem Verfahren der britischen Polizei ist der Hauptkommissar, Alex Warren, der leitende Ermittler. Hilfe bekommt er von seiner Assistentin, Sergeant

Sandra McKinnon, einem Team aus Kommissaren, mehreren Kriminaltechnikern und anderen Spezialisten. Sie nehmen die Ermittlungen auf, nachdem die Leiche eines verhassten Kriminellen, dem man einen Stoßzahn in die Brust stach, gefunden wird. Neben der Mordermittlung stößt das Team noch auf weitere kriminelle Aktivitäten, wie Finanzkriminalität, Betrug und Erpressung. Neben den Mordermittlungen gibt es noch ein Familiendrama, etwas Romantik und spritzigen Humor. Leser, die Schottlands Geografie kennen, besonders Glasgow, werden Orte wiedererkennen, welche die Kommissare passieren, während sie die Verbrechen aufklären und das Rätsel lösen.

Im zweiten Band der Reihe, „A Measure of Trouble", sucht Alex' Team den Mörder eines Unternehmers, der in seiner eigenen Whiskybrennerei in einem Fass ertränkt wurde. Verdächtige gibt es genug. Bei ihren Ermittlungen befragen sie die Familie des Opfers, die Mitarbeiter und die Kollegen, die alle verschiedene Motive, wie Gier, Rache, Ehebruch und Nationalismus haben.

Der dritte Band, „Written to Death", beginnt mit dem geheimnisvollen Tod eines erfolgreichen Autors, der bei einem Autorentreffen starb. Alex und Sandra haben viel zu tun, denn sie haben auch noch einen zweiten Fall, bei dem es um organisiertes Verbrechen geht, der aber mit der Mordermittlung zu tun hat.

Im vierten Band, „Offender of the Faith", ermitteln sie in einem Mordfall, bei dem ein asiatisches Mädchen in der Wohnung, in der sie mit ihrem schottischen Freund lebte, sexuell missbraucht und ermordet wird. Da Sandra im Mutterschutz ist, weil die Geburt kurz bevorsteht, müssen Alex und sein Team die Samthandschuhe anziehen, um die hochsensiblen Ermittlungen aufzunehmen, bei denen sowohl die Familie des Opfers als auch die Familie ihres Freundes einer schweren

Prüfung unterzogen werden. Sämtliche Motive wie Rassismus, Islamophobie, Hass, Eifersucht und ein Ehrenmord, müssen abgewägt werden. Aber wer steckt hinter dem Mord...und was ist der wahre Grund? Dies sind alles schnelllebige, packende Kriminalromane, die in den rauen Straßen Glasgows, mit ihrer hohen Verbrechensrate spielen.

Abrams' erster Roman war „Ring Fenced", ein Psychothriller mit ungewöhnlicher Thematik. Er handelt von einem Verbrechen, mit dem Unterschied, dass er die Besessenheit eines Mannes nach Macht und Kontrolle behandelt. Die Hauptfigur, Benjamin, schlüpft in fünf verschiedene Rollen, um die fünf Bereiche seines Lebens, völlig unabhängig voneinander, kontrollieren zu können. Die Geschichte zeigt, wie er mit den fünf verschiedenen Identitäten jongliert und handelt und was passiert, wenn das System in sich zusammenfällt. Der Antiheld, Benjamin, wurde 2013, beim eFestival of Words, in der Kategorie, bester Bösewicht, nominiert.

Abrams' skurriler Thriller, „Source; A Fast-Paced Financial Crime Thriller, befasst sich mit Finanzkriminaltität. Er handelt von drei Enthüllungsjournalisten, die über Großbritannien und Spanien nach Frankreich reisen. Sie haben den Verdacht des Wirtschaftsterrorismus, als sie Korruption und Sabotage im Bankensektor nachgehen. Aufgrund ihrer Entdeckungen sehen sie sich persönlichen Bedrohungen ausgesetzt und immer versuchen sie, mit ihrem eigenen angespannten Privatleben klar zu kommen. Trotz des schweren Themas ist das Buch leicht und amüsant mit viel Humor, Familiendramen und Romantik.

Zusammen mit Elly Grant entstand „Twists and Turns", eine Sammlung von Kurzgeschichten, die von Flash Fiction bis zur Novelle reichen. Sie alle sind Mysterygeschichten mit unerwarteten Elementen, deren Inhalt von Gothic-Horror bis seichter Komödie reicht.

Wie seine Hauptfigur in „Ring Fenced", Benjamin Short, hat Zach Abrams in Schottland studiert und dann eine Karriere im Rechnungswesen und Finanzbereich eingeschlagen. Er ist verheiratet, hat zwei Kinder, spielt zwar kein Instrument, hat aber einen vielseitigen Musikgeschmack, wenn auch nicht in der Form wie Benjamin. Im Gegensatz zu Benjamin, hat Abrams keine Affären, schreibt auch keine Erotikromane und hat traurigerweise auch keinen riesigen Internethandel. Er ist kein Soziopath, zumindest nach eigener Einschätzung, und er teilt sein Leben gerne mit anderen, mit denen er ausgelassen redet. Wie Alex Warren, wuchs Abrams in Glasgow auf und hat viele Jahre in Zentralschottland gearbeitet.

133 Stunden
ISBN: 978-4-86750-116-0

Verlag:
Next Chapter
1-60-20 Minami-Otsuka
170-0005 Toshima-Ku, Tokyo
+818035793528

5 Juni 2021

Lightning Source UK Ltd.
Milton Keynes UK
UKHW011828170621
385713UK00001B/133